# LE THÉORÈME DES KATHERINE

La traduction de la citation de Philip Roth qui apparaît en exergue est extraite
de *La Tache*, Éditions Gallimard, 2002, traduction de Josée Kamoun.

L'édition originale de ce livre a été publiée pour la première fois en 2006,
en anglais, par Dutton Children's Books, une filiale de Penguin Young Readers Group
(Penguin Group [USA] Inc.), sous le titre *An abundance of Katherines*.

Traduction française © 2012, Éditions Nathan, SEJER,
25 avenue Pierre-de-Coubertin, 75013 Paris, pour la première édition
© 2015, Éditions Nathan, SEJER, 25 avenue Pierre-de-Coubertin, 75013 Paris,
pour la présente édition
Loi n°49-956 du 16 juillet sur les publications destinées à la jeunesse,
modifiée par la loi n° 2011-525 du 17 mai 2011.
ISBN 978-2-09-255571-2
Dépôt légal : janvier 2015

# LE THÉORÈME DES KATHERINE

# JOHN GREEN

Traduit de l'anglais (États-Unis) par Catherine Gibert

Nathan

À ma femme, Sarah Urist Green, en anagrammes :

Her great Russian
Grin has treasure –
A great risen rush.
She is a rut-ranger ;
Anguish arrester ;
Sister ; haranguer ;
Treasure-sharing,
Heart-reassuring
Signature Sharer
Easing rare hurts.*

«Mais le plaisir n'est pas de posséder quelqu'un.
Le plaisir c'est ça, c'est d'avoir un challenger
avec soi dans la pièce.»

*La Tache* – Philip Roth

---

* Sa majesté russe / Derrière son sourire, un trésor / Un grand jaillissement. /
Elle garde des ornières ; / Remède à l'anxiété ; / sœur ; oratrice ; / Trésor
partagé, / Baume au cœur / Cosignataire / Pause de rares blessures.

# (1)

**Le lendemain** du jour où Colin Singleton, illustre enfant surdoué, eut son bac et fut largué par sa dix-neuvième Katherine, il prit un bain. Colin avait toujours eu une préférence pour les bains, il avait pour principe dans la vie de ne rien faire debout qu'il ne puisse faire allongé. Dès que l'eau fut chaude, il enjamba la baignoire et s'assit, observant d'un air étrangement absent son corps s'immerger. L'eau gagnait peu à peu ses jambes repliées. Il reconnaissait sans peine, bien que du bout des lèvres, être trop grand, trop corpulent, pour cette baignoire – on aurait dit un gros bébé.

Tandis que l'eau commençait à mouiller son ventre plat mais dénué de muscles, il songea à Archimède. À quatre ans, Colin avait lu un livre sur le philosophe grec qui, en s'asseyant dans sa baignoire, avait découvert comment mesurer le volume d'un corps au déplacement de l'eau. À cette occasion, Archimède avait paraît-il crié « Eurêka[1] ! » avant de courir, nu, à travers les rues. D'après ce livre, nombre de découvertes majeures sont accompagnées d'une « minute Eurêka ». Déjà, à l'époque, Colin désirait ardemment faire des découvertes majeures, il s'en était

---

1. « J'ai trouvé », en grec.

donc ouvert à sa mère lorsque celle-ci était rentrée à la maison ce soir-là.

– Dis, maman, tu crois qu'un jour j'aurai ma minute Eurêka?

– Oh, mon trésor, avait-elle dit en lui prenant la main. Qu'est-ce qui ne va pas?

– Je veux ma minute Eurêka, avait-il répondu sur le ton qu'aurait emprunté un autre gamin pour exprimer une envie folle de Tortue Ninja.

Elle avait appuyé le dos de sa main contre la joue de Colin et lui avait souri, son visage très près du sien. Il avait senti l'odeur de son fond de teint et son haleine de café.

– Bien sûr, Colin, mon bébé. Bien sûr que tu l'auras.

Mais les mères mentent. Ça fait partie de leur boulot.

Colin prit une profonde inspiration et se laissa glisser sous l'eau. «Je pleure, se dit-il en ouvrant les yeux à travers l'eau savonneuse et piquante. J'ai l'impression de pleurer, donc je dois pleurer, mais comment en être sûr, puisque je suis sous l'eau…» Mais il ne pleurait pas. Chose bizarre, il était trop déprimé, trop blessé, pour pleurer. Comme si Katherine avait emporté ce qui pleurait en lui.

Il ouvrit la bonde, se leva, se sécha et s'habilla. En sortant de la salle de bains, il découvrit ses parents assis sur son lit. Ce n'était jamais bon signe de les trouver tous les deux en même temps dans sa chambre. Au fil des ans, leur présence commune avait signifié :

1) Ta(ton) grand-mère/grand-père/tante-Suzie-que-tu-n'as-jamais-connu(e)-mais-elle(il)-était-adorable-et-c'est-vraiment-dommage est mort(e).

2) Tu laisses une certaine Katherine te détourner de tes études.

3) Pour faire des bébés, on se livre à un acte qu'un jour tu trouveras peut-être fascinant, mais qui, pour l'instant, risque de te terrifier. Par ailleurs, il arrive que les gens fassent des trucs qui participent à la fabrication des bébés sans pour autant faire de bébés, comme par exemple s'embrasser à des endroits autres que sur la figure.

Mais cela n'avait jamais signifié :

4) Une certaine Katherine a appelé pendant que tu prenais ton bain. Elle te demande pardon. Elle t'aime toujours. Elle a fait une erreur épouvantable et elle t'attend en bas.

Mais malgré cela, Colin ne put s'empêcher d'espérer que ses parents étaient dans sa chambre pour lui annoncer une nouvelle de catégorie 4. Il était plutôt pessimiste, sauf en ce qui concernait les Katherine. Il avait toujours le sentiment qu'elles lui reviendraient. L'amour qu'il éprouvait pour la dix-neuvième et elle pour lui l'envahit, il sentit le goût de l'adrénaline dans le fond de sa gorge. Peut-être que ce n'était pas terminé, peut-être qu'il pourrait à nouveau sentir sa main dans la sienne et entendre sa voix puissante, impétueuse, se réduire à un chuchotement pour dire à toute allure « Je t'aime », à sa manière bien personnelle – elle disait « Je t'aime » comme s'il s'agissait d'un énorme secret.

Son père se leva et s'avança vers lui.

– Katherine m'a appelé sur mon portable, dit-il. Elle se fait du souci pour toi.

Colin sentit la main de son père sur son épaule, puis ils se rapprochèrent et furent dans les bras l'un de l'autre.

– Nous sommes très inquiets, dit sa mère, une petite

femme brune aux cheveux frisés, barrés d'une unique mèche blanche sur le devant. Et stupéfaits, ajouta-t-elle. Que s'est-il passé?

– Je n'en sais rien, souffla Colin dans l'épaule de son père. Elle est... Elle en a eu assez de moi. Elle en a eu marre. C'est ce qu'elle a dit.

Sur ce, sa mère se leva et s'ensuivirent quantité d'embrassades, et profusion de câlins, et sa mère pleura. Colin se dégagea de l'enchevêtrement de bras et s'assit sur son lit. Il éprouvait le besoin urgent de les voir hors de sa chambre. Au risque, s'ils ne sortaient pas, d'exploser, au sens littéral du terme, ses tripes plein les murs, son prodigieux cerveau répandu sur son couvre-lit.

– Un jour ou l'autre, il faudra penser à faire un choix, dit son père, qui n'avait pas son pareil en matière de choix. Soyons positifs, tu vas avoir du temps libre cet été. Que dirais-tu d'un stage à l'université de Northwestern?

– J'ai vraiment besoin d'être seul, aujourd'hui en tout cas, dit Colin en s'efforçant de donner une impression de calme, pour qu'ils quittent la pièce et que lui n'explose pas. Si on faisait un choix demain?

– Bien sûr, mon trésor, dit sa mère. On sera là toute la journée. Tu n'as qu'à descendre quand tu veux. Et rappelle-toi qu'on t'aime ; tu es unique, Colin. Tu ne peux pas laisser cette fille te persuader du contraire, parce que tu es le garçon le plus formidable, le plus intelligent...

C'est alors que le garçon le plus formidable, le plus intelligent se précipita dans la salle de bains pour dégueuler ses tripes. Une explosion, en quelque sorte.

– Oh, Colin! s'écria sa mère.

– J'ai besoin d'être seul, répéta-t-il depuis la salle de bains. S'il vous plaît.

Quand il sortit, ils avaient disparu.

Sans faire de pause pour manger, boire ou vomir, Colin consacra les quatorze heures suivantes à lire et relire l'album de l'année du lycée, reçu à peine quatre jours plus tôt. En dehors du blabla habituel, l'album renfermait soixante-douze noms. Douze de ses camarades n'avaient fait que signer, cinquante-cinq soulignaient son intelligence, vingt-cinq se plaignaient de ne pas avoir fait plus ample connaissance avec lui, onze trouvaient sympa d'être allé au même cours d'anglais que lui, sept réussissaient à glisser les mots « sphincter irien[2] » et dix-sept terminaient par un ahurissant : «Reste zen!» Colin Singleton ne pouvait pas plus rester zen qu'une baleine bleue ne pouvait rester maigre ou le Bangladesh rester riche. Ces dix-sept-là devaient plaisanter. Il réfléchit longuement et se demanda comment vingt-cinq de ses camarades, dont certains étaient en classe avec lui depuis douze ans, pouvaient regretter de «ne pas avoir fait plus ample connaissance avec lui». Comme si les occasions avaient manqué!

Mais surtout, durant ces quatorze heures, il lut et relut la dédicace de Katherine XIX :

> Col,
> À tous les endroits où on est allés. À tous ceux où on ira. Et à moi qui te murmure encore et toujours :
> je t'aime.
> À toi pour la vie, K-a-t-h-e-r-i-n-e.

En fin de compte, il trouva le lit trop confortable pour son état d'esprit et s'allongea par terre, sur le dos, les jambes étalées sur la moquette. Il chercha les anagrammes de «À toi pour la vie» jusqu'à ce qu'il soit satisfait de : «Avoir la toupie». Et il resta dans la même position, la tête comme

---

2. Explications à venir.

une toupie, à se répéter le petit mot, désormais mémorisé, en ayant envie de pleurer. Mais au lieu des larmes, c'est une douleur qui se logea sous son plexus. En général, pleurer ajoute quelque chose : pleurer, c'est soi, plus les larmes. Mais ce que Colin éprouvait était à l'exact opposé. C'était soi, moins quelque chose. Il rumina les mêmes mots, « pour la vie », en proie à cette brûlure dans sa cage thoracique.

Une douleur plus cuisante encore que le pire des coups de pied au cul qu'il avait reçus dans sa vie. Et Dieu sait s'il en avait reçus.

# (2)

**La souffrance** persista jusqu'à près de vingt-deux heures, lorsqu'un type poilu d'origine libanaise, à l'embonpoint conséquent, déboula dans la chambre de Colin sans frapper. Colin tourna la tête vers lui en plissant les yeux.

– C'est quoi, ce cirque? demanda Hassan en criant presque.

– Elle m'a largué, répondit Colin.

– Je suis au courant. Écoute, *sitzpinkler*[3], j'adorerais te consoler, mais, pour l'instant, je pourrais éteindre un incendie avec le contenu de ma vessie.

Hassan passa comme une flèche à côté du lit et ouvrit la porte de la salle de bains.

– Merde, Singleton, qu'est-ce que tu as mangé? Ça pue le… Oh! Alerte! Vomi! Du vomi! Beurk!

En entendant Hassan crier, Colin se dit : «Ah oui, c'est vrai. Les toilettes. J'ai oublié de tirer la chasse.»

– Ne m'en veux pas si j'en ai mis à côté, dit Hassan à son retour.

Il s'assit sur le lit et donna des petits coups de pied à Colin, maintenant étendu à plat ventre.

---

3. Terme d'argot allemand désignant une mauviette. Pourrait se traduire littéralement par : «homme qui pisse assis». N'importe quoi, ces allemands… un mot pour chaque chose.

15

– J'ai dû me boucher le pif des deux mains. Résultat, Gros Pétard s'est balancé dans tous les sens. Les pompiers n'auraient pas fait mieux!

Colin ne rit pas.

– Tu doit être sacrément mal, ajouta Hassan parce que a) mes blagues Gros Pétard sont ce que j'ai de mieux en magasin et b) qui peut oublier de tirer la chasse après avoir gerbé?

– J'ai envie de me glisser dans un trou et de mourir, dit Colin sans émotion apparente, la bouche écrasée contre la moquette crème.

– Ben dis donc, lâcha Hassan en expirant lentement.

– Je n'ai jamais voulu qu'une chose, être aimé d'elle et faire quelque chose de ma vie. Et regarde le résultat, non mais regarde, dit Colin.

– Je regarde et je te garantis que je n'aime pas du tout ce que je vois, *kafir*[4]. Ou plutôt ce que je sens.

Hassan se renversa sur le lit, laissant le chagrin de Colin flotter dans l'air un instant.

– Je suis… je suis un raté. Et si ça se résumait à ça? Et si, dans dix ans, je me retrouvais dans le box d'un *open space* en train de mouliner des chiffres et de mémoriser des statistiques de baseball pour m'éclater dans ma ligue virtuelle sur le Net, sans Katherine et sans avoir rien accompli de mémorable. Juste un gros nul.

Hassan s'assit et posa les mains sur ses genoux.

– Tu vois, c'est pour ça que tu dois croire en Dieu. Je ne suis même pas sûr de me retrouver un jour dans un box et ça ne m'empêche pas d'être plus heureux qu'un cochon sur un tas de fumier.

Colin soupira. Hassan n'était pas aussi religieux qu'il

---

4. Mot arabe pas sympa du tout signifiant «non musulman», habituellement traduit par «infidèle».

16

aimait le faire croire, mais il tentait souvent de convertir Colin pour de rire.

– D'accord. Croire en Dieu, c'est une bonne idée. Dans ce cas, j'aimerais croire que je peux voler dans l'espace à dos de pingouins géants duveteux et me taper Katherine XIX en apesanteur.

– Singleton, tu as plus besoin de croire en Dieu que n'importe quel type que je connais.

– Et toi, tu aurais bien besoin d'aller à la fac, marmonna Colin.

Hassan ronchonna. En avance d'un an sur Colin, Hassan avait pris une «année sabbatique» bien qu'ayant été admis à l'université de Loyola à Chicago. Son année sabbatique allait bientôt passer à deux, car il ne s'était inscrit à aucun cours pour la rentrée.

– Ne me mets pas ça sur le dos, dit Hassan en souriant. Ce n'est pas moi qui suis trop ratatiné pour me lever ou tirer la chasse d'eau après avoir vomi, mon pote. Et tu sais pourquoi? Parce que j'ai mon Dieu.

– Arrête de vouloir me convertir, gémit Colin que ça n'amusait pas.

Hassan se leva d'un bond et s'installa à califourchon sur Colin en lui plaquant les bras au sol.

– Il n'y a pas d'autre Dieu que Dieu, et Mahomet est Son prophète! se mit-il à crier. Répète après moi, *sitzpinkler! La ilaha illa-llah*[5]! 

Colin ne put s'empêcher de rire, le souffle coupé par le poids d'Hassan, et Hassan rit aussi.

– Je m'efforce de t'éviter l'enfer, espèce de nase.

– Lève-toi ou je vais bientôt y aller, siffla Colin.

Hassan se releva et passa sans transition à un ton sérieux.

---

5. Profession de foi des musulmans, qui signifie en arabe transcrit : «Il n'y a pas d'autre Dieu que Dieu.»

– C'est quoi le problème, exactement?

– Le problème exactement, c'est qu'elle m'a largué et que je suis seul. Non mais c'est pas vrai. Je suis *encore* seul! Et comme si ça ne suffisait pas, je suis un raté, au cas où tu ne l'aurais pas remarqué. Je suis un has been, un ex. Ex-petit ami de Katherine XIX, ex-surdoué, ex-talent prometteur et, là maintenant, gros looser.

Ainsi que l'avait maintes fois expliqué Colin à Hassan, il existait une différence notable entre «surdoué» et «génie».

Le surdoué est capable d'apprendre à une vitesse phénoménale ce que d'autres ont déjà compris; le génie découvre ce que personne avant lui n'a découvert. Le surdoué apprend; le génie fait. Une fois adultes, la grande majorité des enfants surdoués ne deviennent pas des génies. Colin était quasi certain de faire partie de cette majorité malchanceuse.

Hassan se rassit sur le lit en tirant sur les poils de son double menton.

– Le problème du jour, c'est le truc du génie ou le truc de Katherine?

– Je l'aime tellement, fut la réponse de Colin.

Mais en vérité, dans l'esprit de Colin, les deux étaient liés. Le problème était que lui, ce garçon si unique, si formidable, si intelligent… ne l'était pas. Le cœur du problème était qu'il comptait pour du beurre. Colin Singleton, illustre enfant surdoué, illustre vétéran des guerres des Katherine, illustre geek et *sitzpinkler*, comptait pour du beurre aux yeux de Katherine XIX et aux yeux du monde. Subitement, il n'était plus le petit ami ou le génie de quelqu'un. Et ça (pour employer un terme pointu de surdoué), ça craignait.

– Parce que le truc du génie, poursuivit Hassan comme si Colin n'avait pas clamé haut et fort son amour, c'est rien. C'est juste l'envie d'être célèbre.

– Non, ce n'est pas vrai. Je veux compter pour quelque chose, dit-il.

– Pigé. Comme je viens de le dire, tu veux être célèbre. «Célèbre» est le nouveau mot pour dire «tout le monde m'aime». Et comme il est clair que tu ne seras pas la prochaine miss Univers, tu veux être le prochain génie américain, et là, ne le prends pas personnellement, tu pleurniches parce que tu n'y es pas encore arrivé.

– Tu ne m'aides pas beaucoup, marmonna Colin dans la moquette avant de tourner la tête pour regarder Hassan.

– Lève-toi, dit celui-ci en lui tendant la main.

Colin saisit sa main, se releva et voulut se dégager, mais Hassan serra plus fort.

– *Kafir*, tu es confronté à un problème très compliqué auquel il existe une solution très simple.

# (3)

**– Une virée en bagnole**, dit Colin, un sac de voyage plein à craquer et un sac à dos rempli de livres à ses pieds.

Hassan et lui étaient assis sur un des deux canapés en cuir noir du salon face aux parents de Colin.

La mère de Colin secouait la tête à la cadence d'un métronome réprobateur.

– Pour aller où? demanda-t-elle. Et pour quoi faire?

– Ne le prenez pas mal, madame Singleton, dit Hassan en posant les pieds sur la table basse – ce qui était interdit –, mais quelque chose vous échappe. Il n'y a pas de « où » ni de « pour quoi faire ».

– Pense à tout ce que tu pourrais entreprendre cet été, Colin, dit son père. Apprendre le sanskrit, par exemple. Je sais que tu en mourais d'envie[6]. Tu souhaites vraiment rouler au hasard, sans savoir où tu vas? Ça ne te ressemble pas. À mon avis, tu renonces.

– Je renonce à quoi, papa?

Son père se fit silencieux. Après une question, il gardait toujours le silence. Mais une fois lancé, il s'exprimait par

---

6. Lamentable, mais vrai. Colin avait vraiment rêvé d'apprendre le sanskrit. L'équivalent de l'Everest en matière de langues mortes.

phrases entières qu'aucun *hum* ou *euh* ne venait interrompre, comme s'il avait mémorisé sa réponse.

– Je regrette d'avoir à te le dire, Colin, mais si tu veux continuer à progresser intellectuellement, tu as intérêt à travailler davantage. Sinon tu risques de gâcher ton potentiel.

– En théorie, répondit Colin, c'est pas impossible que ce soit déjà fait.

Peut-être était-ce parce que, pas une fois dans sa vie, Colin n'avait déçu ses parents : il ne buvait pas, ne se droguait pas, ne fumait pas, ne sortait pas tard le soir, n'avait pas de mauvaises notes, pas de piercing sur la langue, ni de KATHERINE, JE T'M POUR LA VIE tatoué dans le dos. Ou peut-être s'étaient-ils sentis coupables d'avoir en quelque sorte failli à son égard, de l'avoir amené là où il en était. À moins encore qu'ils aient eu envie de passer quelques semaines en tête-à-tête, histoire de raviver la flamme de leur amour. Toujours est-il que, cinq minutes après avoir reconnu le gâchis de son potentiel, Colin Singleton se glissait derrière le volant de son interminable Oldsmobile grise, répondant au nom de « Corbillard de Satan ».

– Il ne nous reste plus qu'à passer chez moi prendre mes affaires, dit Hassan dans la voiture. Et surtout réussir à convaincre mes parents de me laisser partir faire une virée en bagnole.

– Tu n'as qu'à leur dire que tu as trouvé un boulot d'été dans une colo, proposa Colin.

– Bonne idée, sauf que je ne mentirai pas à ma mère. Il faut être immonde pour mentir à sa mère.

– Hum.

– D'un autre côté, si quelqu'un d'autre le faisait à ma place, j'y survivrais.

– Entendu, dit Colin.

Cinq minutes après, une fois garés en double file dans une rue de Ravenswood (au nord de Chicago), tous deux jaillissaient de la voiture comme un seul homme. Hassan se rua à l'intérieur de la maison, Colin sur les talons. Dans le salon confortablement meublé, la mère d'Hassan dormait assise dans un fauteuil.

– Eh, maman, réveille-toi, dit Hassan.

Mme Harbish se réveilla en sursaut, sourit et salua les garçons en arabe.

– Ma copine m'a largué et je n'ai pas le moral, lui dit Colin en arabe également. Hassan et moi partons en vacances... en voiture. Je ne connais pas le mot en arabe.

Elle secoua la tête et pinça les lèvres.

– Combien de fois t'ai-je dit de ne pas courir après les filles ? demanda-t-elle en anglais avec un fort accent. Hassan est un bon garçon, il n'a pas de copine. Et regarde comme il est heureux. Tu devrais prendre exemple sur lui.

– C'est bien ce que je compte faire au cours du voyage, dit Colin, bien que rien ne fût plus éloigné de la réalité.

Hassan déboula dans la pièce, portant un sac de voyage à moitié fermé qui débordait de vêtements.

– Ohi-boke[7], maman, dit-il avant de se pencher pour l'embrasser.

C'est alors que M. Harbish fit une soudaine apparition en pyjama.

– Tu ne vas nulle part, dit-il en anglais.

– Écoute, papa. Je suis obligé. Regarde-le. Il est complètement laminé.

Colin se tourna vers M. Harbish d'un air aussi laminé que possible.

– Colin part avec ou sans moi, poursuivit Hassan. Sauf qu'avec moi il aura quelqu'un pour le surveiller.

---

7. «Je t'aime», en arabe.

– Colin est un bon garçon, dit Mme Harbish à son mari.

– Je vous appellerai tous les jours, ajouta Hassan. On ne part pas longtemps, juste le temps qu'il se remette.

Colin eut une idée, fruit de l'inspiration du moment.

– Je vais trouver du boulot à Hassan, dit-il à M. Harbish. Il est temps que nous connaissions la valeur du travail.

M. Harbish poussa un grognement approbateur.

– Tu ferais bien d'apprendre la valeur d'autre chose que cette stupide Juge Judy, dit-il à son fils. En ce qui me concerne, si dans une semaine tu m'appelles pour m'annoncer que tu as trouvé du travail, tu peux rester où tu veux aussi longtemps que tu voudras.

– Merci, papa, marmonna docilement Hassan, apparemment pas vexé.

Il embrassa sa mère sur les deux joues et sortit sans plus attendre.

– Quel con! s'exclama-t-il une fois à l'abri du Corbillard. M'accuser d'être paresseux est une chose, mais dire du mal de la meilleure juge de téléréalité d'Amérique, c'est bas.

Hassan s'endormit vers une heure du matin tandis que Colin, dopé aux cafés hypercrémeux des stations-service et à l'enivrante solitude des autoroutes de nuit, traversait Indianapolis vers le sud par l'I-65. Il faisait doux pour un début juin et, comme la clim du Corbillard de Satan n'avait jamais fonctionné au cours de ce siècle, les vitres étaient entrouvertes. La conduite avait cela de magique qu'elle sollicitait juste assez de son attention – «voiture garée sur le bas-côté; flic? ralentir à la vitesse autorisée; temps de doubler ce semi-remorque; mettre mon clignotant; jeter un coup d'œil au rétroviseur; tendre le cou pour vérifier l'angle mort et oui; c'est bon; file de gauche» – pour le distraire du trou qui lui rongeait le ventre.

Histoire de garder l'esprit occupé, il se remémora d'autres trous dans d'autres ventres. Celui de l'archiduc François-Ferdinand, assassiné en 1914, qui, en voyant l'orifice sanguinolent avait déclaré : « Ce n'est rien. » Il se trompait. Il ne fait aucun doute que l'archiduc François-Ferdinand ne comptait pas pour du beurre. Bien qu'il ne fût ni un surdoué, ni un génie, son assassinat déclencha la Première Guerre mondiale, et sa mort fut à l'origine de 8 528 831 autres.

Katherine lui manquait. Le manque réveillait plus que le café. Quand, une heure plus tôt, Hassan lui avait proposé de prendre le volant, il avait refusé. Conduire le faisait tenir – « pas dépasser le cent dix ; merde, j'ai le cœur qui s'emballe ; je déteste le goût du café ; d'un autre côté, je suis comme une pile ; bon, laisse le camion derrière toi ; c'est ça, file de droite ; et là, maintenant, seulement tes phares trouant l'obscurité ». Conduire l'empêchait d'être totalement écrabouillé par la solitude née de l'écrabouillement. Conduire s'apparentait à une sorte de réflexion, la seule qu'il tolérait. Malgré tout, une pensée rôdait non loin, par-delà le faisceau de ses phares : « Il s'était fait larguer par une fille prénommée Katherine pour la dix-neuvième fois. »

En matière de filles – et Colin en connaissait un rayon –, tout le monde avait un type. Celui de Colin Singleton n'était pas physique mais linguistique : il aimait les Katherine. Pas les Katie, ni les Kat, ni les Kittie, ni les Cathy, ni les Rynn, ni les Trina, ni les Kay, ni les Kate, et surtout pas les Catherine. K-A-T-H-E-R-I-N-E. Il était sorti avec dix-neuf filles, toutes des Katherine. Et toutes, sans exception, l'avaient larguée.

Pour Colin, le monde se scindait en deux catégories de gens en tout et pour tout : les Largués et les Largueurs. Beaucoup prétendent être les deux, mais ils se mettent le doigt dans l'œil. On naît l'un ou l'autre. Il se peut que les

Largueurs ne soient pas toujours des bourreaux des cœurs et que les Largués n'aient pas forcément le cœur brisé. Mais tout le monde a une tendance[8].

Colin aurait peut-être pu s'habituer à l'essor, puis au déclin de toute relation. Finalement, quand on sortait avec quelqu'un ça finissait toujours de la même façon : mal. Quand on y réfléchissait, et Colin s'y employait souvent, les relations amoureuses s'achevaient soit 1) par une rupture, 2) un divorce ou 3) la mort. Mais avec Katherine XIX, c'était différent, du moins en apparence. Elle l'avait aimé, et il l'avait aimée avec férocité. Ce qui était encore vrai – il se surprit à faire tourner la phrase « Je t'aime Katherine » dans sa tête. Un prénom qui sonnait différemment pour peu qu'il le lui adresse. D'abord synonyme d'obsession maladive, « Katherine » s'était mué en un mot qui la résumait elle seule, un mot aux effluves de lilas qui restituait le bleu de ses yeux et la longueur de ses cils.

Tandis que le vent s'engouffrait par les vitres entrouvertes, Colin réfléchissait aux Largueurs, aux Largués et à l'archiduc. À l'arrière, Hassan grognait, reniflait, il rêvait sans doute qu'il était un berger allemand. Sentant la brûlure continuer de lui creuser le ventre, Colin se dit : « Tu me fais

---

8. Un graphique serait peut-être utile à la compréhension. Pour Colin, la dichotomie Largueur/Largué s'illustrait par une courbe en forme de cloche, une majorité de gens se situant au milieu de la courbe, pour partager une légère tendance soit à être largué, soit le contraire. Et puis il y avait les Katherine et les Colin.

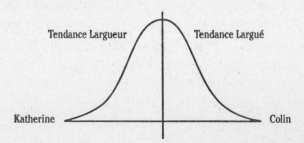

honte. Passe à autre chose. Allez, passe à autre chose. Tout ça est ridicule, lamentable», sans bien savoir ce que «ça» recouvrait.

### Katherine I : le commencement (du début)

Jusqu'à un certain matin de juin, les parents de Colin l'avaient toujours trouvé normal. Assis dans sa chaise haute, Colin, alors âgé de vingt-cinq mois, prenait son petit déjeuner constitué d'aliments d'origine végétale indéterminée, pendant que son père lisait le *Chicago Tribune* de l'autre côté de la petite table de cuisine familiale. Colin était menu pour son âge, mais grand et coiffé d'épaisses boucles brunes qui se dressaient sur son crâne avec une imprévisibilité toute einsteinienne.

– Trois «mortesse» dans West Side, dit-il après avoir avalé une bouchée. Veux plus de légumes, ajouta-t-il, faisant référence à son petit déjeuner.

– Qu'est-ce que tu dis, Bonhomme?

– Trois «mortesse» dans West Side. Veux des frites s'il te plaît merci[9].

Le père de Colin retourna son journal et regarda, médusé, le gros titre qui s'étalait en une au-dessus de la pliure. S'ensuivit le premier souvenir de Colin : son père abaissant lentement son journal et lui souriant de toutes ses dents, les yeux agrandis par la surprise et le plaisir.

– Cindy! Le gamin lit le journal! cria-t-il.

Ses parents étaient des lecteurs compulsifs. Sa mère enseignait le français à la Kalman School, un établissement prestigieux et cher du centre, et son père la sociologie, à l'université de Northwestern, au nord de la ville. Si bien

---

9. Tel un singe savant, Colin disposait d'un riche vocabulaire, mais d'une modeste grammaire. Par ailleurs, il ignorait comment prononcer «morts». Pardonnez-lui, il n'avait que deux ans.

qu'après «les trois morts dans West Side», ils n'eurent de cesse de le faire lire – partout, tout le temps – des livres d'images, d'abord en anglais, puis en français.

Quatre mois après, ses parents l'inscrivaient dans une école maternelle pour surdoués. Las! Le niveau de Colin était trop élevé et, de toute façon, l'école n'acceptait pas les enfants qui ne savaient pas aller au pot. Colin fut envoyé chez une psychologue de l'université de Chicago.

C'est ainsi que le surdoué aux incontinences périodiques se retrouva dans un petit bureau sans fenêtre de South Side où une femme portant des lunettes à monture d'écaille lui demanda : de trouver des combinaisons dans une suite de lettres et de nombres; de tracer rapidement des polygones; de découvrir l'intrus dans un groupe d'images. Elle lui posa d'innombrables questions merveilleuses qui la lui rendirent très sympathique. Jusque-là, lorsqu'on posait des questions à Colin, c'était pour lui demander s'il avait fait pipi dans sa culotte ou s'il daignait avaler une autre bouchée de purée de légumes.

– Merci pour ton extraordinaire patience, Colin, dit l'experte au bout d'une heure d'interrogatoire. Tu es vraiment unique.

Une phrase que Colin entendrait souvent et dont pourtant – allez savoir pourquoi – il ne se lasserait jamais.

La femme aux lunettes à monture d'écaille fit venir ensuite sa mère dans le bureau. Tandis qu'elle confirmait à Mme Singleton que son fils était intelligent et qu'il était unique, Colin jouait avec les cubes en bois d'un alphabet. En changeant p-o-t-s en s-t-o-p – son premier souvenir d'anagramme –, il se planta une écharde dans le doigt.

L'experte conseilla à Mme Singleton d'encourager les dons de Colin mais de ne pas les pousser, et elle la mit en garde.

– Ne nourrissez pas d'espoirs déraisonnables. Les enfants tels que Colin assimilent très vite, ils font preuve d'une remarquable capacité à se concentrer sur une tâche, mais ils ont autant de chance de remporter un prix Nobel qu'un enfant d'une intelligence normale.

Ce soir-là, son père lui rapporta un nouveau livre, *Le Petit Bout manquant* de Shel Silverstein. Colin s'installa sur le canapé à côté de son père et se mit à lire, ses petites mains tournant rapidement les grandes pages sans s'arrêter, sauf pour demander si «ça» et «cela» étaient la même chose. Une fois sa lecture terminée, il referma le livre d'un grand geste.

– Ça t'a plu? demanda son père.

– Oui, répondit Colin.

Il aimait tous les livres, car le fait même de lire le remplissait de bonheur – la magie de transformer des signes en mots.

– Ça parle de quoi? demanda son père.

Colin posa le livre sur les genoux de son père.

– Il manque un bout à un rond. Et le bout manquant a la forme d'une pizza, répondit-il.

– D'une pizza ou d'une part de pizza? demanda son père en posant ses grosses pattes sur la tête de Colin.

– Tu as raison, papa. Une part. Alors le rond décide de partir à la recherche du bout manquant. Il en trouve plein, mais ils ne vont pas. Et puis, il repère le bon, mais il le laisse. Voilà, c'est fini.

– Est-ce qu'il t'arrive de te sentir comme un rond à qui il manque un bout? demanda son père.

– Papa, je ne suis pas un rond. Je suis un garçon.

Le sourire de son père s'évanouit – le surdoué savait lire, mais il ne pigeait rien. Et si Colin avait su qu'il lui manquait un bout, que son incapacité à se reconnaître dans l'histoire du rond allait constituer un problème récurrent, peut-être aurait-il compris qu'au fil du temps le reste du monde le rattraperait. Pour emprunter à une autre histoire qu'il mémorisa, mais dont le sens lui échappa : s'il avait compris que la fable du lièvre et de la tortue ne se limitait pas aux deux seuls animaux, il aurait peut-être évité nombre de complications.

Trois ans plus tard, Colin entra en CP à la Kalman School – gratuitement, parce que sa mère y travaillait –, à peine plus jeune d'un an que la plupart de ses camarades. Son père le poussait sans arrêt à étudier, mais Colin ne faisait pas partie de ces surdoués qui vont à la fac dès onze ans. Ses parents étaient partisans de lui faire suivre une scolarité semi-normale, eu égard à ce qu'ils nommaient son « bien-être en société ».

Sauf qu'en société son être n'était pas bien. Colin ne savait pas se faire d'amis. Ses camarades et lui n'avaient pas les mêmes distractions. Exemple : ce qui le mettait en joie à la récré, c'était de faire semblant d'être un robot. Il allait se planter devant Robert Caseman en marchant d'un pas saccadé, les bras ballants et raides, et il lui disait d'une voix monocorde :

– Je suis un robot. Je réponds à toutes les questions. Tu veux savoir qui était le quatorzième président des États-Unis ?

– D'accord, répondait Robert. Voilà ma question : pourquoi tu es aussi gogol, Filet-de-colin ? » Le jeu préféré de Robert Caseman durant tout le CP fut de l'appeler « Filet-de-colin » jusqu'à ce qu'il fonde en larmes. Ce qui ne tardait jamais, car, comme le disait sa mère, c'était un enfant « sensible ». Colin voulait jouer au robot, merde ! Où était le mal ?

En CE1, Robert Caseman et consorts mûrirent un peu.

S'apercevant que les mots ne laissaient pas de trace, au contraire d'une bonne raclée, ils inventèrent «l'Abdominal Homme des neiges[10]», qui consistait à lui ordonner de s'allonger par terre – curieusement, il s'exécutait –, puis à saisir chacun un de ses membres et à tirer. C'était une forme d'écartèlement, mais avec des gosses de sept ans à la manœuvre elle n'était pas mortelle, elle était juste bête et humiliante. Elle donnait à Colin l'impression que personne ne l'aimait, ce qui était vrai. Pour se consoler, il se disait qu'un jour lui ne compterait pas pour du beurre, il serait célèbre. Alors qu'eux jamais. D'ailleurs, sa mère lui expliquait que c'était pour cette raison qu'ils se moquaient de lui, par jalousie. «Ils sont jaloux, c'est tout», disait-elle. Mais on ne la lui faisait pas, ses camarades n'étaient pas jaloux. Ils ne l'aimaient pas, point. Parfois, c'est aussi simple que ça.

De sorte que ses parents et lui furent ravis et soulagés quand, juste après sa rentrée en CE2, Colin Singleton fit la preuve de son bien-être en société en gagnant – brièvement – le cœur de la plus jolie petite fille de huit ans de tout Chicago.

---

10. La formule est de Colin. Les autres l'appelaient «l'Extension». Mais un jour où ils s'apprêtaient à la lui faire subir, Colin s'écria : «Pitié, pas l'Abdominal Homme des neiges!» Le nom était trop génial, il resta.

# (4)

**Vers trois** heures du matin, Colin fit halte sur une aire
de repos des environs de Paducah, Kentucky. Il abaissa le
dossier de son siège jusqu'à ce qu'il touche les genoux
d'Hassan à l'arrière, et dormit. Quelque quatre heures plus
tard, Hassan le réveilla en lui donnant des coups de pied
dans le dos.

– *Kafir*, je suis paralysé. Relève ce truc, faut que je prie.

Colin rêvait de Katherine. Il se pencha pour tirer sur le
levier, redressant le dossier d'un coup.

– Merde! dit Hassan. Il y aurait pas un truc qui serait
mort dans ma gorge, hier soir?

– Je dors.

– J'ai une haleine de putois. Tu as pris du dentifrice?

– Ça porte un nom. *Fetor hepaticus*. C'est courant au dernier st…

– Pas intéressant, le coupa Hassan, sa phrase fétiche dès
que Colin s'égarait. Dentifrice?

– Trousse de toilette dans mon sac au fond du coffre,
répondit Colin[11].

---

11. Mais bref, on appelle ça *fetor hepaticus* et c'est un des symptômes
d'une insuffisance hépatique en stade terminal. Pour résumer,
on a une haleine de cadavre en putréfaction.

Hassan claqua la portière de la voiture en descendant, puis le coffre quelques secondes plus tard. Si bien que, se frottant les yeux, Colin décida qu'il était temps de se lever. Profitant de ce qu'Hassan se prosternait sur l'asphalte face à La Mecque, il se rendit aux toilettes – au mur, trois graffitis disaient : pour une pipe tél Dana. Il se demanda si Dana distribuait des fellations ou des articles pour fumeurs. Puis, pour la première fois depuis qu'il s'était avachi sur la moquette de sa chambre, il assouvit sa passion favorite et fit l'anagramme de «POUR UNE PIPE TEL DANA» : «Pardon au peuple tien.»

Replongeant dans l'air chaud du Kentucky, Colin rejoignit Hassan à une table de pique-nique qu'il massacrait à l'aide du couteau accroché à son porte-clés.

– Qu'est-ce que tu fabriques? demanda Colin en croisant les bras sur la table pour poser sa tête.

– Pendant que tu étais aux toilettes, je me suis assis à cette table de pique-nique de Pétaouchnock, Kentucky, et j'ai remarqué que quelqu'un avait gravé DIEU DÉTESTE LOPETTE. Ce qui, en plus d'être une offense à la syntaxe, se révèle d'un ridicule achevé. Et donc, je le transforme en DIEU DÉTESTE L'OPÉRA. Difficile de ne pas être d'accord avec ça. Tout le monde déteste l'opéra.

– J'aime l'opéra, marmonna Colin.

– Tu aimes plein de trucs merdiques.

Pendant qu'Hassan s'employait à faire détester l'opéra à Dieu, voici l'enchaînement que suivirent les pensées de Colin : 1) opéra 2) Katherine XIX 3) pendentif en rubis qu'il lui avait offert cinq mois et dix-sept jours plus tôt 4) la plupart des rubis viennent d'Inde 5) qui vécut sous la férule du Royaume-Uni dont 6) Winston Churchill fut Premier ministre et 7) c'est dingue que nombre de grands hommes politiques, tels que Churchill et Gandhi, aient été chauves alors que 8) pas mal de dictateurs, comme Hitler, Staline et Saddam Hussein étaient moustachus? D'un autre côté 9) Mussolini ne portait la moustache que de temps à autre et 10) beaucoup de scientifiques de haut niveau ont la moustache, exemple Ruggero Oddi qui 11) découvrit le sphincter de l'appareil intestinal à qui il donna son nom, un sphincter parmi d'autres dans la famille des sphincters moins connus à l'instar 12) du sphincter pupillaire.

À ce propos, quand Hassan Harbish rejoignit la Kalman School en seconde, après avoir été scolarisé dix ans à la maison, il était certes intelligent, mais n'avait rien d'un génie. Cet automne-là, Colin et lui suivaient le même cours de maths, bien que Colin fût en troisième. Mais ils ne se parlaient pas, Colin avait renoncé à se faire des amis qui ne s'appelaient pas Katherine. Il détestait tous les autres élèves de Kalman – ce qui valait mieux, dans la mesure où ils le lui rendaient bien.

Deux semaines après la rentrée, Colin leva la main en cours.

– Oui, Colin? demanda Mme Sorenstein.

Colin avait passé la main sous ses lunettes et appuyait sur son œil gauche, visiblement gêné.

– Puis-je m'absenter une seconde? demanda-t-il.

– C'est important?

– J'ai un cil dans le sphincter pupillaire, répondit Colin, provoquant l'hilarité de la classe.

Mme Sorenstein le laissa sortir. Dans les toilettes, Colin retira le cil de son œil, ou plus précisément de son sphincter pupillaire, en se regardant dans la glace.

À la fin du cours, Hassan s'en fut trouver Colin qui mangeait un sandwich au beurre de cacahuètes sans confiture, assis sur le large escalier en pierre de l'entrée de service.

– Tu sais quoi, dit Hassan. C'est mon neuvième jour

d'école de toute ma vie et j'ai déjà compris ce qu'on pouvait dire ou ne pas dire. Alors on ne parle pas de son sphincter.

– C'est une partie de l'œil, répondit Colin, sur la défensive. Je faisais preuve d'intelligence.

– Écoute, mec, faut savoir à qui on parle. Ton truc ferait un malheur à un congrès d'ophtalmologistes, mais en maths, tout le monde se demande forcément comment tu as pu te fourrer un cil à cet endroit-là.

Et c'est ainsi qu'ils devinrent amis.

– Je dois avouer que je ne suis pas très fan du Kentucky, déclara Hassan.

Le menton posé sur ses bras croisés, Colin leva les yeux pour scruter le parking de l'aire de repos. Son bout manquant n'était nulle part.

– Ici aussi, tout me rappelle Katherine. On avait parlé d'aller à Paris. Je te rassure, je n'en ai plus aucune envie, mais je continue d'imaginer son bonheur au Louvre. On serait allés dans les grands restaurants, on aurait peut-être bu du vin rouge. On avait même cherché des hôtels sur le Net. Avec l'argent *Des Petites Têtes*[12], c'était tout à fait possible.

– Écoute mec, si même le Kentucky te rappelle Paris, on est mal barrés.

Colin se redressa et contempla la pelouse minable devant lui. Puis ses yeux se posèrent sur l'habile retouche d'Hassan.

– L'opéra…, commença d'expliquer Colin.

– Oh non! Donne-moi les clés.

Colin sortit les clés de sa poche et les jeta de l'autre côté de la table, d'un geste las. Hassan les ramassa en vitesse et partit en direction du Corbillard de Satan, suivi d'un Colin désespéré.

---

12. Explications à venir. Mais pour résumer, environ un an auparavant, Colin avait touché un peu d'argent.

Soixante-dix kilomètres plus loin, toujours dans le Kentucky, Colin commençait à s'endormir, recroquevillé contre la vitre, quand Hassan fit cette déclaration :

– «Prochaine sortie, le plus grand crucifix en bois du monde».

– Pas question de s'arrêter pour voir le plus grand crucifix en bois du monde.

– Oh que si, dit Hassan. Il doit être gigantesque !

– Tu peux m'expliquer pourquoi on devrait s'arrêter pour voir le plus grand crucifix en bois du monde ?

– On fait une virée en bagnole ! C'est l'aventure ! répondit Hassan en martelant le volant de ses poings pour marquer son enthousiasme. On n'a pas de destination précise. Tu veux mourir sans avoir vu le plus grand crucifix en bois du monde ?

Colin réfléchit à la question.

– Oui, répondit-il. Primo, aucun de nous deux n'est chrétien. Deuzio, passer l'été à s'arrêter toutes les deux minutes pour aller voir des trucs débiles n'arrangera rien. Et tertio, les crucifix me font penser à elle.

– À qui ?

– À elle.

– *Kafir*, elle était athée.

– Pas toujours, dit doucement Colin. Elle en portait un avant qu'on sorte ensemble, précisa-t-il en regardant les pins défiler derrière la vitre – son souvenir intact faisant revivre le crucifix en argent.

– Tu me dégoûtes quand tu fais ton *sitzpinkler*, dit Hassan, appuyant néanmoins sur le champignon pour dépasser la sortie comme une fusée.

# (5)

**Deux heures** après avoir passé le plus grand crucifix en bois du monde, Hassan remit le sujet sur le tapis.

– Tu savais que le plus grand crucifix en bois du monde se trouvait dans le Kentucky? cria-t-il, vitre baissée, la main dans le vent.

– Pas avant aujourd'hui, répondit Colin. Mais je sais que la plus grande église en bois est en Finlande.

– Pas intéressant, dit Hassan.

Les «pas intéressant» d'Hassan avaient permis à Colin de distinguer les sujets qu'il pouvait ou non aborder avec les autres. Avant Hassan, la notion lui avait toujours échappé, pour la bonne raison que le reste de ses interlocuteurs choisissait de le ménager ou de l'ignorer. Ou, dans le cas des Katherine, de le ménager d'abord et de l'ignorer ensuite. Grâce à la liste de sujets pas intéressants[13] qu'il avait établie, Colin était capable de tenir une conversation à peu près normale.

Trois cents kilomètres et un arrêt technique plus loin, le Kentucky loin derrière eux, ils étaient à mi-chemin entre

---

13. Parmi d'innombrables, voici des sujets certifiés «pas intéressants» : le sphincter pupillaire, la mitose, l'architecture baroque, les blagues dont la chute est une équation de physique, la monarchie britannique, la grammaire russe ou le rôle essentiel du sel dans l'histoire de l'humanité.

Nashville et Memphis. Le vent qui s'engouffrait par les vitres ouvertes séchait leur dos trempé sans parvenir à les rafraîchir. Colin était en train de réfléchir à un endroit climatisé où aller quand il avisa un panneau rédigé à la main dominant un champ de coton ou de maïs ou de soja ou allez savoir quoi[14] : SORTIE 212 : VENEZ VOIR LA TOMBE DE L'ARCHIDUC FRANÇOIS-FERDINAND – L'HOMME PAR QUI LA PREMIÈRE GUERRE MONDIALE EST ARRIVÉE.

– C'est carrément pas crédible, commenta doucement Colin.

– Je dis simplement qu'on devrait aller quelque part, dit Hassan qui ne l'avait pas entendu. Je n'ai rien contre cette autoroute, mais plus on s'éloigne, plus il fait chaud, et je transpire déjà comme une pécheresse dans une église.

Colin massa sa nuque endolorie en se disant qu'il ne passerait pas une nuit de plus dans la voiture alors qu'il avait largement de quoi se payer une chambre d'hôtel.

– Tu as vu le panneau ? demanda-t-il.

– Lequel ?

– Celui de la tombe de l'archiduc François-Ferdinand.

Oubliant la route, Hassan se tourna vers Colin avec un large sourire et lui donna une bourrade dans l'épaule.

– Excellent ! dit-il. Et puis ça tombe bien, c'est l'heure de déjeuner.

Sur le parking du fast-food Hardee's, à la sortie 212, comté de Carver, Tennessee, Colin appela sa mère.

– Allô ! On est dans le Tennessee.

– Comment tu te sens, mon grand ?

– Mieux, je crois. Enfin, j'en sais rien. Il fait chaud. Est-ce que... quelqu'un m'a appelé ?

Sa mère se tut. Sa maudite pitié était palpable.

---

14. Reconnaître une plante ne figurant pas au nombre des talents de Colin.

– Désolée, mon trésor. Je dirai à… tout le monde d'appeler sur ton portable.

– Merci, maman. Là, je vais manger un hamburger.

– Ça promet. N'oublie pas de mettre ta ceinture. Je t'aime!

– Moi aussi.


Après avoir mangé un hamburger géant débordant de gras dans le resto vide, Colin alla trouver la caissière, dont le corps avait visiblement pâti d'un trop grand nombre de repas pris sur son lieu de travail, pour lui demander comment se rendre sur la tombe de François-Ferdinand.

– Qui?

– L'archiduc François-Ferdinand.

La femme le considéra d'un œil vide, puis son regard s'éclaira.

– C'est de Gutshot que tu parles? Tu aimes la cambrousse, on dirait.

– Gutshot?

– Ouais. Tu vas faire comme ça : en sortant du parking, tu prends à droite, dos à l'autoroute. Au bout de trois kilomètres, tu tombes sur un croisement en T. Tu verras, il y a une station-service fermée. Là, tu prends à droite et pendant quinze à vingt kilomètres tu longes pas grand-chose. Ensuite, il y a une côte et tu es arrivé à Gutshot.

– Gutshot?

– Gutshot, Tennessee. C'est là que tu trouveras l'archiduc.

– Donc à droite et puis à droite.

– Oui. Vous allez bien vous marrer.

– Gutshot, répéta Colin dans sa barbe. OK, merci.


Depuis sa dernière réfection, la route des quinze à vingt kilomètres en question semblait avoir été l'épicentre d'un tremblement de terre. Colin conduisait prudemment, mais les amortisseurs fatigués du Corbillard geignaient à chaque nid-de-poule, chaque déformation de la chaussée.

– On n'a peut-être pas besoin de voir l'archiduc, dit Hassan.

– On fait une virée en bagnole! C'est l'aventure! le parodia Colin.

– Tu crois que les gens de Gutshot, Tennessee, ont déjà vu un Arabe en chair et en os?

– Arrête ta parano.

– Et tu crois qu'ils ont déjà vu un juif avec une coupe afro?

Colin s'accorda une minute de réflexion.

– La femme du resto a été sympa avec nous.

– D'accord, sauf que la femme du resto a parlé de Gutshot «comme de la cambrousse», répondit Hassan en imitant l'accent de la caissière. Si ce resto était urbain, je ne suis pas certain d'avoir envie de visiter plus rural.

Hassan continua de délirer, et Colin de rire ou sourire aux moments propices, mais sans quitter la route des yeux, calculant les probabilités que l'archiduc, mort à Sarajevo plus de quatre-vingt-dix ans auparavant et qui avait surgi à l'improviste dans son esprit la veille, ait atterri dans les parages. C'était irrationnel et Colin détestait réfléchir de façon irrationnelle, pourtant il ne pouvait s'empêcher d'espérer qu'en présence de l'archiduc quelque chose de son bout manquant lui serait révélé. Mais, bien sûr, l'univers ne concourt pas à vous faire aller dans un endroit plutôt qu'un autre, Colin le savait. Il repensa à une citation de Démocrite : «Partout, l'homme s'en prend à la nature et au destin, alors que ce sont son caractère, ses passions, ses erreurs et ses faiblesses qui font son destin[15].»

---

15. Pour les curieux, voici la citation originale en grec : Ὅπου το ἀτομο κατηγορεῖ τη φύση και τη μοῖρα, ὅμως η μοῖρα του εἶναι συνήθως ἀλλὰ η ηχώ του χαρακτήρα και των παθών του, των λαθών και των ἀδυναμιών του.

42

Par conséquent, ce n'était pas le destin, mais plutôt le caractère, les passions, les erreurs et les faiblesses de Colin Singleton qui l'avaient amené à Gutshot, Tennessee, 864 HABITANTS, comme l'indiquait le panneau. De prime abord, Gutshot n'était guère différent de ce qui avait précédé, à l'exception de l'état de la route. De part et d'autre du Corbillard s'étendaient des champs uniformes où poussait une plante robuste d'un vert lumineux. De temps à autre, une pâture à chevaux, une grange ou un bouquet d'arbres venait briser la monotonie. Puis soudain, un bâtiment de plain-pied d'un rose effroyable surgit sur le bord de la route.

– On est à Gutshot, dit Colin en indiquant le bâtiment d'un signe de tête.

Sur un des côtés du bâtiment, un panneau peint à la main disait : Royaume de Gutshot : DERNIÈRE DEMEURE DE L'ARCHIDUC FRANÇOIS-FERDINAND – BIÈRE GLACÉE – SODA – APPÂTS POUR LA PÊCHE.

Colin se gara devant le magasin.

– Je me demande si l'archiduc est stocké avec le soda et les appâts, dit-il en détachant sa ceinture.

Le rire grave d'Hassan remplit l'habitacle.

– Incroyable, Colin fait de l'humour. Cet endroit agit sur toi comme par magie. Dommage qu'on doive y mourir. Je ne blague pas. Un Arabe et un type à moitié juif entrent dans un magasin du Tennessee, c'est le début d'une histoire drôle qui se termine par « sodomie ».

Colin l'entendit néanmoins marcher derrière lui sur le sol gravillonné.

Ils poussèrent une porte munie d'une moustiquaire et pénétrèrent à l'intérieur du bazar de Gutshot. Derrière le comptoir, une fille au long nez droit et aux immenses yeux marron leva les yeux de son *Celebrity Magazine*.

– Comment va? demanda-t-elle.

– Bien, et toi? répondit Hassan, tandis que Colin se demandait si, de toute l'histoire de l'humanité, il pouvait avoir existé ne serait-ce qu'une seule personne digne d'intérêt qui ait lu *Celebrity Magazine*[16].

– Pas mal, dit la fille.

Ils firent le tour du magasin, foulant les lattes poussiéreuses du plancher vitrifié, jetant un œil faussement intéressé aux paquets de biscuits apéritif, aux boissons et autres petits poissons dans des bacs à appâts. À moitié caché derrière un rayon de chips qui lui arrivait à la poitrine, Colin tira sur le T-shirt d'Hassan.

– Vas-y, demande-lui, toi, chuchota-t-il, la main en cornet à son oreille.

Mais Colin ne chuchotait pas vraiment, il ne maîtrisait pas l'art du chuchotement. Il se contentait de parler plus bas dans le tympan d'Hassan.

Hassan fit une grimace et secoua la tête.

– Quelle est la superficie du Kansas en kilomètres carrés? murmura-t-il.

– Euh, environ 213 283. Pourquoi?

– Je trouve dingue que tu saches ça, alors que tu n'es pas fichu de parler sans te servir de tes cordes vocales.

Colin commença à lui expliquer que même chuchoter requérait l'usage des cordes vocales, mais Hassan leva les yeux au ciel. Colin se mordilla l'intérieur du pouce en le

---

16. En diagramme de Venn, Colin aurait soutenu que le monde se divisait ainsi :

gens intéressants

gens lisant *Celebrity Magazine*

44

regardant avec des yeux pleins d'espoir, mais Hassan fit mine de s'intéresser aux chips et Colin dut finalement s'y coller. Il retourna au comptoir.

– Salut, on est venus pour l'archiduc.

La lectrice de *Celebrity Magazine* lui sourit, ses joues rebondies et son trop long nez disparurent. Elle avait ce genre de sourire rayonnant et trompeur auquel on ne peut s'empêcher de croire. Il donnait envie de la rendre heureuse pour le voir réapparaître, mais il s'évanouit aussitôt.

– Visite toutes les heures, onze dollars l'entrée et ça les vaut pas, débita-t-elle d'une voix monocorde.

– On paiera, dit Hassan, qui s'était glissé derrière Colin. Le gamin a besoin de voir l'archiduc. Il fait une dépression, ajouta-t-il dans un chuchotement forcé en se penchant vers elle.

Puis il posa vingt-deux dollars sur le comptoir, et la fille s'empressa de les glisser dans la poche de son short, ignorant la caisse.

– Il fait une de ces chaleurs, dit-elle, en soufflant sur une mèche de cheveux acajou qui la gênait.

– C'est une visite guidée ? demanda Colin.

– Oui. Et, à mon grand regret, je suis votre guide, dit-elle, en contournant le comptoir.

Petite, maigre, un visage plus intéressant que joli.

– Colin Singleton, se présenta-t-il à la guide/employée d'épicerie.

– Lindsey Lee Wells, répondit-elle en tendant une petite main au vernis rose métallisé écaillé.

Colin lui serra la main et Lindsey se tourna vers Hassan.

– Hassan Harbish, musulman sunnite, non terroriste.

– Lindsey Lee Wells, méthodiste et pas terroriste non plus, dit-elle, en souriant à nouveau.

Toutes les pensées de Colin tournaient autour de K-XIX,

de lui et du bout de ventre qu'il avait égaré, mais impossible de nier le sourire de la fille. C'était un sourire à mettre fin à une guerre ou à soigner les cancers.

Ils marchèrent un long moment en silence dans l'herbe haute à l'arrière du magasin. L'herbe irritait les mollets de Colin, et il envisagea de se plaindre, voire de s'enquérir d'un autre passage où l'herbe aurait été coupée. Mais Hassan l'aurait traité de *sitzpinkler*, alors il renonça, laissant l'herbe lui chatouiller la peau. Il repensa à Chicago, où l'on pouvait marcher des jours entiers sans fouler la moindre parcelle de terre. Cet univers de bitume lui plaisait et lui manquait, d'autant plus lorsque son pied cogna contre une motte de terre sur laquelle il faillit se tordre la cheville.

Lindsey Lee Wells ouvrait la marche – sans leur adresser la parole, comportement nul de lectrice de *Celebrity Magazine* – et Hassan trottait à côté de Colin. Même si Hassan ne l'avait pas réellement traité de *sitzpinkler* parce que l'herbe le démangeait, Colin savait qu'il aurait très bien pu le faire, ce qui suffit à l'énerver. Il aborda donc pour la énième fois le sujet détesté d'Hassan.

– Je t'ai parlé de la fac aujourd'hui, ou pas ? demanda-t-il.

Hassan leva les yeux au ciel.

– Regarde où l'excellence t'a mené.

Colin se trouva à court de réponses.

– Il faut que tu y ailles cette année. Tu ne peux pas repousser ça indéfiniment, dit-il. Les inscriptions commencent le 15 juillet.

Colin avait vérifié.

– Si, je peux remettre ça à plus tard. Je te l'ai dit et je te le répète : j'aime traîner devant la télé et devenir gros. C'est mon boulot, Singleton. C'est pour cette raison que j'adore les virées en bagnole, mec. On croit s'activer alors qu'on ne s'active pas du tout. Mon père n'est pas allé à la fac et il s'est fait des couilles en or.

Colin se demanda ce que ça faisait d'avoir des couilles en or.

– Soit, mais ton père ne traîne pas à longueur de journée. Il bosse plus de cent heures par semaine.

– Exact. Et c'est grâce à mon père que je n'ai pas besoin de travailler ni d'aller à la fac.

Colin n'avait rien à opposer à cela. Mais l'apathie d'Hassan lui échappait. À quoi ça servait d'être en vie si ce n'était pour essayer d'accomplir quelque chose de remarquable? Quelle bizarrerie de croire que Dieu vous avait donné la vie et de ne pas comprendre que la vie exigeait plus de vous que regarder la télé!

D'un autre côté, quand on vient juste de démarrer une virée en bagnole pour échapper au souvenir d'une dix-neuvième Katherine et qu'on se balade dans le fin fond du Tennessee pour aller voir la tombe d'un archiduc austro-hongrois, on n'est peut-être pas le mieux placé pour juger quiconque étrange.

Colin était occupé à faire l'anagramme de «quiconque étrange» : «coq unique et rangé», «requinque ce tango», «gène qu'on acquiert», quand il fit honneur à son gène en trébuchant sur une taupinière. Troublé par le sol qui se rapprochait à vitesse grand V, il en oublia de mettre les mains en avant pour amortir sa chute et tomba de toute sa hauteur comme s'il avait été abattu d'une balle dans le dos. Les premières choses à heurter le sol furent ses lunettes, puis son front cogna contre un petit caillou pointu.

Colin roula sur lui-même.

– Je suis tombé, remarqua-t-il assez fort.

– Merde! s'écria Hassan.

Lorsque Colin rouvrit les yeux, il vit dans un halo Hassan et Lindsey Lee Wells, à genoux en train de l'examiner. Elle sentait un parfum fruité, *Curve*, lui sembla-t-il. Il l'avait offert à Katherine XVII, mais elle ne l'avait pas aimé[17].

– Je saigne, non? demanda Colin.

– Comme un cochon qu'on égorge, dit-elle. Ne bouge pas. Elle se tourna vers Hassan.

– Passe-moi ton T-shirt.

Hassan dit non, et Colin comprit que c'était à cause de ses seins de mec.

– Il faut comprimer la plaie, expliqua Lindsey.

Mais Hassan réitéra calmement son refus.

– OK! s'écria-t-elle. J'ai compris.

Et elle retira son T-shirt.

Colin tenta de percer le brouillard dû à l'absence de ses lunettes, mais il ne vit pas grand-chose.

– Tu aurais peut-être pu attendre notre deuxième rancard, dit-il.

– Petit pervers, répliqua-t-elle, mais il sut qu'elle souriait.

Elle lui tamponna le front et le visage avec son T-shirt, puis appuya fermement sur un point plus vulnérable au-dessus du sourcil droit, le tout sans cesser de parler.

– Tu parles d'un copain, ton copain. Arrête de bouger la tête. Tu pourrais avoir un problème vertébral ou un hématome sous-dural. Le pourcentage de risque est faible, mais il faut être prudent, le premier hosto est à une heure de route.

Colin ferma les yeux en s'efforçant de ne pas faire de grimace, car elle y allait franchement.

– Appuie là avec le T-shirt, dit-elle à Hassan. Je serai de retour dans huit minutes.

---

17. «Ça sent comme si je m'étais frotté la nuque avec un Malabar», avait-elle dit. Mais non, ça sentait le parfum au Malabar et c'était délicieux.

– On ne ferait pas mieux d'appeler un médecin? demanda celui-ci.

– Je suis aide-soignante, dit-elle en s'éloignant.

– Tu as quel âge? demanda-t-il.

– Dix-sept ans. Bon, d'accord, aide-soignante en formation. Huit minutes, je le jure, dit-elle avant de partir en courant.

Ce n'était pas l'odeur de *Curve* à proprement parler que Colin aimait, c'était la façon dont l'air embaumait après le départ de Lindsey, l'effluve que le parfum laissait derrière lui. L'anglais n'a pas de mot pour ça, mais le français oui, et Colin le connaissait : *sillage*. Ce que Colin aimait dans *Curve*, ce n'était pas son empreinte sur la peau, mais son sillage, la douce traînée fruitée laissée par son absence.

Hassan s'assit dans l'herbe à côté de lui et appuya sur la plaie.

– Désolé pour le coup du T-shirt.

– Seins de mec? demanda Colin.

– Oui. Je préfère avoir fait plus ample connaissance avant d'exhiber mes lolos. Où sont tes lunettes?

– J'étais pile en train de me poser la question quand la fille a retiré son T-shirt, dit Colin.

– Tu ne l'as pas vue?

– Elle non, mais j'ai vu que son soutif était violet.

– Et comment! répondit Hassan.

Colin songea à K-XIX en soutif violet, à califourchon sur lui, dans sa chambre, quand elle l'avait largué. Il songea à Katherine XIV qui portait un soutif noir, comme le reste, d'ailleurs. Et il songea à Katherine XII, la première à se montrer en soutif et à toutes les Katherine dont il avait vu le soutif (quatre, à moins de compter les bretelles, ce qui ferait sept). Les gens disaient qu'il était masochiste, qu'il aimait se faire larguer. Mais pas du tout. Colin ne voyait jamais rien venir, c'est tout. Allongé sur le plancher des vaches, Hassan appuyant comme un sourd sur sa blessure, Colin Singleton comprit, grâce à la distance qui le séparait de ses lunettes, la nature du problème : la myopie. Il était myope. L'avenir s'étendait devant lui, inévitable, mais invisible.

– Je les ai retrouvées, dit Hassan en essayant de les lui enfiler.

Sur quelqu'un d'autre, c'est difficile. Colin finit par les ajuster lui-même. Et il vit.

– Eurêka, dit-il doucement.


## Katherine XIX : La fin (de la fin)

Elle le largua le huitième jour du douzième mois, à vingt-deux jours de leur premier anniversaire. Ils avaient été reçus au bac le matin même, bien qu'étant dans des lycées différents. Leurs parents respectifs, de vieux amis, les avaient emmenés déjeuner au restaurant pour fêter l'événement. Mais la soirée était à eux. Colin s'était rasé et avait mis du déodorant *Wild Rain*, qu'elle adorait, au point de se lover contre sa poitrine pour en humer toutes les senteurs.

Il était venu la chercher au volant du Corbillard et ils roulaient sur Lakeshore Drive vers le sud, vitres baissées pour entendre les vagues du lac Michigan s'écraser contre les rochers, noyant le bruit du moteur. La ville se découpait devant eux. Colin avait toujours adoré les perspectives de Chicago. Il n'était pas religieux, mais voir la ville se dessiner l'emplissait de ce qu'on appelle en latin le *mysterium tremendum et fascinans*, un mélange de peur et de fascination qui vous retourne l'estomac.

Ils prirent la direction du centre-ville en slalomant au milieu des buildings du quartier d'affaires. Ils étaient déjà en retard, Katherine était toujours en retard pour tout. Si bien qu'après avoir cherché à se garer pendant dix minutes Colin paya dix-huit dollars une place de parking souterrain, et Katherine en fut contrariée.

– On aurait pu trouver une place dans la rue, dit-elle, en appuyant sur le bouton de l'ascenseur.

– J'ai de quoi payer, et on est en retard.

– C'est bête de dépenser de l'argent inutilement.

– Je vais dépenser cinquante dollars en sushis d'ici cinq minutes, dit-il.

Les portes s'ouvrirent. Exaspéré, Colin s'adossa à la paroi lambrissée de l'ascenseur et soupira. Ils ne se dirent quasiment rien jusqu'au restaurant où on les plaça à une petite table près des toilettes.

– Au bac et à ce merveilleux dîner ! dit-elle en levant son verre de coca.

– À la fin de la vie telle qu'on la connaissait, répondit-il, et ils choquèrent leurs verres.

– Mais Colin, ce n'est pas la fin du monde !

– Non, c'est la fin *d'un* monde, précisa-t-il.

– Tu as peur de ne pas être le meilleur à la fac ? demanda-t-elle avec un sourire.

Puis elle soupira. Il sentit un pincement au ventre – avec le recul, c'était le signe qu'un bout de lui viendrait bientôt à manquer.

– Pourquoi tu soupires ? demanda-t-il.

Mais le serveur les interrompit en apportant des *makis* et des *sashimis* sur un plat rectangulaire. Katherine sépara ses baguettes et Colin prit sa fourchette. Il se débrouillait en japonais, mais pas en baguettes.

– Pourquoi tu as soupiré ? demanda-t-il à nouveau.

– Pour rien.

– Vas-y, dis-moi pourquoi, insista-t-il.

– Tu es... tu passes ta vie à redouter de ne plus être le meilleur, de te faire larguer ou je ne sais quoi, et tu n'es jamais content, jamais. Tu es sorti premier de ta promo. L'an prochain, tu entres dans une fac géniale sans rien débourser. Tu n'es peut-être pas un enfant surdoué, mais tant mieux. Au moins, tu n'es plus un enfant. Ou, en tout cas, tu n'es plus censé l'être.

Colin mastiqua son maki. Il aimait l'algue qui l'entourait, la difficulté de la manger, la subtilité de sa saveur iodée.

– Tu ne peux pas comprendre, dit-il.

Katherine posa ses baguettes contre sa coupelle de sauce soja et le regarda, très énervée.

– Pourquoi faut-il toujours que tu dises ça?

– Parce que c'est vrai, dit-il simplement.

Elle ne pouvait pas comprendre, c'était un fait. Ça n'enlevait rien à sa beauté, ni à son humour, ni à son goût pour les baguettes. Surdoué était à Colin ce que les mots sont au langage.

Pris par d'odieux mouvements de balancier intérieurs, Colin lutta contre l'envie irrépressible de lui demander si elle l'aimait toujours. Plus que s'entendre dire qu'elle ne pouvait pas comprendre, Katherine détestait qu'il lui demande si elle l'aimait toujours. Il lutta corps et âme, pendant sept secondes.

– Est-ce que tu m'aimes toujours?

– Non, c'est pas vrai. Colin, s'il te plaît! On a eu notre bac. On est heureux. Fêtons ça!

– Tu as peur de le dire?

– Je t'aime.

C'était la dernière fois qu'elle lui dirait.

– Tu connais une anagramme de «sashimi poisson»? demanda-t-elle.

– Poison, miss! Ah, si! répondit-il aussitôt.

– «Poison, miss» ne fait que dix lettres et «sashimi pois-son», quatorze.

– Sauf que «Ah, si!» est compris dans l'anagramme. Il y en a d'autres, mais elles ne veulent rien dire.

Elle sourit.

– Tu n'en as pas marre que je te demande?

– Non, je ne me lasse jamais, quoi que tu fasses, dit-il.

Il eut envie de lui demander pardon, de lui dire qu'il se sentait parfois incompréhensible et que, si elle ne lui disait plus «je t'aime» pendant un certain temps quand ils se disputaient, il s'inquiétait. Mais il renonça.

– Bref, ça me plaît que «sashimi poisson» devienne «poison, miss! Ah, si!», reprit-elle. Imagine une situation.

«Imagine une situation» était un jeu qu'elle avait inventé. Elle imaginait une situation qui donnait l'opportunité à Colin de faire des anagrammes.

– C'est l'histoire d'un type qui va pêcher sur la digue et qui attrape une carpe, dit-elle. Bien sûr, la carpe est bourrée de pesticides, à cause des égouts et de toute la merde qui traîne dans le lac Michigan. Mais il la rapporte quand même en se disant que s'il, la fait frire assez longtemps, elle sera bonne. Il la nettoie, il lève les filets et voilà que le téléphone sonne. Il laisse la carpe sur le plan de travail. La conversation s'éternise et, quand il revient à la cuisine, il trouve sa petite sœur en train de manger un bout de carpe. Elle regarde son grand frère et lui dit : «Sashimi poisson!» Et il lui répond : «Poison, miss! Ah, si!»

Ils rirent. Il ne l'avait jamais autant aimé qu'à ce moment-là.

Plus tard, après s'être faufilés dans la maison, après que Colin fut monté dire à sa mère qu'il était rentré en omettant de spécifier qu'il n'était pas seul, après qu'ils se furent glissés dans le lit un étage plus bas, qu'elle lui eut retiré son T-shirt, et lui le sien, et après qu'ils se furent embrassés avec une telle passion que Colin ne sentait plus ses lèvres, si ce n'étaient de petits picotements, Katherine lui demanda :

– Ça te rend vraiment triste d'avoir eu ton bac ?

– J'en sais rien. Si j'avais fait autrement, si j'étais allé à la fac à dix ans, par exemple, je ne suis pas sûr que ma vie aurait été meilleure. On ne serait pas ensemble. Je n'aurais pas connu Hassan. La plupart des surdoués qui travaillent comme des malades finissent encore plus mal que moi. Mais une poignée devient John Locke[18] ou Mozart. Or mes chances de devenir Mozart sont épuisées.

– Colin, tu n'as que dix-sept ans, dit-elle avec un nouveau soupir.

Elle soupirait beaucoup, mais c'était inutile de s'inquiéter, car il se sentait bien ainsi, Katherine contre lui, sa tête blonde sur son épaule, sa main lui chassant une mèche de son visage. En baissant les yeux, il vit la bretelle de son soutien-gorge violet.

– N'empêche, c'est l'histoire du lièvre et de la tortue[19]. J'apprends plus vite que les autres, mais les autres continuent d'apprendre. Et, maintenant que j'ai ralenti, ils me talonnent. Je sais que je n'ai que dix-sept ans, mais mes beaux jours sont derrière moi.

Elle rit.

– Je ne plaisante pas. Il y a eu des études là-dessus. La majorité des surdoués atteignent leur maximum entre douze et treize ans. C'est quoi, mon titre de gloire ? Avoir été

---

18. Philosophe et théoricien politique britannique qui savait lire et écrire en latin et en grec à l'âge où on ne sait pas encore lacer ses chaussures.

19. Bien qu'il ne vous ait pas échappé que Colin ne comprend toujours pas bien le sens de cette histoire, on voit qu'il a désormais compris qu'elle ne se limite pas aux seuls lièvre et tortue.

vainqueur d'une émission de télé l'an dernier? C'est tout ce qui restera de moi dans l'histoire de l'humanité?

Elle se redressa et l'observa. Il repensa à d'autres soupirs, aux soupirs délicieux et différents qui s'échappaient de son corps quand elle se pressait contre le sien. Elle le fixa un long moment, puis se mordilla la lèvre.

– Colin, dit-elle alors. Le problème, c'est peut-être nous.

– Oh, merde! s'exclama-t-il.

Et c'est ainsi que ça commença.

La fin se produisit en gros au milieu des chuchotements de Katherine et des silences de Colin – puisqu'il ne savait pas chuchoter et que tous deux craignaient de réveiller les parents de Colin. Ils réussirent à ne pas faire trop de bruit, en partie parce qu'il avait l'impression d'avoir été soudain privé d'air. Paradoxalement, se faire larguer lui apparaissait comme le seul événement qui avait lieu à ce moment sur la planète silencieuse et obscure, mais aussi comme si ça n'avait pas lieu du tout. Il se sentit flotter loin de la conversation chuchotée à une voix, et se demanda si toutes les choses aussi importantes que celles-ci, aussi dévastatrices et incompréhensibles étaient de l'ordre du paradoxe.

Il était un moribond observant les chirurgiens qui s'activaient à le sauver. À une distance presque confortable de ce qui se passait en réalité, Colin se souvint du credo de son tortionnaire de l'école : les mots ne laissent pas de trace, au contraire d'une bonne raclée. Quel odieux mensonge! Ce qu'il vivait à l'instant même n'était autre que le véritable Abdominal Homme des neiges. Dans son ventre, quelque chose gelait.

– Je t'aime tant et je veux que tu m'aimes pareil, dit-il aussi bas que possible.

– Ce n'est pas une copine qu'il te faut, Colin, mais un robot qui débite des «Je t'aime».

Il eut l'impression de recevoir une giffle intérieure. D'abord une palpitation, puis une douleur aiguë dans le bas de la cage thoracique et, ensuite, pour la première fois, l'impression qu'un bout de son ventre lui avait été arraché.

Elle s'efforça de partir de façon aussi rapide et indolore que possible, mais, quand elle invoqua la fin de sa permission de sortie, il éclata en sanglots. Elle le serra contre elle, le laissant poser la tête contre son épaule; et il se sentit minable et ridicule. Pourtant, pour rien au monde il n'aurait voulu qu'elle s'éloigne, parce que son absence serait plus douloureuse que la rupture.

Mais elle partit malgré tout, et il se retrouva seul dans sa chambre à chercher les anagrammes de «bout manquant» dans une vaine tentative pour s'endormir.

# (6)

**C'était toujours** le même cirque : il cherchait les clés du Corbillard dans toute la maison et renonçait en désespoir de cause, en se disant : «Si c'est comme ça, je prends le bus.» Puis, en allant vers la porte, il les voyait. Les clés réapparaissent quand on se résigne à prendre le bus; les Katherine se présentent quand on croit le monde désormais vide de Katherine, et la minute Eurêka se pointe quand on a fini par accepter qu'elle ne viendrait plus.

Une vive émotion le traversa; il battit des paupières, luttant pour ne pas perdre l'idée dans son ensemble. Alors qu'il était étalé de tout son long dans l'air moite et poisseux, la minute Eurêka lui fit l'effet d'un millier d'orgasmes simultanés, en moins désordre.

– Eurêka? demanda Hassan, dont la voix trahissait un évident intérêt.

Lui aussi l'avait attendue, cette minute.

– Il faut que je note ça, dit Colin en se redressant.

Sa tête lui faisait un mal de chien, mais il sortit de sa poche le carnet qui ne le quittait jamais, ainsi qu'un crayon 2HB, qui s'était cassé en deux dans sa chute, mais écrivait encore. Et il traça le graphique suivant :

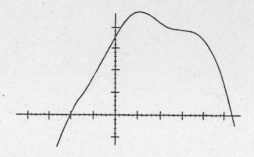

*Si on considère que x = temps et y = bonheur, que y nul = début de la relation et rupture, que y négatif = rupture par g et y positif = rupture par f, on obtient ma relation avec K-19.*

Il griffonnait toujours quand il entendit Lindsey Lee Wells revenir. Il leva les yeux. Elle avait enfilé un T-shirt propre, qui portait l'inscription «Gutshot!», et elle apportait une trousse de premiers secours frappée d'une croix rouge plus vraie que nature.

Elle s'accroupit à côté de lui et décolla délicatement le T-shirt de son front.

– Ça va piquer, dit-elle en passant un long coton-tige imbibé de ce qui devait être de la sauce au poivre sur la plaie.

– Aïe! hurla Colin en faisant la grimace.

Elle clignait de ses yeux ronds pour chasser la transpiration tout en s'activant.

– Je sais, dit-elle. Pardon. Voilà, c'est fini. Tu n'as pas besoin de points de suture, mais il te restera une petite cicatrice. Ça ira?

– Qu'est-ce qu'une autre cicatrice? dit-il d'un ton distrait, tandis qu'elle entourait son front d'une bande de gaze bien serrée. J'ai l'impression qu'on m'a roué le cerveau de coups, ajouta-t-il.

– Commotion cérébrale possible, observa Lindsey. Quel jour on est? Où tu es?

– On est mardi, et je suis dans le Tennessee.

– Comment s'appelait le sénateur junior du New Hampshire en 1873? demanda Hassan.

– Bainbridge Wadleigh, répondit Colin. Je ne pense pas avoir de commotion cérébrale.

– Non mais je rêve, dit Lindsey. Tu le sais vraiment?

Colin hocha la tête.

– Oui, dit-il. Je connais les noms de tous les sénateurs. D'un autre côté, celui-ci était facile à retenir, j'ai toujours pensé que ses parents devaient le haïr pour l'avoir appelé Bainbridge Wadleigh.

– Franchement, t'imagines? dit Hassan. Tu t'appelles déjà Wadleigh, ce qui n'est pas du gâteau. Et on t'en rajoute une couche avec Bainbridge. Pas étonnant que le pauvre mec ne soit jamais devenu président!

– D'un autre côté, Millard Fillmore est devenu président. Or aucune mère digne de ce nom n'appellerait son fils comme ça, ajouta Lindsey qui se mêla à leur conversation avec une aisance et un naturel qui convainquirent Colin de réviser son théorème dit de *Celebrity Magazine*.

Il s'était toujours imaginé les habitants de Pétaouchnock, Tennessee, plus niais que Lindsey Lee Wells.

Hassan s'assit à côté de Colin et prit son carnet. Il le brandit au-dessus de sa tête pour se protéger du soleil, qui était apparu derrière un nuage pour achever de crevasser la terre rouge.

– Arrête de me faire mariner, dit Hassan qui avait jeté un rapide coup d'œil au carnet. Ta grande révélation, c'est que tu aimes te faire larguer? Merde, Colin, même moi j'aurais pu te le dire! Ce que j'ai fait, d'ailleurs.

– L'amour est modélisable! répondit Colin, sur la défensive.

– Attends un peu, dit Hassan en jetant un deuxième coup

59

d'œil au carnet avant de revenir à Colin. Tu parles d'une loi universelle qui marcherait pour tout le monde ?

– Oui. Parce que toute relation est prévisible. En tout cas, je suis en train de trouver le moyen de les prévoir. Prenons deux individus, supposons même qu'ils ne se rencontrent pas, la formule prouverait qui des deux romprait s'ils sortaient ensemble et combien de temps durerait leur relation.

– Impossible, dit Hassan.

– Je suis formel. Si on connaît un minimum les habitudes comportementales des gens, on peut prédire l'avenir.

Le long et lent soupir d'Hassan se finit en un murmure :

– OK, d'accord. Intéressant.

Hassan ne pouvait faire plus beau compliment à Colin.

Lindsey prit le carnet des mains d'Hassan et lut lentement.

– C'est quoi, au juste, K-XIX ? finit-elle par demander.

Colin prit appui par terre pour se relever.

– Le quoi est un qui, expliqua-t-il. Katherine XIX. Je suis sorti avec dix-neuf filles qui s'appelaient toutes Katherine.

Lindsey Lee Wells et Colin se regardèrent dans le blanc des yeux un long moment jusqu'à ce que Lindsey, qui souriait jusque-là, éclate gentiment de rire.

– Qu'est-ce qu'il y a ? demanda Colin.

Elle secoua la tête, mais ne put s'arrêter de rire.

– Rien, dit-elle. Allons voir l'archiduc.

– Non, dis-moi, insista-t-il.

Il n'aimait pas les secrets qui le tenaient à l'écart. Être exclu l'énervait plus que de ne pas savoir, en fait.

– C'est rien. C'est juste que moi, je ne suis sortie qu'avec un seul mec.

– En quoi c'est drôle ? demanda Colin.

– C'est drôle parce qu'il s'appelle Colin.

## Le milieu (du début)

En CE2, son incapacité à accéder au «bien-être en société» devint si évidente pour tout le monde que Colin finit par ne suivre que trois heures de cours classiques par jour à la Kalman School. Le reste de la journée, il le passait en compagnie de son précepteur de toujours, Keith Carter, propriétaire d'une Volvo dont la plaque d'immatriculation portait l'inscription ZINZIN. Keith faisait partie de ces types qui ne renonceraient jamais à leur catogan. Il entretenait aussi (ou, en l'occurrence, n'y parvenait pas) une grosse moustache qui retombait sur sa lèvre inférieure quand il avait la bouche fermée, ce qui arrivait rarement. Keith adorait parler, et Colin Singleton était son public préféré.

Keith était un ami du père de Colin et un professeur de psychologie. Son intérêt pour Colin n'était pas que philanthropique. Au fil des ans, Keith avait publié nombre d'articles sur son cas ; et Colin appréciait que sa personnalité unique devienne un sujet d'étude pour des intellectuels. Et puis, Keith le Zinzin était pour Colin ce qui se rapprochait le plus d'un meilleur ami. Keith venait tous les jours retrouver Colin dans un bureau de la taille d'un placard à balais au troisième étage de la Kalman School. Pendant quatre heures, Colin avait le droit de lire en silence à peu près ce qu'il voulait, un silence que Keith brisait par instants pour éclaircir tel ou tel point. Puis le vendredi, ils passaient la journée à discuter de ce que Colin avait appris. Colin préférait de loin cette méthode aux cours classiques. Notamment parce que Keith ne lui faisait jamais subir d'Abdominal Homme des neiges.

Keith le Zinzin avait une fille, Katherine, qui suivait la même classe que Colin, mais avait huit mois de plus. Elle allait à l'école dans le nord de la ville. Les parents de Colin invitaient parfois Keith le Zinzin, sa femme et Katherine à dîner pour évoquer, entre autres sujets, les «progrès» de Colin. Puis, après ces fameux dîners, les parents s'installaient au salon où ils riaient de plus en plus fort à mesure que le temps passait. Keith hurlait qu'il ne pouvait pas rentrer chez lui, qu'après tout ce vin il lui fallait un café. «Chez vous, c'est le Fort Alamo des œnophiles!», criait-il.

Un soir de novembre, en CE2, après qu'il eut commencé à faire froid, mais avant que sa mère eut accroché les décorations de fin d'année, Katherine lui rendit visite. Une fois qu'ils eurent mangé leur poulet au citron et leur riz complet, Colin et Katherine allèrent au salon, où Colin s'allongea sur le canapé pour étudier le latin. Il venait d'apprendre que le président Garfield, pourtant peu connu pour son intelligence, savait écrire en latin et en grec simultanément, en latin de la main gauche et en grec de la main droite. Une prouesse que Colin avait bien l'intention d'égaler[20]. Katherine, une petite blonde à qui son père avait légué sa queue-de-cheval et sa fascination pour les surdoués, le regardait sans rien dire. Colin la savait là, mais sa présence ne le distrayait pas dans la mesure où il arrivait souvent que des gens l'observent quand il travaillait, comme s'ils cherchaient à percer un secret concernant ses méthodes d'apprentissage. À vrai dire, le secret était que Colin consacrait plus de temps et d'attention à ses études que n'importe qui d'autre.

– Comment ça se fait que tu apprennes déjà le latin?
– Je travaille beaucoup, répondit-il.
– Pourquoi? demanda-t-elle en venant s'asseoir à côté de ses pieds sur le canapé.
– Parce que j'aime ça.
– Pourquoi?

---

20. Mais il n'y parvint jamais. Il eut beau essayer, il n'était pas ambidextre.

Colin réfléchit. Peu habitué au « jeu des pourquoi », il prenait les questions de Katherine très au sérieux.

– Parce que ça me rend différent et meilleur. Et aussi parce que je suis fort pour les études.

– Pourquoi ? chantonna-t-elle avec un petit sourire.

– Ton père dit que c'est parce que je retiens les choses mieux que les autres. C'est dû au fait que je leur porte une très grande attention et que ça compte beaucoup pour moi.

– Pourquoi ?

– Parce que c'est important de savoir des choses. Par exemple, j'ai appris que l'empereur romain Vitellius avait mangé mille huîtres en un jour, ce qui est une grosse bacchanale[21] ! s'exclama-t-il, utilisant à dessein un mot qu'elle ne connaissait pas. Et aussi parce que ça rend unique, ça permet de lire des livres que les gens normaux ne peuvent pas lire, comme *Les Métamorphoses* d'Ovide, qui est en latin.

– Pourquoi ?

– Parce qu'Ovide vivait à Rome où on parlait et écrivait en latin.

– Pourquoi ?

Cette fois, il fut désarçonné. Pourquoi Ovide avait-il vécu sous la Rome antique en 20 AEC[22] et non à Chicago en 2006 EC ? Ovide aurait-il été Ovide s'il avait vécu en Amérique ? La réponse est non, car il aurait été amérindien ou plutôt indien d'Amérique ou aborigène ou indigène. Or, à cette époque, le latin ni aucune autre langue écrite n'existaient. Par conséquent, Ovide a-t-il compté parce qu'il était Ovide ou bien parce qu'il vivait à l'époque de la Rome antique ?

– C'est une très bonne question dont je vais tâcher de te

---

21. Mot peu usité dont le sens est : « débauche bruyante, orgie ».
22. Plus personne ne dit « AD » (pour *Anno Domini*) ou « avant Jésus-Christ ». C'est ringard. Maintenant on dit soit « EC » (pour Ère commune) ou « AEC » (pour avant l'Ère commune).

trouver la réponse, dit Colin, empruntant la formule à Keith le Zinzin qui la lui sortait chaque fois qu'il était à court d'idées.

– Tu veux être mon petit copain ? demanda Katherine.

Colin se redressa d'un bond et la regarda. Elle fixait ses genoux de ses yeux si bleus. Un jour viendrait où il l'appellerait la Grande Katherine, Katherine I, Katherine la Magnifique. Même assise, elle était beaucoup plus petite que lui, l'air grave et inquiet, les lèvres rentrées, les yeux baissés. Il sentit quelque chose le traverser. Sa peau fut parcourue de frissons qui semblaient jaillir de ses terminaisons nerveuses, son diaphragme se dilata. Bien sûr, il ne pouvait s'agir de désir, ni d'amour, ni rien d'approchant le concept de plaire. Alors ce devait être ce sentiment que les gosses appelaient à l'école faire copain-copain.

– Oui oui, dit-il. Je veux bien.

Elle tourna la tête, le visage rond, les joues pleines, des taches de rousseur partout, se pencha vers lui, pinça les lèvres et l'embrassa sur la joue. C'était son premier baiser, et les lèvres de Katherine étaient comme l'hiver qui approchait : froides, sèches et gercées. Et Colin réalisa qu'il avait de loin préféré l'entendre lui demander d'être son petit copain à la sensation du baiser.

# (7)

**Pile de l'autre côté** d'une petite butte, le terrain herbeux débouchait comme par magie sur un cimetière, qui comptait quelque quarante tombes et était ceinturé d'un muret en pierre couvert de mousse.

– Et voici la demeure éternelle de l'archiduc François-Ferdinand, annonça Lindsey Lee Wells, adoptant un débit soudain différent, celui du guide blasé qui connaît son discours par cœur.

Colin et Hassan la suivirent jusqu'à un obélisque d'un mètre quatre-vingts – une sorte de Washington Monument en miniature – au pied duquel était disposée une profusion de roses en soie rose défraîchies. Bien qu'artificielles, les fleurs semblaient fanées.

Lindsey s'assit sur le muret moussu.

– Et merde pour le discours officiel. De toute façon, tu dois déjà connaître tout ça, dit-elle en faisant un signe de tête à Colin. Mais je vais quand même vous raconter l'histoire. L'archiduc est né en Autriche en décembre 1863. Son oncle François-Joseph était empereur d'Autriche-Hongrie, mais être son neveu ne valait pas un clou. À moins que le fils unique de l'empereur, Rudolph, se tire une balle dans la tête. Ce qu'il fit en 1889. Et soudain,

François-Ferdinand se retrouva premier sur la liste des prétendants au trône.

– On l'appelait « l'homme le plus seul de Vienne », précisa Colin à Hassan.

– Personne ne l'aimait parce qu'il était monomaniaque, dit Lindsey. Sauf que, pour un monomaniaque, il n'était même pas futé. Quarante-cinq kilos tout mouillé de consanguinité. Sa famille le considérait comme une mauviette libérale et la société viennoise le prenait pour un idiot, style idiot du village. Et puis, il n'a pas arrangé les choses en faisant un mariage d'amour. En 1900, il épousa une certaine Sophie que tout le monde traitait de moins que rien. D'un autre côté, pour sa défense, il l'aimait vraiment. Ça, je ne le dis pas pendant les visites, mais d'après tout ce que j'ai lu sur François, son mariage avec Sophie fut un des plus heureux de toute l'histoire de l'empire. C'est plutôt mignon, à part que, le jour de leur quatorzième anniversaire de mariage, le 28 juin 1914, ils se sont tous les deux fait descendre à Sarajevo. L'empereur les fit enterrer en dehors de Vienne et il ne se fatigua même pas à assister aux obsèques. En revanche, il se souciait assez de son neveu pour déclencher la Première Guerre mondiale en déclarant les hostilités à la Serbie le mois d'après. C'est ainsi que se termine la visite, dit-elle en se levant. Les pourboires sont acceptés, ajouta-t-elle avec un sourire.

Colin et Hassan applaudirent poliment, puis Colin s'avança vers l'obélisque sur lequel on pouvait lire ces simples mots : ARCHIDUC FRANÇOIS-FERDINAND – 1863-1914 – TERRE, REPOSE SUR LUI AVEC LÉGÈRETÉ, BIEN QUE LUI AIT FAIT PESER SUR TOI TANT DE POIDS. Tant de poids, effectivement, le poids de millions de « morts ». Colin tendit la main pour toucher le granit frais malgré le soleil brûlant. Qu'est-ce que l'archiduc François-Ferdinand aurait pu faire autrement ? S'il n'avait pas donné la préférence à l'amour, s'il avait été plus diplomate, moins geignard, moins monomaniaque, « moins comme moi », se dit Colin, peut-être que...

Pour finir, l'archiduc avait deux problèmes : personne n'en avait rien à faire de lui – du moins, jusqu'à ce que son assassinat déclenche une guerre – et il s'était fait arracher un bout de ventre.

Mais désormais Colin allait reboucher le trou dans le sien et il allait faire en sorte que les gens n'en aient pas rien à faire de lui. Il resterait unique, il se servirait de ses dons pour accomplir quelque chose de plus intéressant et de plus important que trouver des anagrammes et traduire du latin. Et oui – il fut à nouveau envahi par la grisante sensation de l'Eurêka –, trois fois oui. Il se servirait de son passé, du passé de l'archiduc et du passé en général, pour influencer l'avenir. Il ferait sensation auprès de Katherine XIX, qui avait toujours adoré l'idée qu'il fût un génie, et il rendrait le monde plus sûr partout pour les Largués. Il compterait pour quelque chose.

Il fut tiré de sa rêverie par Hassan qui disait :

– Mais comment il a fait, l'archiduc autrichien pur jus pour finir à Trifouillis-les-Oies, Tennessee ?

– On l'a acheté, répondit Lindsey Lee Wells. Vers 1921. Le propriétaire du château où il était enterré avait besoin d'argent et l'a mis en vente. Alors, on l'a acheté.

– Combien ça coûtait un archiduc mort, à l'époque ? demanda Hassan.

– À ce qu'il paraît, dans les trois mille cinq cents dollars.

– Ça fait un paquet, dit Colin, la main toujours posée sur l'obélisque en granit. Entre 1920 et aujourd'hui, le dollar a augmenté selon un coefficient supérieur à dix. Ce qui en dollars actuels ferait trente-cinq mille. Des masses de visites à onze dollars pièce.

– Ça va, dit Lindsey en levant les yeux au ciel. Je suis méga impressionnée, mais là, j'ai ma dose. Je ne sais pas vous, mais nous, on a un truc qui s'appelle une calculette et qui fait ça très bien à notre place.

– Je ne cherchais à impressionner personne, répliqua Colin, sur la défensive.

C'est alors que le regard de Lindsey s'éclaira.

– Hé! cria-t-elle, les mains en porte-voix.

Trois types et une fille remontaient la butte, on ne voyait que leurs têtes.

– Des copains de lycée et mon mec, expliqua Lindsey avant de courir les rejoindre.

Colin et Hassan restèrent où ils étaient.

– Je suis ton correspondant koweïtien. Mon père est un nabab du pétrole, dit Hassan à toute vitesse.

Colin secoua la tête.

– Trop facile. Je suis un réfugié espagnol. Mes parents ont été tués par des séparatistes basques.

– J'ignore si « basque » désigne une personne ou un objet, et eux c'est pareil. Alors c'est non. OK, je viens d'arriver du Honduras. Je m'appelle Miguel. Mes parents ont fait fortune dans la banane. Tu es mon garde du corps, parce que les travailleurs syndiqués de la banane veulent ma peau.

– Pas mal, mais tu ne parles pas espagnol. OK, j'ai été enlevé par des Esquimaux du Yukon... Non, c'est débile. On est français et cousins, c'est la première fois qu'on vient aux États-Unis. On fait le voyage pour fêter notre bac.

– Pas terrible, mais on n'a plus le temps. Je suis le seul qui parle anglais? demanda Hassan.

– D'accord, dit Colin.

La conversation des autres commençait à être audible et Colin constata que Lindsey dévorait des yeux un grand type baraqué qui portait un pull de l'équipe des Tennessee

Titans. Le type était tout en muscles, les cheveux hérissés, un sourire qui découvrait ses dents du haut et ses gencives. Le jeu ne marcherait que si Lindsey ne disait rien aux autres, mais Colin n'en doutait pas, car elle avait l'air subjuguée par le type.

– Ils arrivent, dit Hassan. Comment tu t'appelles?

– Pierre.

– Moi, c'est Salinger. Ça se prononce «Salingé».

– Vous êtes venus pour la visite? demanda le petit ami de Lindsey.

– Oui, je m'appelle Salingé, dit Hassan avec un accent français très correct, à défaut d'être merveilleux. Voici mon cousin, Pierre. Nous visitons votre pays pour la première fois et nous voulons voir l'archiduc, qui a commencé... comment dites-vous... la *Première Guerre terrestre*.

Colin jeta un coup d'œil en coin à Lindsey qui réprima un sourire et fit claquer la bulle de son chewing-gum orange.

– Je m'appelle Colin, dit le petit ami en tendant la main.

Hassan se pencha vers Pierre/Colin.

– Nous l'appellerons L'Autre Colin, lui chuchota-t-il avant de se tourner vers les autres. Mon cousin parle petit anglais. Moi, son homme de traduction.

L'Autre Colin rit, et les deux garçons aussi avant de se présenter rapidement: Chase et Fulton.

– Nous appellerons Chase «Jean Trop Serré» et Fulton «Petit Qui Chique», chuchota Hassan à l'oreille de Colin.

– *Je m'appelle Pierre*, dit Colin en français de but en blanc après que les autres se furent présentés. *Quand je prends le métro, je fais des prouts.*

– On a plein de touristes étrangers, dit la fille qui n'était pas Lindsey, une grande bringue très Abercrombie and Fitch dans son débardeur moulant et qui avait en plus – comment le dire poliment – des lolos énormes.

69

La fille était super sexy, dans le genre anorexique à dents blanchies qui plaît aux mecs – mais pas à Colin dont ce n'était pas du tout le genre.

– Au fait, je m'appelle Katrina, dit-elle.

« C'était moins une », se dit-il.

– *Amour aime aimer amour*[23]! déclama-t-il assez fort.

– Pierre a la maladie avec la parole, dit Hassan. La... euh... avec les vilains mots. En France, on dit Tourette. Je ne sais pas en anglais.

– Il a le syndrome de Tourette? demanda Katrina.

– *Merde*! hurla Colin.

– Oui, répondit Hassan tout excité. Même mot dans les deux langues, comme « hémorroïde ». Nous avons appris hier « hémorroïde » parce que Pierre avait le feu dans le derrière. Il a la Tourette et l'hémorroïde, mais il est gentil.

– *Ne dis pas que j'ai des hémorroïdes! Je n'ai pas d'hémorroïdes*! hurla Colin, s'efforçant de poursuivre le jeu et de détourner Hassan du sujet.

Hassan regarda Colin et lui fit un signe de tête entendu.

– Pierre dit que ton visage est beau comme l'hémorroïde, dit-il à Katrina.

Lindsey éclata de rire.

– OK. On arrête là, dit-elle.

– Pourquoi a-t-il fallu que ce soient les hémorroïdes? demanda Colin à Hassan. Comment une idée pareille a pu germer dans ton esprit?

L'Autre Colin (LAC), Jean Trop Serré (JTS), Petit Qui Chique (PQC) et Katrina étaient en ébullition, ils parlaient, ils riaient, ils posaient des questions à Lindsey.

– Mon père est allé en France l'an dernier, expliqua Hassan. Il m'a raconté qu'il avait eu des hémorroïdes.

---

23. Traduction littérale de Colin d'une citation tirée *d'Ulysse* de James Joyce.

70

Il montrait son derrière partout en répétant le mot «feu» en français jusqu'à ce qu'il s'aperçoive qu'on disait hémorroïdes dans les deux langues. En plus, c'était marrant que tu aies le syndrome de Tourette et des hémorroïdes.

– N'importe quoi, grogna Colin en rougissant.

– C'était super drôle. Hollis les adorerait, non? dit LAC.

Lindsey partit d'un petit rire et s'étira sur la pointe des pieds pour l'embrasser.

– Je t'ai bien eu, Chouchou, dit-elle.

– *Ils* m'ont bien eu, corrigea LAC.

Lindsey fit semblant de bouder, LAC se pencha pour l'embrasser sur le front, et elle se dérida. Colin avait souvent vécu cette même scène, mais avec lui dans le rôle du faux boudeur.

Ils retraversèrent le pré en groupe, Colin le T-shirt collé au dos par la transpiration, les yeux qui lui faisaient toujours mal. «Théorème à la base de la prévisibilité des Katherine», songea-t-il. Même le titre sonnait juste. Comme il l'avait attendue, sa découverte! Il n'aspirait maintenant qu'à quelques minutes de tranquillité, seul avec un crayon, une feuille de papier et une calculette. Dans la voiture, ce serait idéal. Colin tira discrètement sur le T-shirt d'Hassan avec un regard éloquent.

– Je boirais bien un truc frais, dit Hassan. Après, on s'en va.

– Il faut que j'ouvre le magasin, dit Lindsey.

Puis se tournant vers LAC :

– Viens avec moi, Chouchou.

La douceur enjôleuse de sa voix rappela K-XIX à Colin.

– J'aimerais bien, dit LAC, sauf qu'Hollis est assise sur les marches du bazar. Chase et moi, on est censés être au boulot, mais on s'est tirés.

Il la souleva du sol et la serra très fort, les biceps

contractés. Lindsey se tortilla pour la forme, mais elle l'embrassa à pleine bouche. Puis LAC la reposa par terre, il lui fit un clin d'œil et s'éloigna avec sa bande en direction d'un pick-up rouge.

À leur retour au bazar de Gutshot, Lindsey, Colin et Hassan trouvèrent une grosse femme en robe à fleurs assise sur les marches. Elle était en grande conversation avec un homme à la barbe brune et broussailleuse. Elle lui racontait une anecdote que Colin entendit en approchant.

– Starnes tondait sa pelouse. Il coupe le contact, il lève les yeux pour voir ce que je fabrique et il me crie : «Hollis ! C'est quoi le problème avec ton chien ? » Alors je lui explique que, comme le chien a les glandes anales irritées, je viens de le purger. Starnes cogite un moment et puis finalement, il me sort : «Tu ferais mieux d'abattre ton chien et de t'en trouver un autre avec des glandes anales normales. Personne n'en saura rien. » Alors je lui fais : «Starnes, il y a pas un mec digne d'être aimé dans tout le patelin, alors je préfère encore aimer mon chien. »

Le barbu se tordit de rire. Puis la femme se tourna vers Lindsey.

– Tu faisais la visite ? demanda-t-elle.

Lindsey acquiesça.

– Tu as pris ton temps, dis donc ! dit la femme.

– Pardon, marmonna Lindsey.

Puis désignant les garçons :

– Hollis, je te présente Hassan et Colin. Les garçons, voici Hollis.

– Accessoirement, je suis aussi sa mère, ajouta Hollis.

– Bon sang, Hollis, pas besoin de le crier sur tous les toits, dit Lindsey, avant de passer devant elle pour ouvrir le magasin.

Colin allait entrer dans le bazar climatisé quand Hollis

posa une main sur son épaule, le fit pivoter et le regarda attentivement.

– Je te connais, dit-elle.

– Pas moi, affirma Colin. Et je suis plutôt physionomiste, ajouta-t-il en guise d'explication.

Hollis continua de le dévisager, mais Colin était certain de ne l'avoir jamais rencontrée.

– Vous pouvez le croire sur parole, dit Hassan, en observant la scène par-dessus un présentoir de bandes dessinées. Vous recevez les journaux, ici?

Lindsey brandit un exemplaire de *USA Today* de derrière le comptoir. Hassan passa les premières pages, puis il replia proprement le journal de façon à ne faire apparaître qu'une petite photo en noir et blanc d'un Blanc aux cheveux épais, chaussé de lunettes.

– Tu connais ce type? demanda-t-il à Colin.

Colin examina la photo et réfléchit.

– Je ne le connais pas personnellement, mais il s'appelle Gil Stabel, c'est le PDG de Fortiscom.

– Bien joué. Sauf qu'il n'est pas PDG de Fortiscom.

– Si, dit Colin, assez sûr de lui.

– Non. Il n'est plus le PDG de rien. Il est mort.

Hassan déplia le journal et Colin put lire le titre : LE PDG DE FORTISCOM SE TUE DANS UN ACCIDENT D'AVION.

– *Les Petites Têtes!* cria Hollis d'un ton triomphant.

Colin la regarda, les yeux écarquillés, et soupira. Personne ne regardait l'émission. L'audience était nulle. Elle était restée à l'antenne une saison et, sur les trois millions d'habitants de Chicago, pas un ne l'avait reconnu. Et voilà qu'ici, à Gutshot, Tennessee…

– Oh, mon Dieu! s'écria Hollis. Qu'est-ce que tu fabriques ici?

Colin réfléchit en rougissant à l'idée d'être célèbre.

– J'ai complètement craqué, dit-il enfin. Ensuite, on est partis faire une virée en bagnole. Ensuite, on a vu le panneau pour l'archiduc. Ensuite, je me suis coupé à la tête. Ensuite, j'ai eu ma minute Eurêka. Ensuite, on a rencontré les amis de Lindsey. Et maintenant on va remonter en voiture, mais on n'est pas encore partis.

Hollis s'approcha de Colin pour examiner son bandage. Elle sourit et passa sa main dans ses cheveux bouclés comme l'aurait fait la tante d'un petit garçon de sept ans qui aurait accompli quelque chose d'adorable.

– Tu ne pars pas tout de suite, dit-elle. Parce que je vous invite à dîner.

Hassan applaudit.

– J'ai faim!

– Ferme la boutique, Linds, dit Hollis.

Lindsey leva les yeux au ciel et contourna la caisse.

– Et tu montes en voiture avec Colin pour éviter qu'il se perde, ajouta Hollis. Moi, j'emmène... Comment tu t'appelles, déjà?

– Je ne suis pas un terroriste, dit Hassan en guise de réponse.

– Tant mieux, s'exclama Hollis en souriant.

Hollis conduisait un énorme pick-up rose flambant neuf que Colin suivait avec le Corbillard, Lindsey à ses côtés.

– Jolie voiture, railla-t-elle.

Colin ne réagit pas. Il aimait bien Lindsey Lee Wells, mais il avait parfois l'impression qu'elle essayait de le rendre chèvre[24]. Il avait le même problème avec Hassan.

– Merci de ne pas nous avoir trahis quand on était Pierre et Salinger.

---

24. C'était l'expression de la mère de Colin pour dire «énerver», même si son sens avait toujours échappé à Colin.

– C'était drôle. Et puis, Colin s'est conduit comme un con. Il avait besoin qu'on lui rabatte le caquet.

– Je vois, dit Colin.

Une réponse toute faite qu'il avait apprise en cas d'absence de choses à dire.

– Alors comme ça, tu es un génie?

– Je suis un enfant surdoué complètement vidé, répondit Colin.

– C'est quoi tes points forts, à part tout savoir sur tout?

– Les langues, les jeux de mots. Des bêtises. Rien d'utile.

Il sentit le regard de Lindsey sur lui.

– Les langues sont utiles. Tu parles quoi comme langues?

– J'en parle sept. L'allemand, le français, le latin, le grec, le néerlandais, l'arabe, l'espagnol, le russe…

– J'ai pigé, le coupa Lindsey. Je crois que *meine Mutter denkt, daß sie gut für mich sind*[25], dit-elle. C'est pour ça qu'on est en voiture ensemble.

– *Warum denkt sie das*[26]?

– C'est bon, on a prouvé qu'on savait parler allemand tous les deux. Elle me tanne pour que je m'inscrive à la fac, elle voudrait que je devienne médecin ou un truc dans le genre. Sauf que je n'irai pas. Je reste ici. J'ai déjà pris ma décision. Elle doit avoir envie que je prenne exemple sur toi.

– Un médecin gagne plus qu'une aide-soignante en formation, fit remarquer Colin.

– Exact, mais je n'ai pas besoin d'argent, dit-elle.

Puis elle se tut, laissant place au bruit du moteur. Colin finit par lui jeter un regard en coin.

– J'ai besoin de ma vie, qui est chouette et qui est ici, expliqua-t-elle. Bref, j'irai peut-être à l'IUT de Bradford pour faire taire Hollis, mais c'est tout.

---

25. «Ma mère pense qu'être avec toi pourrait me faire du bien».
26. «Qu'est-ce qui lui fait croire ça?»

La route décrivit un brusque virage à droite et, derrière un bouquet d'arbres, apparut une ville. Les rues étaient bordées de maisons petites mais bien entretenues. Toutes ou presque étaient prolongées par une véranda où de nombreux habitants se tenaient, malgré la chaleur infernale de l'été. Dans la rue principale, Colin compta une station-service/fast-food visiblement assez récente, un salon de coiffure et la poste de Gutshot qui lui sembla de la taille d'un grand dressing.

– Ça, c'est l'usine, dit Lindsey en se penchant de son côté.

Il aperçut à mi-distance un ensemble de constructions basses, qui n'avaient pas grand-chose d'une usine. Aucune haute silhouette de silo ni de cheminée crachant du monoxyde de carbone, à peine quelques bâtiments qui lui faisaient vaguement penser à des hangars à avions.

– Qu'est-ce qu'on y fabrique ? demanda Colin.

– Des emplois. Tous les bons emplois de la ville. Mon arrière-grand-père a fondé cette usine en 1917.

Colin ralentit, puis il s'arrêta sur le bas-côté pour laisser passer un 4 × 4 pressé et regarder l'usine.

– D'accord, mais on y fait quoi ? demanda-t-il.

– Tu vas rire.

– Sûrement pas.

– Jure-moi de ne pas rigoler, dit-elle.

– Je te le jure.

– C'est une usine textile. En ce moment, on y fabrique surtout des... cordons pour tampons.

Colin ne rit pas, il réfléchit : «Les tampons ont des cordons ? Pourquoi ?» De tous les mystères majeurs de l'humanité – Dieu, la nature de l'univers, etc. –, les tampons étaient pour lui celui qui restait le plus obscur. Les tampons lui faisaient un peu le même effet que les grizzlis : il était au courant de leur existence, mais il n'en avait jamais croisé et il ne tenait pas particulièrement à le faire.

Au lieu du rire de Colin, c'est un silence insondable qui envahit la voiture. Colin tourna derrière le pick-up rose d'Hollis dans une rue adjacente fraîchement regoudronnée qui grimpa soudain de façon abrupte, faisant patiner le moteur fatigué du Corbillard. À mesure qu'il avançait, Colin comprit qu'il ne roulait pas dans une rue, mais dans une voie privée. Celle-ci prit fin devant la plus grande maison que Colin ait jamais vue de sa vie. Maison dont il était impossible de ne pas remarquer la couleur rose Malabar. Colin se gara, fixant la bâtisse, bouche bée. Lindsey lui donna un coup de coude.

– C'est pas grand-chose, dit-elle en haussant les épaules. Mais c'est chez nous.

Un large escalier menait à une véranda soutenue par d'innombrables colonnes. Hollis ouvrit la porte, et Colin et Hassan pénétrèrent à l'intérieur d'un gigantesque salon meublé d'un canapé assez long pour s'y étendre à deux sans se toucher.

– Mettez-vous à l'aise, dit Hollis. Lindsey et moi allons préparer le dîner.

– Tu peux te débrouiller toute seule, dit Lindsey, adossée à la porte d'entrée.

– Je pourrais, mais je ne le ferai pas.

Hassan s'assit sur le canapé.

– Cette Hollis est une marrante, mec. En chemin, elle m'a raconté qu'elle avait une usine de cordons pour tampons.

Colin ne voyait toujours pas ce que ça avait d'hilarant.

– Tu savais que l'actrice Jayne Mansfield avait vécu dans un manoir rose, dit-il en commençant à faire le tour du salon.

Il lut les titres des livres d'Hollis et examina les photos

encadrées, quand son regard fut attiré par l'une d'entre elles, posée sur la cheminée. Il s'approcha. Une Hollis à peine plus jeune et plus mince posait devant les chutes du Niagara en compagnie d'une fille qui avait un faux air de Lindsey Lee Wells. Sauf que la fille portait un imper noir sur un T-shirt élimé du groupe punk Blink-182 et s'était fait un gros trait d'eye-liner qui remontait jusqu'aux tempes. Elle portait un jean noir serré et étroit et des Doc Martens cirées.

– Elle a une sœur? demanda Colin.

– Qui ça?

– Lindsey. Viens voir.

Hassan rejoignit Colin et examina rapidement la photo.

– C'est le look gothique le plus pitoyable que j'aie jamais vu. En plus, les gothiques détestent Blink-182. Même moi, je le sais.

– Hum… Vous aimez les haricots verts? demanda Lindsey. Colin réalisa soudain qu'elle était derrière eux.

– C'est ta sœur? lui demanda-t-il.

– Non, je suis fille unique. Tu ne t'en serais pas douté à me voir si adorablement égocentrique?

– Il est trop adorablement égocentrique lui-même pour le remarquer, intervint Hassan.

– Qui c'est alors? demanda Colin à Lindsey.

– C'est moi en quatrième.

– Oh! dirent Colin et Hassan d'une même voix gênée.

– Oui, j'aime les haricots verts, dit Hassan, s'efforçant de changer rapidement de sujet.

Lindsey referma la porte de la cuisine derrière elle. Hassan haussa les épaules en regardant Colin avec un petit sourire, puis il retourna s'asseoir sur le canapé.

– Il faut que je travaille, dit Colin.

En suivant un couloir tapissé de rose, Colin arriva à une pièce où trônait un vaste bureau en bois sur lequel on aurait bien vu un président rédiger une nouvelle loi. Colin s'assit, sortit son crayon 2HB cassé et son fidèle carnet de sa poche, et se mit à écrire.

« Le théorème repose sur la validité de mon postulat de toujours selon lequel le monde se scinde en deux catégories de gens en tout et pour tout : les Largueurs et les Largués. Tous les individus ont une prédisposition à être l'un ou l'autre, mais tous ne sont pas CENT POUR CENT Largueur ou Largué. D'où la courbe en forme de cloche :

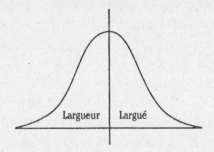

*La majorité des gens se situent quelque part à proximité de la ligne verticale de partage avec, de temps à autre, une exception qui échappe aux statistiques – par exemple, moi – représentant un pourcentage infime de la masse des individus. En chiffres, le graphique pourrait se traduire par 5 pour désigner un Largueur extrême et par 0, pour moi. Conclusion, si Katherine I était 4 et que je suis 0, l'écart total Largueur/Largué = 4 (partant du principe de chiffres négatifs si le type a plus le profil d'un Largué ; positifs si c'est la fille). »*

Puis il réfléchit à une équation susceptible de traduire sa relation avec Katherine I – le cas le plus simple de ses amours – telle qu'elle était en réalité : moche, brutale et éphémère.

Bizarre, à mesure qu'il rejetait telle ou telle équation, Colin avait l'impression d'avoir de plus en plus chaud. Son bandage se mouilla de transpiration, il l'arracha, puis il retira son T-shirt et s'essuya le visage, qui saignait encore. Torse nu, la colonne vertébrale visible sur son dos maigre, penché sur le bureau, il entreprit de se creuser la cervelle. Il ressentit quelque chose de nouveau, l'impression d'être à deux doigts d'un concept original. Des tas de gens, Colin compris, s'étaient déjà rendu compte de la dichotomie Largueur/Largué, mais Colin doutait qu'aucun ait pu imaginer qu'une simple formule fût capable de prédire l'apogée et le déclin de toute relation amoureuse sur un plan universel. Il savait que des difficultés l'attendaient. Pour commencer, traduire un concept en chiffres n'était pas vraiment son fort. Mais il était confiant. Il n'avait jamais été très bon en maths[27], en revanche il était expert dans l'art de se faire larguer.

Il plancha sur la formule, porté par l'impression d'être sur le point de faire une énorme découverte. Quand il aurait prouvé qu'il comptait pour quelque chose, il manquerait à K-XIX. Elle le verrait tel qu'elle l'avait vu au début, comme un génie.

En une heure, il avait trouvé l'équation :

$$f(x) = D^3 x^2 - D$$

ce qui donnait à Katherine I l'aspect que voici :

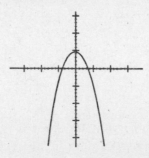

---

27. Mais du moins, bien meilleur que la plupart des gens, évidemment.

C'était presque parfait – le graphique simple d'une relation simple. Il traduisait même la brièveté de la relation. Il n'était pas nécessaire que les graphiques représentent le temps avec précision, il suffisait qu'ils donnent une idée de durée par comparaison. C'est-à-dire : «Une telle est sortie avec moi plus longtemps que K-XIV, mais pas autant que K-XIX[28].»

Mais le graphique de Katherine II se révéla raté – un seul contact avec l'abscisse. À l'évidence, la chose méritait d'être peaufinée avant d'envoyer un article aux *Annales de mathématiques*, mais Colin se sentit assez bien pour renfiler son T-shirt. Plus heureux qu'il ne l'avait été depuis – disons – deux jours, il se précipita dans le couloir et retrouva le salon baigné de fraîcheur. Par une porte entrouverte, il aperçut Lindsey, Hassan et Hollis dans la salle à manger. Il entra et s'assit devant une assiette garnie de riz, de haricots verts et de tout petits poulets.

Hassan riait et les deux Wells aussi. Elles étaient déjà folles de lui. Les gens aimaient Hassan, comme ils aiment le fast-food et les célébrités. C'était un don que Colin trouvait surprenant.

Au moment où il s'assit, Hollis demandait à Hassan :

– Tu veux dire le bénédicité ?

– Bien sûr, dit Hassan en s'éclaircissant la voix. *Bismillah*, dit-il avant de prendre sa fourchette.

– C'est tout ? s'étonna Hollis.

– C'est tout. Nous sommes un peuple concis. Concis et affamé.

Cela mit tout le monde mal à l'aise, car personne ne dit

---

28. Une explication plus approfondie du rôle des maths dans cette démonstration risque d'être très longue et très ennuyeuse. Dans les livres, la partie consacrée au très long et très ennuyeux s'appelle «Appendice». On y trouve l'explication semi-exhaustive du rôle des maths dans le texte qui précède. En ce qui concerne l'histoire qui nous occupe, il n'y aura plus de maths. Plus du tout. Promis.

mot pendant quelques minutes, à part Hassan qui n'arrêtait pas de se pâmer devant les cailles – c'étaient des cailles, et non des tout petits poulets. Bonnes, elles devaient l'être, présuma Colin, à condition d'aimer farfouiller dans un écheveau d'os et de cartilage pour dégotter un malheureux bout de viande. Il s'escrima à l'aide de sa fourchette et de son couteau et finit par réunir une bouchée. Il mâcha lentement pour bien savourer, mâcha, mâcha quand «Aïe! Bon sang, c'était quoi?» Mâche, mâche, mâche. Et «Ça recommence. Merde! C'est un os?»

– Aïe, dit-il doucement.

– C'est du plomb, dit Lindsey.

– Du plomb?

– Oui, du plomb, confirma Hollis.

– Cet oiseau s'est fait tirer dessus? demanda Colin en recrachant une petite bille métallique.

– Oui.

– Et je mange les balles?

– Non, dit Lindsey en souriant. Tu les craches.

Et c'est ainsi que le dîner de Colin se limita ce soir-là à du riz et des haricots verts.

– Alors, ça t'a fait quoi de remporter *Les Petites Têtes*? demanda Hollis. Je me rappelle que tu n'avais pas l'air emballé.

– J'étais mal pour la fille qui a perdu. Elle était adorable. Elle l'a très mal pris, d'ailleurs.

– Moi, j'étais content pour deux, dit Hassan. J'étais le seul à danser comme un fou dans le public. Singleton a battu cette petite merdeuse à plat de couture[29].

*Les Petites Têtes* ravivait le souvenir de Katherine XIX. Colin regarda droit devant lui en s'efforçant d'y penser le

---

29. «À plates coutures», avait envie de corriger Colin. Mais la grammaire était classée «pas intéressante».

moins possible. Quand Hollis prit la parole, ce fut comme si elle brisait un long silence, comme un réveil.

– Vous devriez travailler pour moi, cet été. J'ai un projet en tête, et vous feriez très bien l'affaire.

Au cours des années passées, plusieurs personnes avaient cherché à employer Colin pour utiliser ses dons. Mais a) ses vacances étaient jusque-là consacrées aux colos pour surdoués qui lui permettaient d'approfondir ses connaissances et b) un job d'été l'aurait distrait de son véritable travail, qui était de devenir un puits de science plus profond encore, et c) Colin ne possédait aucune compétence particulière. Il était rare de tomber, par exemple, sur le type d'annonce suivant :

*Entreprise géante recherche surdoué bourré de talent et d'ambition pour intégrer l'équipe de choc de son «Département Surdoué», le temps d'un job d'été. Conditions requises : minimum quatorze ans d'expérience en tant qu'enfant surdoué certifié, aptitudes à produire d'habiles anagrammes (et d'agiles allitérations), maîtrise parfaite de onze langues. Missions : lecture et mémorisation d'encyclopédies, de romans et de poésies ainsi que des quatre-vingt-dix-neuf premières décimales de Pi[30].*

---

30. Ce que Colin fit à l'âge de dix ans, en inventant une phrase composée de 99 mots dont la première lettre correspondait à une décimale de Pi (a = 1, b = 2, etc. ; j = 0). Pour les curieux, la phrase était : «Congre aime dix alcools et il réclame ; fort enivré, congre engloutit huit Juliénas ; grave intoxication car beaucoup ; ha, désormais, goujon babysitte facilement dix chiards congres, houspillant ces bébés gâtés inégalement en jugeote ; brave goujon gâche des années, instructeur génial, aimé forcément, inspirant confiance indubitablement, indéniablement, car gentil enseignant attentionné juge équitablement ; hélas barbu jacasse indûment, goujon déplore ; inutile ! des drames effarants interviennent ; bon, charmant, jovial goujon humilié, affecté, flippe désespérément ; joie fanée, blessures haïssables, force bâillonnée, jeune goujon identifie harassement fort banal ; heureusement, jeunes chiards déclarés heureux, barbu est condamné ; des ballons arrivent aussitôt, glorifiant jeune, formidable goujon !»

Et donc, chaque été, Colin partait en colo pour surdoués et, plus le temps passait, plus il devenait évident pour lui qu'il ne possédait aucune compétence particulière. Ce qu'il avoua à Hollis Wells.

– Il suffit juste de ne pas être trop idiot et de ne pas habituer Gutshot pour avoir pile le profil. Cinq cents dollars par semaine pour vous deux, logés et nourris. Vous êtes embauchés! Bienvenue dans la grande famille de Gutshot Textile!

Colin lança un regard à son copain, qui tenait délicatement une caille entre ses doigts et rongeait les os à la recherche d'une illusoire pitance. Hassan reposa la caille sur son assiette et rendit son regard à Colin.

Hassan hocha à peine la tête; Colin pinça les lèvres; Hassan frotta sa barbe naissante; Colin se mordilla l'intérieur du pouce; Colin sourit; Colin acquiesça.

– D'accord, dit-il finalement.

Ils avaient décidé de rester. «Que ça te plaise ou non, songea Colin. Les virées en bagnole mènent toujours quelque part.» En tout cas, la sienne devait avoir une destination. Le point de chute était correct : logement accueillant bien que rose; compagnie plutôt sympathique, dont un des membres le faisait se sentir un peu célèbre et pays de son premier Eurêka. Colin n'avait pas besoin d'argent, mais il savait qu'Hassan détestait en réclamer à ses parents. Et puis, un petit boulot ne pourrait pas leur faire de mal. Colin se rendit compte que ni Hasssan ni lui n'avaient jamais travaillé pour de l'argent. La seule chose qui l'inquiétait, c'était le Théorème.

– *La ureed an uz'ij rihlatik-wa lakin min ail khamsu ma'at doolar amreeki fil usubu', sawfa afa'al*[31], dit Hassan.

---

31. «Je n'ai pas envie de gâcher ta virée en bagnole, mais pour cinq cents dollars la semaine, je suis prêt à le faire.»

– *La urred an akhsar kulla wakti min ajl watheefa. Yajib an astaghil ala mas'alat al-riyadiat*[32], répondit Colin.

– Est-ce que Singleton aura du temps pour gribouiller? demanda Hassan en anglais.

– C'est quoi, ce charabia? l'interrompit Lindsey, incrédule.

Colin ne tint pas compte de la question et répondit à Hassan en anglais.

– Il ne s'agit pas de gribouillis, ce que tu saurais si tu...

– Si j'étais allé à la fac, je sais. Tu es trop prévisible, dit Hassan.

Puis se tournant vers Lindsey :

– Ce n'est pas du charabia, mais la langue sacrée du Coran, la langue du Grand Calife et celle de Saladin, la plus belle et la plus complexe de toutes les langues humaines.

– On aurait dit un raton laveur en train de se racler la gorge, répliqua Lindsey.

Colin réfléchit.

– J'ai besoin de temps pour travailler, dit-il.

Hollis fit oui de la tête.

– Excellent, conclut Lindsey d'un ton, apparemment, sincère. Mais vous ne pouvez pas prendre ma chambre.

– Je suis sûr qu'on trouvera quand même un endroit où se pieuter dans cette maison, dit Hassan, la bouche pleine de riz.

– Et si on faisait un Scrabble, proposa Hollis quelques instants plus tard.

Lindsey ronchonna.

– Je n'y ai jamais joué, dit Colin.

– Un génie qui n'a jamais fait un Scrabble? s'étonna Lindsey.

---

32. «De toute façon, la virée en bagnole a plus ou moins foiré, mais je n'ai pas envie que le boulot me prenne trop de temps. Je veux avancer sur le Théorème.»

– Je ne suis pas un génie.

– Un gros malin, alors ?

Colin rit. Ça lui plaisait. Plus un surdoué, pas encore un génie… mais toujours un gros malin.

– Je ne joue pas aux jeux de société, dit Colin. D'ailleurs, je ne joue pas beaucoup.

– Tu devrais. C'est marrant de jouer. Bien que le Scrabble ne soit pas le summum en la matière, précisa Lindsey.

*Total des points :*
*Hollis : 158*
*Colin : 521*
*Lindsey : 293*
*Hassan : 0*[33].

Après avoir appelé ses parents pour leur dire qu'il était à Gutshot sans parvenir à leur avouer qu'il était hébergé chez des inconnus, Colin travailla tard sur le Théorème dans sa nouvelle chambre au premier étage, installé à un beau bureau en chêne aux tiroirs vides. C'était bizarre, mais Colin avait toujours aimé les bureaux avec des tiroirs vides. Le Théorème lui donnait du fil à retordre. Il s'inquiétait de ne pas avoir les connaissances en maths nécessaires pour réussir, quand il vit la porte s'ouvrir. C'était Lindsey Lee Wells en pyjama à motifs cachemire.

– Comment ça va, la tête ? demanda-t-elle en s'asseyant sur le lit.

Colin ferma l'œil droit, le rouvrit, puis appuya sur sa blessure.

– Ça fait mal, répondit-il. Mais merci pour le pansement.

---

33. « Je ne joue pas au Scrabble contre Singleton. Si j'ai envie qu'on me rappelle à quel point je suis nul, je n'ai qu'à consulter mes notes à l'oral de l'examen d'entrée de la fac. »

Lindsey replia ses jambes sous elle et sourit.

– «Les amis sont faits pour ça», chantonna-t-elle avant de prendre un air grave, presque timide. Je me demande si je peux te dire quelque chose.

Elle se mordilla l'intérieur du pouce.

– Eh! c'est moi qui fais ça! dit Colin en pointant le doigt sur elle.

– Ah bon! C'est un peu comme sucer son pouce... en différent. Bref, je ne le fais que quand je suis toute seule.

Pour Colin, être avec lui n'avait pas grand-chose à voir avec «être toute seule», mais il ne releva pas.

– Donc je disais... Ça va te sembler débile, mais est-ce que je peux te parler de la photo, histoire que tu ne me prennes pas pour une grosse nase? Parce que j'étais dans mon lit et je me disais il doit sûrement me prendre pour une grosse nase. Et ils ont probablement discuté du fait que j'étais une grosse nase avec Hassan.

– Hum. Vas-y, dit Colin, bien qu'Hassan et lui aient eu d'autres sujets de conversation.

– Voilà, j'étais moche. Je n'ai jamais été grosse et je n'ai jamais eu d'appareil orthodontique ni de boutons. Mais j'étais moche. Je ne sais d'ailleurs pas qui décide si on est moche ou jolie. Il existe peut-être une société secrète de garçons qui se réunit dans les vestiaires du collège pour décider quelle fille est moche et quelle fille est sexy parce que, autant que je me souvienne, cette question ne se posait pas en CM1.

– Tu n'as jamais rencontré Katherine I, dit Colin.

– Règle numéro 1 : ne pas interrompre la personne qui raconte une histoire. Mais, ha! ha! Espèce de pervers. Bref, j'étais moche. Je me suis fait martyriser. Je ne vais pas t'ennuyer en te racontant à quel point c'était dur, mais c'était dur. J'étais malheureuse. Et donc, en quatrième, j'ai décrété que j'allais changer du tout au tout. Hollis m'a emmenée à Memphis m'acheter de nouvelles fringues, je me suis fait faire une coupe hérissée et teindre les cheveux en noir, j'ai arrêté de me mettre au soleil et, au final, j'avais un look mi-emo, mi-gothique, mi-punk et mi-chic coincé. Au fond, je n'avais pas la moindre idée de ce que je faisais, mais ça n'avait aucune importance dans la mesure où, au collège de Milan, Tennessee, personne n'avait jamais vu d'emo, ni de gothique, ni de punk, ni de chic coincée. J'étais différente, voilà tout. Pendant toute une année, j'ai détesté tout le monde, et tout le monde m'a détestée. Et puis, au lycée, j'ai décidé de me faire aimer. Je l'ai décidé, point barre. C'était tellement facile, mec. J'en reviens pas. Je suis devenue cool. Si j'adoptais la démarche de la fille cool, parlais comme la fille cool, m'habillais comme la fille cool, et si j'étais à la fois coquine, teigne et sympa comme la fille cool, je devenais la fille cool. Mais je ne faisais pas de crasses aux autres. Personne ne cherchait vraiment à avoir la cote dans mon lycée.

– Ça, dit Colin avec force, c'est une remarque que seuls les gens qui ont des amis peuvent faire.

– Bon, d'accord. Mais je ne suis pas l'ancienne moche de service qui a vendu son âme au diable pour sortir avec des mecs canon et aller aux meilleures soirées de Gutshot. Je n'ai pas vendu mon âme au diable, répéta-t-elle, presque sur la défensive.

– D'accord. De toute façon, je m'en ficherais si tu l'avais fait, ajouta-t-il. Les nuls disent toujours qu'ils se fichent d'être aimés ou pas, mais en réalité ça craint de ne pas avoir d'amis. Perso, je n'ai jamais aimé les gens cool, je les ai toujours considérés comme des petits merdeux sans intérêt. Mais je leur ressemble sans doute d'une certaine manière. Comme l'autre jour, quand j'ai dit à Hassan que je voulais compter pour quelque chose, qu'on se souvienne de moi. Il m'a répondu : «Célèbre est le nouveau mot pour dire : tout le monde m'aime.» Il a peut-être raison. Si ça se trouve, je veux être célèbre. En fait, ce soir, je me disais que ça me plairait que des inconnus me trouvent cool puisque les gens qui me connaissent pensent le contraire. Une fois, je devais avoir dix ans, on est allés au zoo avec l'école, et j'avais très envie de faire pipi. Ce jour-là, j'avais eu des envies pressantes à répétition, je m'étais trop hydraté. À ce propos, tu savais que ce truc qui dit qu'il faut boire huit verres d'eau par jour c'est de la connerie pure sans aucun fondement scientifique? C'est d'ailleurs le cas pour plein de choses. Les gens y croient parce qu'ils sont paresseux et incurieux. Soit dit en passant, incurieux fait partie de ces mots qui n'ont pas l'air corrects, mais le sont[34].

– C'est très étrange de regarder ton cerveau travailler, dit Lindsey.

Colin soupira. Il ne savait pas raconter les histoires, il introduisait des détails qui n'avaient rien à voir et faisait des digressions qui n'intéressaient que lui.

– Bref, à la fin de l'histoire, je manque me faire manger le pénis par un lion. Et voilà où je voulais en venir, c'est le genre de truc qui n'arriverait jamais, mais alors jamais, à des gens que tout le monde aime.

Lindsey rit.

– Ce serait une super histoire si tu savais la raconter.

Elle se mordilla l'intérieur du pouce, le tic qu'elle avait quand elle était toute seule.

– Je te trouve cool, dit-elle, cachée derrière sa main.

---

34. L'histoire des huit verres d'eau par jour est absolument véridique. Il n'y a pas de raison de boire huit verres d'eau par jour à moins, curieusement, d'aimer le goût de l'eau. La plupart des experts s'accordent à dire que, à moins d'être victime d'un trouble grave, on devrait boire de l'eau chaque fois qu'on a – tenez-vous bien – soif.

Et j'aimerais bien que tu me trouves cool aussi. Et être populaire, ce n'est rien d'autre.

### La fin (du début)

Après leur premier baiser, Colin et Katherine I restèrent silencieux deux minutes. Katherine regardait Colin et lui essayait de continuer à traduire Ovide. Mais il était confronté à un problème sans précédent. Il n'arrivait pas à se concentrer. Il n'arrêtait pas de lever la tête pour la regarder. Ses grands yeux bleus, trop grands pour son jeune visage, le fixaient sans relâche. Il supposa qu'il était tombé amoureux. Elle se décida à parler.

– Colin, dit-elle.

– Oui, Katherine ?

– Je casse avec toi.

Bien sûr, à l'époque, Colin ne saisit pas toute la portée du moment. Il se plongea dans Ovide, pleurant la perte de Katherine en silence, et elle continua de le regarder pendant une demi-heure, jusqu'à ce que ses parents viennent la chercher pour la ramener chez elle. Mais il suffit à Colin des quelques Katherine suivantes pour repenser avec nostalgie à la Grande Katherine comme à la porte-parole du Phénomène Katherine. Leur relation de trois minutes en était la quintessence même. L'immuable tango entre le Largueur et le Largué : *veni vidi vici*, et retour à la maison.

# (8)

**Quand on a passé** sa vie à Chicago et dans ses environs, ce qui était le cas de Colin, on a du mal à appréhender certains aspects de la vie à la campagne. Prenons, par exemple, le cas perturbant du coq. Dans l'esprit de Colin, le chant du coq à l'aube n'était rien de plus qu'une figure littéraire ou cinématographique. Quand un auteur voulait que son personnage se réveille à l'aube, Colin imaginait qu'il usait de cette tradition littéraire pour faire que cela se produise. C'est ainsi, songeait-il, que les écrivains décrivent les choses, autrement qu'elles ne se passent dans la réalité. Ils ne racontent pas tout, ils vont à l'essentiel. Pour Colin, la vérité comptait autant que l'essentiel. Et il en avait déduit que c'était pour cette raison qu'il était incapable de raconter de bonnes histoires.

Ce matin-là, Colin apprit qu'en réalité les coqs ne commencent pas à chanter à l'aube, mais bien avant, vers cinq heures du matin. Colin se retourna dans le lit inconnu. Sondant l'obscurité, il se sentit bien l'espace de quelques lentes secondes. Fatigué et agacé par le coq, mais bien. Et puis il se souvint qu'elle l'avait largué et il l'imagina endormie dans son grand lit douillet, ne rêvant pas de lui. Il se retourna dans l'autre sens pour vérifier son portable. Aucun appel manqué.

Le coq chanta à nouveau.

– Ferme ta boîte à cocoricos, marmonna Colin.

Mais le coq ne la ferma pas et, à l'aube, une fois mêlés aux prières matinales étouffées d'un musulman, les cocoricos formèrent une étrange cacophonie. Ces heures pleines de bruit, empêcheuses de dormir tout son soûl, lui laissèrent le loisir de s'interroger sur tout, de la dernière fois où Katherine avait pensé à lui, au nombre d'anagrammes du mot « anagramme » correctes d'un point de vue grammatical[35].

Vers sept heures, tandis que le coq – à moins qu'il y en ait eu plusieurs, peut-être se relayaient-ils – entamait sa troisième heure de cris stridents, Colin entra en titubant dans la salle de bains qui communiquait aussi avec la chambre d'Hassan. Ce dernier était déjà sous la douche. Pourtant luxueuse, la salle de bains n'avait pas de baignoire.

– Salut, Hass.

– Salut, cria Hassan par-dessus le bruit de l'eau. Mec, Hollis s'est endormie au salon devant *Télé Achat*. Elle a une maison à un milliard de dollars et elle dort sur le canapé.

– Fes Fens sont bizarres, dit Colin en retirant sa brosse à dents de sa bouche au milieu de sa phrase.

– N'importe quoi… Hollis m'adore. Elle me prend pour la huitième merveille du monde, et toi pour un génie. En plus, à cinq cents dollars la semaine, je n'aurai plus jamais besoin de travailler. Avec ça, je tiens cinq mois à Chicago, mec. À compter de cet été, je suis tranquille, disons, jusqu'à trente ans.

– Ton manque d'ambition force le respect.

Hassan tendit la main pour attraper une serviette marquée des initiales HLW. Quelques secondes plus tard, il sortait de la douche et, la serviette nouée autour de sa taille monumentale, entrait dans la chambre de Colin.

---

35. Il en trouva vingt, dont une eut sa faveur : « gare maman ».

– Écoute-moi bien, *kafir*. Arrête de me bassiner avec cette histoire de fac. Laisse-moi être heureux, et je te laisserai être heureux. J'adore quand on se vanne, mais tu dépasses les bornes.

– Excuse-moi, mais j'ignorais que j'avais dépassé les bornes, dit Colin en s'asseyant sur son lit pour enfiler un T-shirt *Petites Têtes* qui lui avait été offert.

– Tu as mis le sujet sur le tapis 284 jours d'affilée.

– Et si on se trouvait un mot pour dire qu'on dépasse les bornes ? Un mot choisi au hasard, grâce auquel on saurait qu'il faut faire marche arrière.

Debout dans sa serviette, Hassan regarda le plafond.

– Grelots, dit-il finalement.

– Grelots, renchérit Colin en cherchant les anagrammes dans sa tête[36].

– Me dis pas que tu es en train de l'anagrammer ? demanda Hassan.

– Si, répondit Colin.

– Si ça se trouve, c'est pour ça qu'elle t'a largué. Toujours en train d'anagrammer au lieu d'écouter.

– Grelots, dit Colin.

– Je voulais juste te donner l'occasion de l'utiliser. Allons déjeuner. J'ai plus faim qu'un gosse au troisième jour de sa colo pour gros.

Ils longèrent un couloir, puis prirent l'escalier qui descendait au salon.

– À ton avis, pourquoi Hollis veut nous filer du boulot ? demanda Colin en faisant de son mieux pour chuchoter.

Hassan s'arrêta au milieu de l'escalier.

– Elle veut mon bonheur. Nous, les gros, on est liés par quelque chose. On est comme une société secrète. On a

---

36. Furieux de constater qu'il n'en trouvait que quatre : « tel gros » ; « Lot, Gers » ; « gel sort » ; « legs rot ».

plein de trucs à nous que tu ne connais pas : poignées de mains, danses spéciales gros, on a même une tanière au centre de la Terre où on descend la nuit pour boulotter des gâteaux et du poulet frit pendant que les maigrichons pioncent. Pourquoi tu crois qu'elle dort encore, Hollis, *kafir*? Parce qu'on a passé la nuit dans notre tanière à se piquer les veines à la crème au beurre. Elle nous file du boulot parce qu'un gros fait toujours confiance à un autre gros.

– Tu n'es pas gros. Tu es enrobé.

– Je te ferais remarquer que tu as vu mes seins de mec quand je suis sorti de la douche.

– Ce n'est pas aussi grave que ça, dit Colin.

– OK, tu l'auras voulu! dit Hassan en remontant son T-shirt jusqu'au cou.

Colin jeta un coup d'œil au torse velu d'Hassan, doté – bon d'accord, inutile de le nier – de modestes seins. Un bonnet A, mais quand même. Hassan eut un sourire victorieux, rabattit son T-shirt et descendit l'escalier.

Hollis mit une heure à se préparer. Pendant ce temps, Hassan et Lindsey discutèrent en regardant *Aujourd'hui Madame* tandis que, à l'autre bout du canapé, Colin lisait un des livres qu'il avait fourrés dans son sac à dos. Une anthologie des œuvres de lord Byron, dont *Lara* et *Don Juan*, qui lui plaisait bien. Quand Lindsey l'interrompit, il en était à un vers de *Lara* qu'il aimait beaucoup : «L'éternité te défend d'oublier.»

– Qu'est-ce que tu bouquines, Gros Malin? demanda Lindsey.

Colin lui montra la couverture.

– Don Juan, lit-elle sans prononcer la diphtongue. T'apprends à ne plus te faire larguer?

– Ju-an, corrigea Colin. Ça se prononce Don Ju-an, dit-il[37].

– Pas intéressant, fit remarquer Hassan.

Mais Lindsey semblait trouver ça plus exaspérant que pas intéressant. Elle débarrassa le plateau du petit déjeuner de la table basse en levant les yeux au ciel. Hollis descendit l'escalier, enroulée dans ce qui devait être une toge à fleurs.

– Mon projet est de reconstituer l'histoire orale de Gutshot à l'intention des générations futures, débita-t-elle d'un trait. Ça fait quinze jours que je sors des gars de la chaîne pour les interroger, mais maintenant que vous êtes là, j'arrête. Résultat jusqu'ici : que des potins. Tout le monde bavasse sur ce qu'untel a dit ou pas dit. Mais, vous, vous vous fichez complètement de savoir si Ellie Mae n'aimait pas son mari quand elle l'a épousé en 1937. Donc, c'est vous deux qui ferez le travail. Avec Linds, à qui tout le monde fait confiance...

– Je suis très honnête, expliqua Lindsey en coupant sa mère.

– À l'excès, ma chérie. Mais oui. Le but c'est que vous les fassiez parler, et je te garantis qu'une fois lancés ils ne voudront plus la fermer. Je veux que vous me rapportiez six heures d'enregistrement par jour. Mais branchez-les sur l'histoire avec un grand « H », si possible. Je fais ça pour mes petits-enfants, je n'ai pas envie de me retrouver avec des tonnes de potins.

Lindsey toussa.

– Des conneries, marmonna-t-elle.

Puis toussa de nouveau. Hollis fit les gros yeux.

– Lindsey Lee Wells, mets vingt-cinq cents dans le pot à jurons, et tout de suite !

---

37. Exact. Dans *Don Juan*, la scansion ne fonctionne qu'à condition de lire *Juan* comme une double syllabe.

– Merde, dit Lindsey. Con. Merdique, dit-elle, en filant à la cheminée pour glisser un billet d'un dollar dans un pot en verre. J'ai pas de monnaie, Hollis!

Colin ne put s'empêcher de rire. Hollis lui jeta un regard noir.

– Bien, dit-elle, il est temps d'y aller. Six heures d'enregistrement et retour pour le dîner.

– Et qui va tenir le magasin? demanda Lindsey.

– Je vais y envoyer Colin.

– Je suis censé enregistrer des gens, fit remarquer celui-ci.

– L'autre Colin, précisa Hollis. Le... – soupir – petit ami de Lindsey. Il sèche le boulot à l'usine les trois quarts du temps de toute façon. Allez, on s'y met.

Une fois dans le Corbillard, tandis qu'Hassan prenait la longue voie privée en sens inverse pour quitter le Manoir rose, Lindsey dit :

– «Le – soupir – petit ami de Lindsey». C'est toujours «le – soupir – petit ami de Lindsey». C'est pas vrai! Bref, dépose-moi au magasin.

– Hors de question, dit Hassan en la regardant dans le rétroviseur. Les films d'horreur commencent tous comme ça. On te laisse, on va chez des inconnus et, cinq minutes après, un psychopathe envoie valdinguer mes couilles d'un coup de machette pendant que sa femme schizophrène oblige Colin à faire des pompes sur un lit de charbons ardents. Tu viens avec nous.

– Sans vouloir te vexer, je n'ai pas vu Colin depuis hier.

– Sans vouloir vexer ce nase, répondit Hassan, Colin est assis à côté de moi en train de lire *Don Ju-an*. Toi, tu sors avec «L'Autre Colin», plus connu sous le nom de LAC.

Colin ne lisait plus, il écoutait Hassan le défendre. Ou, du moins, il pensait qu'il le défendait. Avec Hassan, on ne pouvait jamais savoir.

– Mon gars est sans conteste possible le premier Colin. Il n'y en a pas deux comme lui. Colin, dit «unique» dans autant de langues que tu peux.

Colin s'empressa de s'exécuter, unique étant un mot qu'il connaissait bien.

– Único[38], unico[39], einzigartig[40], unique[41], уника́љнњый[42], μουαόκός[43], singularis[44], farid[45].

Aucun doute, Hassan faisait bien son boulot. Colin ressentit une bouffée d'affection pour lui. De plus, réciter ces mots provoqua une sorte de vague en lui qui submergea le trou dans son ventre. Ce fut comme un baume.

Lindsey sourit à Colin dans le rétroviseur.

– Ma coupe de Colin déborde. Un pour m'apprendre des trucs à la pelle et un autre pour me rouler des pelles, dit-elle, en riant de son jeu de mots. Bon d'accord, je viens. Après tout, je ne voudrais pas que Colin se fasse couper les couilles. Aucun des deux. Mais ensuite, vous me déposez au magasin.

Hassan acquiesça. Lindsey les fit passer devant un fast-food Taco Bell qu'elle avait rebaptisé «Taco Moche» pour prendre une petite rue bordée de modestes maisons de plain-pied. Ils se garèrent devant l'une d'entre elles.

– La plupart des gens sont au boulot, expliqua-t-elle. Mais Starnes devrait être chez lui.

---

38. Espagnol.
39. Italien.
40. Allemand.
41. Français et anglais.
42. Russe.
43. Grec.
44. Latin.
45. Arabe.

Starnes vint leur ouvrir. Il n'avait plus de mâchoire inférieure, mais une sorte de bec de canard recouvert de peau.
Plus de menton ni de dents. Il s'efforça pourtant de sourire
à Lindsey.

– Comment tu vas, ma poupée ? dit-il.

– Toujours bien quand je te vois, Starnes, répondit-elle,
en l'embrassant.

La joie de Starnes était visible. Lindsey lui présenta Colin
et Hassan.

– Cancer, expliqua-t-il, en surprenant le regard de Colin.
Entrez vous asseoir.

La maison sentait le vieux canapé moisi et le bois brut.
Une odeur de toiles d'araignées et de souvenirs flous, se dit
Colin. Ça sentait la cave de chez K-XIX, une odeur qui le
ramena avec une violence inouïe à l'époque où elle l'aimait
– ou du moins le croyait-il. La douleur dans son ventre se
raviva. Il ferma les yeux et attendit qu'elle se dissipe, mais
en vain. Pour Colin, rien jamais ne se dissipait.

## Le début (de la fin)

Katherine XIX n'était pas encore tout à fait la XIX$^e$ quand
ils passèrent un troisième après-midi en tête-à-tête. Bien
que tous les clignotants aient été au vert, Colin ne se déci-
dait pas à lui demander de sortir avec lui. Et, bien entendu,
il n'était pas question de l'embrasser de but en blanc.
Quand arrivait le moment du baiser, Colin faiblissait. Il avait
même une théorie sur le sujet, intitulée Théorème de mini-
misation du refus (TMR).

L'action de se pencher vers quelqu'un pour l'embrasser
ou de lui demander l'autorisation de le faire exposait à la
possibilité d'un refus. Par conséquent, la personne la moins
à même de se faire rejeter devait endosser la responsabilité
de se pencher ou de demander. Et cette personne, du moins

dans une relation hétérosexuelle entre lycéens, ne pouvait être que la fille. Quand on y réfléchissait, les garçons ne pensaient qu'à embrasser les filles. À s'envoyer en l'air. Tout le temps. À part Hassan, aucun garçon ne se disait jamais : «Si je m'écoutais, je n'embrasserais pas de fille aujourd'hui.» Possible qu'un type en feu, au sens propre du terme, ne soit pas dévoré par l'envie de sortir avec une fille, mais c'était à peu près tout. Alors que, dans ce domaine, les filles étaient changeantes. Parfois, elles avaient envie d'embrasser et parfois, non. En fait, une fille était une forteresse imprenable bourrée de mystère.

Donc : les filles devaient toujours faire le premier pas parce que a) elles étaient moins susceptibles de se faire repousser que les garçons et b) de cette façon, elles ne se laissaient pas embrasser à moins d'en avoir envie.

Malheureusement pour Colin, embrasser échappait à toute logique, et donc sa théorie n'avait jamais marché. Cela dit, comme il attendait toujours pour embrasser une fille, il était rarement repoussé.

Ce vendredi-là, en sortant du lycée, il appela la future Katherine XIX pour lui demander si elle accepterait de prendre un café avec lui le lendemain, et elle dit oui. Ils allèrent dans le café où ils s'étaient retrouvés les deux premières fois – rendez-vous délicieux, où la tension sexuelle était telle qu'il ne pouvait s'empêcher d'être excité quand elle lui effleurait la main sans le faire exprès. Il avait d'ailleurs mis les mains sur la table pour que cela puisse se produire.

Le café se trouvait à quelques kilomètres de chez Katherine et à un pâté de maisons de chez Colin. Il s'appelait le Café Sel Marie et servait un des meilleurs cafés de Chicago, ce dont Colin se fichait, dans la mesure où il n'aimait pas le café. Il en aimait l'idée, celle d'une boisson chaude qui donnait de l'énergie et associée de tout temps aux gens raffinés et aux intellectuels. Mais il trouvait que le café avait un goût de vomi à la caféine. Par conséquent, il noya le goût détestable de son café avec de la crème, ce qui suscita les moqueries de Katherine ce fameux après-midi. Inutile de préciser que Katherine but son café noir. C'était une constante chez les Katherine.

Des heures plus tard et après quatre cafés, elle lui proposa de regarder un film.

– Ça s'appelle *La Famille Tenenbaum*, dit-elle. Ça raconte l'histoire d'une famille de surdoués.

Colin et Katherine prirent le métro jusqu'à Wrigleyville, puis ils firent le reste du chemin à pied jusque chez elle, une maison étroite de plain-pied. Elle le guida jusqu'à la cave. Le lino gondolait, il faisait froid et humide, un vieux canapé meublait le tout, pas de fenêtres, un plafond très bas – 1,90 m pour les 1,85 m de Colin. Ce qui donnait un salon minable, mais une super salle vidéo. Il faisait tellement noir qu'il suffisait de s'enfoncer dans le canapé pour être happé par le film.

L'histoire plut à Colin. En tout cas, il rit beaucoup et il fut réconforté par ce qui arrivait aux personnages, tous d'anciens surdoués qui devenaient des adultes exceptionnels – quoiqu'un peu cassés à l'intérieur. Après le film, Katherine et Colin restèrent dans le noir. Cette cave était le tout premier endroit de Chicago plongé dans une obscurité totale où Colin mettait les pieds. De jour comme de nuit, une lueur gris orangé filtrait dans les lieux avec fenêtre.

– J'adore la musique du film, dit Katherine. Elle est cool.

– Oui, renchérit Colin. Et j'aime les personnages, même l'horrible père.

– Moi aussi, dit Katherine.

Hormis sa chevelure blonde et le contour de son visage, il ne voyait pas grand-chose d'elle. La main avec laquelle il s'était emparé de la sienne trente minutes après le début du film était moite et crispée, mais il n'était pas question d'être celui qui la retirerait le premier.

– Il est égoïste, poursuivit-elle. Mais qui ne l'est pas ?

– C'est vrai, dit Colin.

– Alors, ça ressemble à ça, la vie d'un surdoué ?

– Non, pas vraiment. Pour commencer, ceux du film sont hyper sexy, plaisanta-t-il.

Elle rit.

– Comme tous ceux que je connais, ajouta-t-elle.

Il expira brusquement, se tourna vers elle et s'apprêta à... mais non. Il n'était pas encore sûr et ne supportait pas l'idée d'être repoussé.

– En plus, les surdoués du film sont tous nés avec un don. Ce qui n'est pas mon cas. Je travaille dix heures par jour, tous les jours, depuis que j'ai trois ans, dit-il, pas peu fier.

Il considérait effectivement ça comme du travail : lire, étudier, parler des langues, énoncer des faits, décortiquer n'importe quel texte.

– C'est quoi ton point fort ? Je sais que tu es à peu près bon en tout. Mais à part les langues, en quoi tu es vraiment bon ?

– Je suis bon pour décrypter les codes. Et pour les jeux linguistiques comme les anagrammes. D'ailleurs, c'est mon truc préféré. Je peux faire l'anagramme de n'importe quoi.

Il ne s'était jamais ouvert de sa passion pour les anagrammes devant une Katherine. Il s'était toujours imaginé que ça les ennuierait.

– N'importe quoi ?

– « Mort qui opine », répondit-il aussitôt.

Elle rit.

– Katherine Carter, proposa-t-elle alors.

Il mourait d'envie de glisser la main derrière sa nuque, de l'attirer à lui, de goûter dans le noir à sa bouche charnue et douce. Mais pas tout de suite. Il n'était pas sûr. Son cœur battait la chamade.

– D'accord. «Rat cher en karité», euh… J'aime bien celui-là : «Erik châtrera net.»

Elle rit de nouveau, retira sa main et la posa à plat sur son genou. Ses doigts étaient doux. Son parfum supplanta soudain l'odeur d'humidité. Elle sentait le lilas, et il comprit qu'il était presque temps. Mais il n'osait pas la regarder, pas encore. Il gardait les yeux rivés sur la télé éteinte. Il voulait faire durer le moment qui précédait le «moment», car aussi délicieux que le baiser soit, rien n'égalait son anticipation.

– Comment tu fais ça? demanda-t-elle.

– Je m'entraîne beaucoup et j'en fais depuis longtemps. Je visualise les lettres, je trouve un premier mot qui me plaît, comme «rat» ou «Erik», et ensuite j'essaie d'utiliser les lettres restantes pour… Oh non, je dois t'ennuyer, dit-il en espérant que ce soit le contraire.

– Pas du tout, protesta-t-elle.

– Avec les lettres restantes, j'essaie de construire quelque chose qui ait du sens. Bref, c'est comme un jeu.

– Va pour les anagrammes. Ça en fait un. D'autres dons charmants? demanda-t-elle.

Il se sentit alors sûr de lui.

Il se tourna vers elle, rassemblant le peu de courage à sa disposition, et lui dit :

– J'embrasse plutôt pas mal.

# (9)

– **Mettez-vous** à l'aise. Hollis m'a dit que vous passeriez me poser des questions sur ma vie palpitante, dit Starnes.

Colin s'assit sur un vieux canapé qui n'était pas sans lui rappeler celui sur lequel K-XIX et lui avaient échangé leur premier baiser. Lindsey présenta Colin et Hassan. La pièce n'était pas climatisée ; en appuyant sur la touche d'enregistrement du magnéto numérique qu'il avait posé sur la table basse, Colin sentit une première goutte de sueur se former à la naissance de son cou. La journée allait être longue.

– À quelle époque tu es arrivé à Gutshot ? demanda Lindsey.

– Je suis né dans ce pays[46] en 1920. Né ici, grandi ici, toujours vécu ici et je mourrai sans doute ici, répondit-il avant de faire un clin d'œil à Lindsey.

– Dis pas ça, Starnes, s'écria Lindsey. Qu'est-ce que je ficherais sans toi ?

– Tu batifolerais avec le fils Lyford, j'imagine, dit Starnes. Puis se tournant vers les garçons.

– J'ai pas grande opinion de son père, ajouta-t-il.

---

46. Colin finira par comprendre que, pour Starnes, « pays » ne désigne pas les « États-Unis d'Amérique », mais la partie sud du centre du Tennessee.

– Tu me veux pour toi tout seul, dit Lindsey en riant. Parle-nous de l'usine, Starnes. Ces deux-là n'y ont jamais mis les pieds.

Curieusement, en présence de Starnes, Lindsey parlait avec un accent du Sud prononcé.

– L'usine a démarré trois ans avant ma naissance, et j'ai commencé à y travailler à quatorze ans. Peut-être que, sans ça, j'aurais fini fermier... Comme mon père avant l'arrivée de l'usine. À l'époque, on faisait de tout : T-shirts, mouchoirs, foulards, c'était du boulot. Mais ta famille a toujours été correcte. D'abord, le Dr Dinsanfar, puis son gendre, Cornille Wells. Ensuite, il y a eu ce salaud d'Alex, je sais que c'est ton père, Lindsey, pardonne-moi. Et puis, ça a été le tour d'Hollis, qui s'est bien occupée de nous autres. J'ai travaillé soixante ans à l'usine. À ce jour, je détiens le record du monde. On a donné mon nom à la salle de repos, parce que c'est là que je passais le plus clair de mon temps.

Sa lèvre supérieure dessina un sourire, mais son menton sans mâchoire fut incapable de suivre.

L'atmosphère tournait déjà au sauna, mais sans le seau ni la louche. «On ne les aura pas volés, nos cent dollars», se dit Colin.

– Quelqu'un veut du thé? demanda Starnes.

Sans attendre de réponse, il se leva et partit à la cuisine.

À la fois doux et amer, le thé avait un léger goût de limonade, en moins goûter d'enfants. Il plut beaucoup à Colin – c'était tout ce qu'il avait espéré du café – et il s'en servit plusieurs verres tandis que Starnes parlait, ne s'interrompant que pour prendre un médicament (une fois) ou aller aux toilettes (quatre fois ; c'est courant chez les personnes âgées. À croire qu'elles adorent les toilettes).

– Ce que vous devez comprendre, c'est qu'au pays on n'a jamais été pauvres. Même pendant la Grande Dépression, j'ai jamais souffert de la faim parce que, si le Dr Dinsanfar devait se séparer de certains ouvriers, il ne virait qu'une personne par famille.

L'évocation du Dr Dinsanfar entraîna Starnes sur une autre voie.

– Le patelin s'appelle Gutshot depuis la nuit des temps, et je parie que tu ne sais même pas pourquoi, Lindsey.

Lindsey secoua poliment la tête, et Starnes se pencha en avant dans son fauteuil relax.

– Alors t'as encore rien entendu sur le patelin ! Il y a long-temps, si longtemps que le vieil homme que je suis n'était pas encore né, la boxe était interdite. Et si on voulait enfreindre la loi, Gutshot était l'endroit idéal. Ça a toujours été comme ça. J'ai moi aussi fait plusieurs fois un détour par la prison du comté de Carver : ivresse sur la voie publique en 1948, trouble à l'ordre public en 1956 et deux jours pour usage illégal d'une arme à feu, la fois où j'ai tué la couleuvre de Caroline Clayton en 1974. Mary avait même pas voulu payer la caution pour me sortir de là après que j'ai descendu ce serpent de malheur. Mais comment j'aurais pu deviner que c'était son toutou ? J'étais allé chez Caroline Clayton récupérer le marteau qu'elle m'avait emprunté six mois plus tôt et voilà qu'une énorme couleuvre traverse la cuisine en ondulant. Qu'est-ce que t'aurais fait, fiston ? demanda-t-il à Colin.

Colin réfléchit.

– Vous êtes entré chez quelqu'un sans frapper ? demanda-t-il.

– Non, j'ai frappé, mais elle était pas là.

– C'est un autre délit, souligna Colin. Violation de domicile.

– Heureusement que c'est pas toi qui m'as arrêté, dit Starnes. Quoi qu'il en soit, quand on voit un serpent, on le tue. C'est comme ça que j'ai été élevé. Alors j'ai tiré dessus.

Coupé net en deux. Et ce soir-là, Caroline Clayton a débarqué chez nous – elle est morte à présent, paix à son âme. Elle pleurait, elle hurlait que j'avais tué Jake. Je lui ai dit que son Jake avait été tué par quelqu'un d'autre parce que tout ce que j'avais zigouillé, c'était une malheureuse couleuvre. Or v'là t'y pas que Jake, c'était le serpent! et qu'elle l'aimait comme le gosse qu'elle avait jamais eu! Elle s'était pas mariée. Forcément, laide comme un pou qu'elle était, paix à son âme.

– Le serpent se fichait pas mal qu'elle soit laide, remarqua Colin. Les serpents ont très mauvaise vue.

Starnes se tourna vers Lindsey Lee Wells.

– Ton pote est un vrai puits de science, ma parole.

– Tu l'as dit, répondit-elle d'une voix traînante.

– De quoi je parlais, déjà? demanda Starnes.

– Gutshot, la boxe, autrefois, s'empressa de répondre Colin.

– C'est ça. À l'époque, avant que l'usine fasse venir les familles, c'était une ville où on ramassait que des ennuis. En gros, une ville de métayers. Elle avait même pas de nom, m'a dit ma mère. Et puis, on a commencé à faire venir des boxeurs. Des gars affluaient de tous les coins du pays pour livrer un combat où le gagnant touchait cinq ou dix dollars, plus l'argent qu'il avait misé sur lui-même. Pour contourner la loi contre la boxe, on a inventé une règle : pas de coup en dessous de la ceinture ni au-dessus des épaules. De la boxe «Gut shot*». Et la ville est devenue célèbre à cause de ça. D'où son nom.

Colin essuya la sueur de son front d'un revers de main moite, envoyant voltiger des gouttes de transpiration un peu partout, ce qui ne régla pas vraiment le problème, et but plusieurs gorgées de thé.

---

*Gut shot : coup dans le bide. (Note de la traductrice)

– On s'est mariés avec Mary en 1944, poursuivit Starnes. Au moment où je devais partir à la guerre.

Colin songea que le cours sur l'articulation du discours de M. Holtsclaw, son professeur d'anglais en première, n'aurait pas fait de mal à Starnes. Pour tout l'or du monde, Colin aurait été incapable de raconter une histoire, mais il savait qu'il fallait faire des transitions. Cela dit, c'était distrayant d'écouter Starnes.

– Toujours est-il que je suis pas allé à la guerre parce que je me suis fait sauter deux doigts de pied, par lâcheté. Je suis vieux, je peux vous dire la vérité. J'avais pas peur de la guerre. Ça m'a jamais fait peur. Je voulais juste pas en livrer une à l'autre bout du monde. Après ça, je me suis traîné une sale réputation. J'ai raconté que j'avais eu un accident, mais personne m'a cru. Je l'ai jamais vraiment perdue, cette réputation. Mais maintenant, tout le monde est mort et y a plus personne pour vous raconter cette histoire, alors vous êtes bien obligés de me croire : c'étaient tous des lâches. Tous. Mais on s'est mariés avec Mary et on s'est aimés comme des fous. Jusqu'à la fin. Elle m'a jamais bien apprécié, mais pour m'aimer, elle m'a aimé, si vous voyez ce que je veux dire.

Colin jeta un regard en coin à Hassan qui le regarda à son tour avec des yeux horrifiés. Tous deux craignaient de trop bien voir ce que Starnes voulait dire.

– Elle est morte en 1997, crise cardiaque. Il y avait pas plus brave qu'elle et pas plus mauvais que moi, mais c'est elle qui est partie et pas moi.

Il leur montra des photos. Groupés autour de son fauteuil relax, ils regardèrent ses vieilles mains ridées tourner lentement les pages d'un album lourd de souvenirs. Les photos les plus anciennes étaient décolorées et jaunies, et Colin ne put s'empêcher de penser que les gens âgés avaient déjà l'air vieux quand ils étaient jeunes. Au fil des pages,

Colin vit les photos en noir et blanc prendre les couleurs fades du polaroïd, il vit les enfants naître, grandir, les cheveux tomber, les rides apparaître. Et sur toutes les photos, Starnes et Mary étaient ensemble, de leur mariage à leur cinquantième anniversaire de mariage. «Un jour, j'aurai ça, se dit Colin. Je l'aurai. C'est sûr. Avec Katherine. Mais ma vie ne se limitera pas à ça, décida-t-il. Je laisserai derrière moi bien plus qu'un album photo où j'ai toujours l'air vieux.»

Plus tard, en voyant Lindsey se lever, Colin comprit qu'ils étaient arrivés au bout de leurs six heures.

– Il faut qu'on y aille, Starnes, dit-elle.

– D'accord. C'est gentil d'être passés. Et puis, Lindsey, tu es magnifique.

– Tu devrais te faire installer la clim. Il fait chaud chez toi. Hollis peut t'en trouver une sans problème, dit Lindsey.

– Ça me va très bien. Elle en a déjà fait assez.

Starnes se leva pour les raccompagner. Colin serra la main tremblante du vieil homme.


Une fois dans le Corbillard, dans l'espoir de les rafraîchir, Colin roula aussi vite que les routes le lui permettaient, toutes vitres baissées.

– J'ai perdu vingt-sept kilos, dit Hassan.

– Ça les vaut bien, répliqua Lindsey. Personne, à Gutshot, n'a jamais gagné cent dollars aussi facilement. Non, ne tourne pas. Tu dois me déposer au magasin.

– Pour qu'on tienne tous compagnie à L'Autre Colin en profitant de la clim? dit Colin.

Lindsey secoua la tête.

– Vous me laissez, vous vous éclipsez deux heures et vous revenez me chercher. On dira à Hollis qu'on a passé l'après-midi ensemble à se promener dans les environs.

– Ton charme unique, ta personnalité tout feu tout flamme vont nous manquer, dit Hassan d'un ton un peu agacé.

– Désolée, je blaguais, dit-elle. Allez, je t'aime bien, Hassan. C'est Gros Malin que je trouve insupportable.

Colin lui jeta un regard dans le rétroviseur. Elle lui souriait, bouche fermée. Il savait qu'elle plaisantait – ou, du moins, il le pensait. Et pourtant sa gorge se serra et il sentit que ses yeux trahissaient sa colère.

– Bon sang, Singleton, je blague!

– N'oublie jamais que quand il entend une fille lui dire qu'il est insupportable, ce sont en général les dernières paroles d'une Katherine, expliqua Hassan comme si Colin n'était pas derrière le volant. C'est le genre de remarque qui le rend très susceptible.

– Grelots, dit Colin.

– Pigé.


Après avoir déposé Lindsey, ils retournèrent au fast-food Hardee's manger un double cheeseburger et des frites qui ployaient sous le poids de leur graisse en guise de goûter. Colin lut Byron la première demi-heure tandis qu'Hassan ne cessait de soupirer en lâchant des «Bon sang, ce que tu es gonflant», jusqu'à ce que Colin repose son livre.

Une fois leur collation terminée, il leur restait encore une heure à tuer. Dehors, sur le parking d'où la chaleur s'élevait par vagues, Hassan s'épongea le front.

– On devrait faire un arrêt au bazar de Gutshot, dit-il.

Ils se garèrent devant le magasin cinquante minutes avant l'heure prévue, montèrent les marches quatre à quatre et furent accueillis par une bouffée d'air glacé. Derrière le comptoir, Lindsey Lee Wells était assise sur ce qui se révéla être un garçon qui avait passé un bras autour de sa taille.

– Salut, dit Colin.

LAC pencha la tête derrière Lindsey et fit un signe du menton à Colin sans sourire, ni ciller, ni bouger un des muscles de son visage rond aux solides mâchoires.

– Qu'est-ce qui se passe? demanda LAC.

– Pas grand-chose, répondit Colin.

– Vous avez vraiment du bol de vivre avec Lindsey.

Lindsey laissa échapper un rire joyeux et se contorsionna pour déposer un baiser dans le cou de son petit ami.

– T'en fais pas, un jour on vivra ensemble, susurra-t-elle.

– Si vous la touchez, je vous tue, dit LAC tout à trac.

– C'est d'une banalité, rétorqua Hassan depuis le rayon bonbons. Admettons qu'on la touche quand même? Que je la frôle dans un couloir?

LAC lui lança un regard noir.

– C'est pas tout ça, mais Lindsey et moi, on était plongés dans une conversation super importante. Alors, si vous n'y voyez pas d'inconvénient…

– Oh, pardon, dit Colin pour faire retomber la tension. On va aller se balader un peu.

– Tenez, dit Lindsey en leur lançant des clés. La voiture de Colin a la clim.

– Ne vous barrez pas avec, dit LAC d'un ton hargneux.

En sortant, Colin l'entendit demander à Lindsey :

– C'est qui, le génie? Le gros ou le maigre?

Mais il ne s'attarda pas pour entendre la réponse de Lindsey.

– Ce type est bâti comme une baraque à chiottes, dit Hassan en traversant le parking. Au fait, le gros va aller pisser dans le champ.

– Le maigre va attendre le gros dans la bagnole, dit Colin.

Quand Hassan revint, il n'avait pas fini d'ouvrir la portière qu'il parlait déjà.

– Avec lui, elle est toute frétillante. Avec nous, elle se la joue «on est une bande de potes» et balance des vannes à tout va. Et chez Starnes, c'est la fille du Sud avec l'accent.

— Tu en pinces pour elle, ou quoi? demanda soudain Colin.

— Non, je pensais tout haut. Pour la énième fois, sortir avec une fille que je n'épouserai pas ne m'intéresse pas. Sortir avec Lindsey serait *haram*[47]. En plus, elle a un gros nez. Je ne suis pas dingue des gros nez.

— Je ne cherche pas la dispute, mais tu fais un paquet de trucs *haram*.

Hassan acquiesça.

— Oui, sauf que mes trucs *haram,* c'est du genre «avoir un chien» plutôt que «fumer du crack» ou «dire du mal des gens» ou «voler» ou «mentir à ma mère» ou «me taper des filles».

— Morale à géométrie variable, dit Colin.

— Pas du tout. Dieu s'en tamponne qu'un mec ait un chien ou qu'une femme porte un short. Ce qui compte pour Lui, c'est qu'on soit une bonne personne.

Les mots «bonne personne» renvoyèrent aussitôt Colin à Katherine XIX. D'ici peu, elle quitterait Chicago pour une colo dans le Wisconsin où elle travaillait comme animatrice tous les étés. La colo accueillait des enfants atteints de handicaps physiques. Katherine leur apprenait à monter à cheval. C'était quelqu'un de bien, le manque d'elle envahit le corps de Colin. Elle lui manquait comme trois chouquettes[48]. Au creux du trou palpitant laissé par son bout manquant, il sentit qu'elle ne s'ennuyait pas de lui de la même façon que lui s'ennuyait d'elle. Elle était sans doute soulagée. Si elle avait dû penser à lui, elle l'aurait appelé. «À moins que...»

---

47. *Haram* est un mot arabe qui signifie «interdit par l'islam».

48. C'est cucul, mais c'est toujours ce qu'ils se disaient. «Je t'aime comme trois chouquettes»; «tu me manques comme trois chouquettes», etc.

– Je crois que je vais l'appeler.

– C'est la pire idée que tu aies jamais eue, répondit Hassan du tac au tac. La-pire-idée-du-monde.

– Non, c'est pas vrai. Et si elle attendait que je l'appelle, elle aussi?

– Sauf que c'est toi le Largué. Les Largués n'appellent pas. Tu le sais, *kafir*. Les Largués ne doivent jamais appeler. Aucune exception à la règle. Aucune. Ne jamais appeler. Jamais. Tu ne peux pas appeler.

Colin mit la main dans sa poche.

– Ne fais pas ça, mon pote, dit Hassan. Tu es en train de dégoupiller une grenade. Tu es couvert d'essence, et ton téléphone est une allumette.

Colin ouvrit le clapet du téléphone.

– Grelots, dit-il.

Hassan leva les bras en l'air.

– Tu n'as pas le droit d'opposer grelots à ça. C'est un cas flagrant d'usage abusif de grelots! Je mets mon grelots à ce que tu l'appelles!

Colin referma son téléphone et réfléchit. Pensif, il se mordilla l'intérieur du pouce.

– D'accord, dit-il en glissant le téléphone dans sa poche. Je ne le ferai pas.

Hassan soupira bruyamment.

– On l'a échappé belle. Grâce soit rendue aux grelots à double détente.

Ils restèrent sans rien dire un moment.

– J'ai envie de rentrer, finit par dire Colin.

– À Chicago?

– Non, chez Lindsey. Mais on a encore quarante minutes à tuer.

Hassan regarda droit devant lui à travers le pare-brise et secoua lentement la tête.

– D'accord, d'accord, dit-il après quelques minutes de silence. Crise d'asthme du gros gosse. C'est un vieux truc, mais ça marche.

– Quoi?

Hassan leva les yeux au ciel.

– Tu es sourd, ou quoi? Crise d'asthme du gros gosse. C'est le plus vieux stratagème des petits gros. Suis mon exemple.

Ils descendirent de voiture, et Hassan commença à prendre une respiration sifflante. Chaque inspiration ressemblait à la plainte d'un canard agonisant. Hiiiiiiiiiiiiiiiiiiiii; expiration; hiiiiiiiiiiiiiiiiiiiiii; expiration. La main pressée contre sa poitrine, Hassan se précipita à l'intérieur du bazar de Gutshot.

– Qu'est-ce qui lui arrive? demanda Lindsey à Colin.

Mais avant que Colin puisse répondre, Hassan prit la parole entre deux sifflements.

– Hiiiiiiiiiiiiiiiiiiiiii. Crise… Hiiiiiiiiiiiiiiiiiiiiii… d'asthme. Hiiiiiiiiiiiiiiiiiiiiiie. … sévère. Hiiiiiiiiiiiiiiiiiiiiii.

– Oh, merde! s'écria Lindsey en sautant des genoux de LAC pour attraper sa trousse de premiers secours derrière elle.

Elle fouilla en vain à la recherche de médicaments pour asthmatiques. L'Autre Colin demeura sur son tabouret sans rien dire, contrarié d'avoir été dérangé.

– Ça va aller, dit Colin. Ça lui arrive souvent. Il faut juste que je le raccompagne pour prendre son inhalateur.

– Hollis n'aime pas que des gens débarquent quand elle travaille, dit Lindsey.

– Elle fera une exception, dit Colin.

Hassan continua de respirer bruyamment pendant tout le trajet du retour, puis en montant l'escalier du Manoir rose en quatrième vitesse pour aller dans sa chambre. Colin et Lindsey s'assirent au salon d'où ils entendaient Hollis parler à la cuisine.

– C'est un produit américain, fait par des Américains. C'est un argument de vente. Un atout de notre produit, digne d'être mis en avant. Les gens achètent américain. J'ai une étude sous la main...

Colin s'était demandé si Hollis ne regardait pas *Télé Achat* toute la journée en laissant d'autres faire tourner la boutique, mais en fait elle travaillait.

Sur ce, elle sortit de la cuisine.

– S'il vous plaît, ne m'interrompez pas quand je travaille, dit-elle de but en blanc.

Lindsey lui annonça qu'Hassan avait eu une crise d'asthme et qu'il avait oublié son inhalateur. Hollis fonça à l'étage, Colin sur ses talons.

– J'espère que ça va, Hassan! cria-t-il pour le prévenir de l'arrivée d'Hollis.

Quand ils entrèrent dans la chambre, Hassan était allongé paisiblement sur son lit.

– Pardon d'avoir oublié mon inhalateur, dit-il. Ça ne se reproduira plus.

Ils dînèrent de hamburgers et d'asperges à la vapeur dans le jardin, à l'arrière de la maison des Wells. Le jardin de Colin à Chicago mesurait trois mètres soixante sur trois, quand celui-ci s'étendait à perte de vue. Sur leur gauche s'élevait le sommet d'une colline couverte de forêt que venait trouer de temps à autre un rocher, et sur leur droite, une pelouse impeccable dévalait la pente jusqu'à un champ de soja – grâce à Starnes, Colin savait que c'était du soja. Tandis que le soleil se couchait derrière eux, une bougie à la citronnelle brûlait au centre de la table pour éloigner les moustiques. Ce que Colin aimait à Gutshot, c'était cet horizon sans fin.

Après le repas, les pensées de Colin retournèrent à Katherine XIX. Il jeta un coup d'œil discret à son téléphone pour voir si elle avait appelé et se rendit compte qu'il était l'heure de téléphoner à ses parents.

Pour une raison ou une autre, Colin n'avait jamais de réseau chez lui, troisième plus grande ville d'Amérique, mais à Gutshot, Tennessee, son portable affichait cinq barres. C'est son père qui décrocha.

– Je suis dans la même ville qu'hier, Gutshot, Tennessee, dit Colin. Chez une femme qui s'appelle Hollis Wells.

– Merci d'appeler à l'heure. Je connais son nom? demanda son père.

– Non, mais elle est dans le bottin. J'ai vérifié. Elle a une usine. Je crois qu'on va rester quelques jours, mentit Colin. Hassan se plaît ici et, en plus, on a peut-être trouvé du boulot.

– On n'habite pas comme ça chez des inconnus, Colin.

Colin envisagea de mentir. Parler d'hôtel, de travailler dans un restaurant, de prendre ses marques. Mais il opta pour la vérité.

– Elle est gentille. J'ai confiance en elle.

– Tu fais confiance à tout le monde.

– Papa, j'ai survécu dix-sept ans à Chicago sans me faire agresser, ni poignarder, ni kidnapper, ni tomber sur les rails électrifiés du métro, ni…

– Parle à ta mère, dit-il, ce qu'il disait souvent.

Au bout de quelques instants – pendant lesquels Colin les imagina en train de discuter, son père, la main posée sur le combiné –, sa mère prit la communication.

– Est-ce que tu es heureux? demanda-t-elle.

– Je n'irais pas jusque-là.

– Un peu plus heureux? proposa-t-elle.

– Un peu plus, reconnut-il. Je ne gis pas à plat ventre sur la moquette.

– Passe-moi cette femme, dit sa mère.

Colin rentra dans la maison, trouva Hollis sur le canapé et lui tendit le téléphone.

Après discussion, il fut convenu qu'il pouvait rester. Sa mère voulait le voir vivre une aventure. Elle avait toujours rêvé qu'il soit un enfant normal. Colin devinait qu'elle aurait été secrètement heureuse s'il était rentré à trois heures du matin en empestant l'alcool, parce que c'était un comportement normal. Les enfants normaux rentrent à pas d'heure ; les enfants normaux boivent des pintes de bière tiède dans des recoins sombres avec leurs copains – les enfants normaux n'ont pas un seul copain. De son côté, le père de Colin voulait qu'il transcende tout ça, mais peut-être que même lui commençait à se rendre compte de l'improbabilité du destin extraordinaire de son fils.

Colin monta dans la chambre d'Hassan lui annoncer que ses parents étaient d'accord pour qu'il reste chez les Wells, mais Hassan n'y était pas. Colin parcourut l'immense étage, puis finit par redescendre. Ses pas le menèrent à une porte derrière laquelle il entendit la voix de Lindsey. Il prêta l'oreille.

– D'accord, mais comment il fait ? Il mémorise tout, c'est ça ? demandait-elle.

– Non, pas exactement. Disons que, si toi ou moi, on lisait un livre sur les présidents et qu'on découvrait que William Howard Taft avait été le plus gros président et qu'il était resté coincé dans sa baignoire[49], un déclic se ferait dans notre cerveau pour nous indiquer que c'est intéressant. Et on s'en souviendrait, d'accord ?

Lindsey rit.

– Si toi ou moi lisions un livre, on retiendrait trois trucs intéressants, alors que Colin trouve tout intéressant. Il lit le

---

49. Véridique.

bouquin sur les présidents et il s'en rappelle la quasi-totalité. Parce que tout provoque le déclic dans son cerveau indiquant que c'est méga intéressant. Je l'ai vu faire avec le bottin, style : « Oh, il y a vingt-quatre Tischler. Prodigieux ! »

Colin fut la proie de sentiments mêlés, comme si son don était à la fois déformé et ridiculisé. C'était sans doute vrai, mais celui-ci ne se limitait pas à trouver les choses intéressantes en elles-mêmes et à mémoriser le bottin sous prétexte que c'était de l'excellente littérature. Si Colin les trouvait intéressantes, c'était pour une bonne raison. Prenons l'exemple de l'épisode Tischler, qui s'était réellement produit – Hassan l'avait restitué fidèlement. En allemand, *Tischler* signifie « charpentier » et en consultant le bottin ce jour-là avec Hassan, Colin s'était dit : « Comme ce serait étrange qu'il y ait pile vingt-quatre « Charpentier » allemands à Chicago quand la quincaillerie ouverte la nuit, située au coin d'Oakley et de Lawrence Avenues, s'appelle "24/7 CLOUS". » Ce qui l'amena à se demander si le bottin de Chicago ne recensait pas aussi sept charpentiers dans une autre langue et, en effet, il découvrit exactement sept *Carpintero*. Par conséquent, il ne trouvait pas les choses intéressantes au motif qu'il ignorait ce qui était ennuyeux, mais plutôt parce que son cerveau créait des liens qu'il ne pouvait s'empêcher d'explorer.

– Mais ça n'explique pas pourquoi il est fort au Scrabble, fit remarquer Lindsey.

– Il est fort au Scrabble parce qu'il est très fort en anagrammes. Tout ce qu'il entreprend, il le bosse à fond. Par exemple : taper à l'ordi. Il n'a appris qu'en troisième, l'année de notre rencontre. Le prof d'anglais voulait qu'on rende les devoirs tapés. Alors pendant deux semaines, Colin a appris tout seul. Mais pas en rédigeant ses devoirs d'anglais, parce qu'il n'aurait pas été au top. Il a fait autrement : tous les jours, en rentrant du collège, il s'est mis devant son ordinateur et il a copié toutes les pièces de Shakespeare. Ensuite, il a copié *L'Attrape-Cœurs*, et il a continué à pianoter comme un dératé jusqu'à ce qu'il soit le meilleur à dix doigts.

Colin s'éloigna de la porte. Il réalisa qu'il n'avait jamais rien fait d'autre de sa vie : faire des anagrammes ; recracher les faits qu'il avait appris dans des livres ; mémoriser les quatre-vingt-dix décimales d'un nombre déjà connu ; tomber amoureux des neuf mêmes lettres encore et toujours : recopier à l'infini. Son seul espoir d'originalité reposait sur le Théorème.

Colin ouvrit la porte et découvrit Hassan et Lindsey assis chacun à une extrémité d'un canapé en cuir vert dans une pièce au centre de laquelle trônait une table de billard à feutrine rose. Tous deux regardaient Poker TV sur un écran géant suspendu au mur. Hassan se retourna vers Colin.

– Mec, on voit tellement bien qu'on peut compter les boutons qu'ils ont sur le nez, dit-il.

Colin s'assit entre eux deux. Lindsey et Hassan discutèrent de poker, de problèmes de peau, de HD et de magnétos numériques pendant que Colin mettait son passé en graphiques. En fin de soirée, une formule un brin améliorée fonctionna pour deux Katherine supplémentaires : la IX et la XIV. Colin se rendit à peine compte que Lindsey et Hassan éteignaient la télé et se mettaient à jouer au billard. Il continua à noircir du papier. Il adorait le grattement du crayon sur la feuille quand il était concentré : cela signifiait que quelque chose était en train de se produire.

Quand l'horloge indiqua minuit, il reposa son crayon. En levant les yeux, il constata que Lindsey, en équilibre sur un pied, se penchait au-dessus de la table de billard selon un angle invraisemblable. Hassan avait quitté les lieux.

– Ouh ouh ! lança Colin.

– Tu es sorti de la quatrième dimension? Comment va ton Théorème?

– Pas mal. Je ne sais pas encore s'il va marcher. Où est Hassan?

– Il est monté se coucher. Je t'ai demandé si tu voulais jouer, mais tu ne m'as pas entendue, alors je me suis décidée à jouer contre moi. Je me bats plutôt facilement.

Colin se leva en reniflant.

– Je me demande si je ne suis pas allergique à cette maison.

– C'est peut-être Princesse, dit Lindsey. C'est sa chambre. Chut, elle dort.

Colin s'accroupit près de la table, à côté de Lindsey. Dessous, une grosse boule, qu'il prit d'abord pour un bout de moquette ébouriffée, gonflait, puis rétrécissait au rythme de sa respiration.

– Elle passe son temps à dormir, dit Lindsey.

– Je suis allergique aux pellicules de chiens, déclara Colin.

Lindsey sourit d'un air suffisant.

– Peut-être, mais Princesse était là avant toi.

Elle s'assit à côté de lui, les jambes ramenées sous elle.

– Hassan m'a dit que tu étais fort en anagrammes, dit-elle.

– Exact, répondit Colin. Fort en anagrammes... «Mange ton far amer».

La main de Lindsey – dont elle avait repeint les ongles en bleu électrique – se posa soudain sur son avant-bras. Sous l'effet de la surprise, Colin se contracta. Il se tourna vers elle. Elle retira sa main et la reposa sur son genou.

– Donc tu es un génie pour fabriquer des mots avec d'autres mots, mais tu ne sais pas en inventer de nouveaux à partir de rien, dit-elle.

Pile dans le mille, encore une fois. Un recopieur, pas un auteur. Un surdoué, pas un génie. Le silence qui tomba fut si épais que Colin entendait Princesse respirer et sentait l'absence de son bout manquant.

– Je veux juste faire quelque chose d'important, ou incarner quelque chose d'important. Je veux compter, dit-il.

Lindsey ne répondit pas tout de suite. Elle se pencha vers lui et il sentit son parfum fruité. Puis elle s'allongea sur le dos à côté de lui, le sommet de son crâne effleurant son short.

– Je crois qu'on est à l'opposé tous les deux, dit-elle finalement. Perso, je trouve que ça craint de vouloir compter. Moi, je veux passer inaperçue. C'est quand tu deviens un gros bonnet que tu te fais tirer dessus. Plus on gagne en notoriété, plus la vie empire. Regarde celle des gens connus.

– C'est pour ça que tu lis *Celebrity Magazine* ?

Lindsey acquiesça.

– Exact... Il y a un mot en allemand pour ça. Je l'ai sur le bout de la...

– *Schadenfreude*, la coupa Colin, « se réjouir du malheur des autres ».

– C'est ça ! Bref, poursuivit Lindsey, prenons par exemple le fait de rester à Gutshot. Hollis n'arrête pas de me seriner que rien de bon ne m'arrivera jamais ici. Ce qui est peut-être vrai. D'un autre côté, rien de mauvais non plus, et ça me va très bien comme ça.

Colin ne répondit pas, mais il trouvait que, malgré son culot, Lindsey Lee Wells était une poule mouillée. Mais avant qu'il ait été en mesure de le lui dire poliment, elle se redressa, animée par un nouveau sujet.

– Pour raconter une bonne histoire, dit-elle, il faut un début, un milieu et une fin. Tes histoires n'ont pas d'intrigue. Tu te contentes de balancer le premier truc qui te passe par la tête, puis celui d'après et ainsi de suite. Tu ne peux pas t'en sortir avec quelque chose d'aussi décousu. Tu es Colin Singleton, raconteur d'histoires débutant, par conséquent tu dois suivre un fil conducteur. Et puis, il faut une solide morale ou un thème. L'amour et l'aventure sont deux ingrédients importants. Tu dois en mettre un peu. Supposons que tu racontes ton histoire de pipi dans la cage aux lions, ajoute-toi une copine qui, remarquant la taille colossale de ton zizi, te sauve *in extremis* du lion en te plaquant au sol, voulant à tout prix préserver ce zizi prodigieux.

Colin rougit, mais Lindsey continua.

— Au début, tu as envie de faire pipi ; au milieu, tu fais pipi ; et à la fin, grâce à l'amour et à l'aventure, ton zizi est sauvé des crocs d'un lion affamé par le courage d'une jeune fille portée par son penchant immodéré pour les gros zizis. Et la morale de l'histoire est que l'héroïsme de ta copine conjugué à un zizi géant te sauvera des situations même les plus désespérées.

Quand Colin eut fini de rire, il posa la main sur celle de Lindsey et la laissa là un instant. Il sentit la peau rugueuse sur son pouce, à l'endroit où elle le mordillait.

— Mon Théorème racontera une histoire, dit-il en retirant sa main. Chaque graphique aura un début, un milieu et une fin.

— Il n'y a pas d'amour dans la géométrie, répondit Lindsey.

— Attends de voir.


**Le début (du milieu)**

Il ne pensait jamais à Katherine I. Il avait été bouleversé par leur rupture puisqu'il était censé l'être. Les enfants jouent au papa et à la maman, ils jouent à la guerre, à être amoureux. « Je veux sortir avec toi, tu me largues, je suis triste. » Mais rien de tout cela n'est vrai.

121

Comme le père de Katherine était son précepteur, Colin fut amené à revoir Katherine de temps à autre pendant les sept années suivantes. Ils s'entendaient bien, mais Colin ne s'ennuyait pas d'elle. Elle ne lui manquait pas au point de développer une obsession pour son prénom et sortir avec ses homonymes encore et encore et encore[50].

Et pourtant, c'est ce qui arriva. Au début, ce ne fut pas intentionnel, ce fut juste une suite de coïncidences étranges. Cela se reproduisait à l'infini : il rencontrait une Katherine. Elle lui plaisait. Il lui plaisait. Et puis, c'était fini. Après que la chose ne fut plus imputable aux seules coïncidences, il prit la forme de deux phénomènes contigus : un (sortir avec des Katherine) qu'il aurait voulu faire durer, et un autre (se faire larguer par ces mêmes Katherine) qu'il aurait voulu éviter. Mais séparer un phénomène de l'autre se révéla impossible. Ce même cycle continuait de se produire et, au bout d'un moment, cela devint même une routine. Il passait chaque fois par la même ronde de sentiments : colère, regret, désir, espoir, désespoir, désir, colère, regret. Se faire larguer en général, et par une Katherine en particulier, s'avérait prodigieusement monotone.

C'est la raison pour laquelle les gens finissent par se lasser d'écouter les Largués raconter leurs malheurs : se faire larguer est prévisible, répétitif et ennuyeux. Les Largueurs veulent rester amis ; ils ont l'impression d'étouffer ; tout est de leur faute et pas de la vôtre ; ensuite c'est vous qui êtes détruits et eux qui sont soulagés ; pour les Largueurs, c'est fini, alors que pour vous, ça ne fait que commencer. Et dans son cas, Colin trouvait qu'il y avait une autre répétition encore plus grave : chaque fois, les Katherine le larguaient

---

50. encore et encore et encore et encore et encore et encore et encore et encore et encore et encore et encore et encore et encore et encore.

122

parce qu'elles ne l'aimaient pas. Elles en arrivaient toutes à la même conclusion : il n'était pas aussi cool, aussi beau ou élégant qu'elles l'avaient espéré ; bref, il n'était pas assez important. Et donc, ce cycle se reproduisait inlassablement jusqu'à l'ennui. Mais la monotonie ne change rien au chagrin. Au troisième siècle EC, les Romains martyrisèrent sainte Apollonie en lui brisant les dents une à une avec des pinces. Colin repensait souvent à cette histoire, qu'il comparait à ses ruptures à répétition ; au bout d'un moment, se faire détruire chaque dent individuellement devait devenir répétitif, voire ennuyeux. Pour autant, la douleur persistait.

# (10)

**Le lendemain,** trop fatigué, Colin dormit jusqu'à huit heures malgré les cris stridents du coq. En descendant, il trouva Hollis, en muumuu rose pétard qu'elle avait dû rapporter d'Hawaï, endormie sur le canapé, la poitrine et le sol autour d'elle jonchés de paperasses. Il passa à côté d'elle sur la pointe des pieds en songeant qu'il devait ajouter «muumuu» à sa liste mentale de mots inanagrammables.

Hassan était à la cuisine, devant un bol de porridge et des œufs brouillés. Il lui tendit en silence une feuille à en-tête HOLLIS P. WELLS – PDG DE GUTSHOT TEXTILE.

Les Garçons,
Je dors, mais j'espère que vous vous êtes levés à temps. Il faut que vous soyez à l'usine à neuf heures. Demandez Zeke. J'ai écouté l'interview de Starnes, c'est du bon boulot. Mais j'ai changé d'avis. À raison de six heures par personne, on ne pourra jamais passer toute la ville au crible. J'aimerais que vous ne posiez que quatre questions : Où aimeriez-vous vivre si vous aviez le choix ? Que feriez-vous comme métier si vous ne travailliez pas à l'usine ? À quelle époque votre famille est-elle arrivée au pays ? Et

qu'est-ce qui fait de Gutshot une ville unique? Ça fera gentiment avancer les choses. Vous êtes attendus. Lindsey vous accompagnera.

À ce soir. Hollis.

P-S : J'écris ce mot à 5 h 30, alors ne me réveillez pas.

– Très jolis, les cheveux en bataille, *kafir*. On dirait que tu as mis les doigts dans la prise.

– Tu savais qu'en 1887 Nikola Tesla avait gardé les cheveux hérissés sur la tête toute une semaine après s'être fait passer du cinquante mille volts à travers le corps pour prouver que l'élec...

– *Kafir*, le coupa Hassan en reposant sa fourchette, pas intéressant, mais alors pas du tout. Maintenant, si ton Nikola Tesla, ou je ne sais qui, avait vécu une passion torride avec une poule unijambiste et que son désir pour les volailles lui avait fait dresser les cheveux sur la tête, alors, là oui, rien ne t'empêcherait de me faire partager le trésor d'une histoire hilarante. Mais pas d'électricité, *kafir*. Tu ne devrais plus faire ce genre d'erreur[51].

Colin fouilla dans un labyrinthe de placards à la recherche d'une assiette, d'une tasse et de couverts. Il se servit le reste d'œufs brouillés qui se trouvait dans la poêle et prit un verre d'eau au très chic bouton-poussoir du frigo.

– Comment sont les œufs? demanda Hassan.

– Bons, mon pote. Tu cuisines bien.

– Sans blague. C'est pour ça que Papa est devenu énorme. Au fait, j'ai décidé de ne plus faire référence à ma personne

---

51. Le truc bizarre à ce propos, c'est que Nikola Tesla adorait les oiseaux, mais pas les poules unijambistes. Tesla, qui fit autant, sinon plus pour l'électricité que Thomas Edison, avait une fascination quasi amoureuse pour les pigeons. Il avait craqué pour un pigeon blanc, qui lui inspira ces lignes : « J'aime profondément ce pigeon. Je l'aime comme un homme aime une femme. »

qu'en disant Papa. Chaque fois qu'on s'attendrait à ce que Papa dise «Je» ou «Moi», Papa dira dorénavant «Papa». Ça te plaît?

– J'adore.

– T'adores quoi? demanda Lindsey Lee Wells en entrant dans le salon, toujours en pyjama à motifs cachemire, et les cheveux ramenés en queue-de-cheval.

Colin la trouva différente, mais sans savoir pourquoi, et puis ce fut clair : pas de maquillage. Elle était beaucoup plus jolie qu'elle ne l'avait été jusque-là. Colin avait toujours préféré les filles sans maquillage.

Il renifla et constata que Princesse lui emboîtait le pas. K-XIX avait un chien, un teckel miniature appelé Ayrton Senna.

Aucune fille n'était aussi belle démaquillée que l'était Katherine. Elle ne se maquillait jamais et n'en avait pas besoin. Dieu! Ses cheveux blonds que le vent rabattait sur son visage lorsqu'ils marchaient le long du lac en rentrant du lycée; ses yeux plissés après qu'il lui a dit «Je t'aime» pour la première fois; la rapidité et la ferme douceur avec laquelle elle avait répondu : «Moi aussi.» Tous les chemins menaient à elle. Elle était le lien entre les connexions que son cerveau établissait, le moyeu de la roue.

Lorsque Colin leva les yeux, Lindsey était en train de lire le mot d'Hollis.

– Bon sang, je ferais mieux de sauter dans un jean, dit-elle.

Ils s'entassèrent dans le Corbillard dès que Lindsey obtint l'autorisation de monter devant. Un grand costaud à la barbe de Père Noël, mais en moins blanche, les accueillit devant la porte principale de Gutshot Textile.

– Comment va ma petite chérie? demanda-t-il en prenant Lindsey par les épaules.

– Bien. Et comment va mon Zeke ?

Zeke rit. Il serra la main d'Hassan et celle de Colin, puis il leur fit traverser une salle où régnait un bruit assourdissant. On aurait dit que les machines claquaient les unes contre les autres. Ils arrivèrent devant une porte sur laquelle une petite plaque en plastique marron indiquait : SALLE DE REPOS STARNES WILSON.

Colin posa le magnéto sur la table basse. La pièce semblait avoir été meublée avec les vieilleries que les employés ne voulaient plus chez eux : un canapé en velours côtelé jaune caca d'oie, deux fauteuils en cuir noir dont la mousse sortait par d'innombrables déchirures et une table de salle à manger en formica avec six chaises. Un portrait d'Elvis Presley peint sur du velours était accroché au-dessus des deux distributeurs automatiques. Colin, Lindsey et Hassan prirent le canapé, et Zeke s'assit sur un des fauteuils en cuir. Avant qu'ils puissent poser les questions d'Hollis, Zeke se mit à parler.

– Hezekiah Wilson Jones, quarante-deux ans, divorcé, deux fils de onze et neuf ans, Cody et Cobi, tous les deux au tableau d'honneur. J'ai grandi à Bradford, mais j'ai déménagé ici à treize ans, vu que mon père avait perdu sa station-service au poker, le genre d'emmerdes qui arrivait souvent à mon vieux. Ensuite, il a pris un boulot à l'usine et j'ai commencé à y bosser l'été quand j'étais au lycée, puis à plein-temps le lendemain du jour où j'ai eu mon bac. Et j'y bosse toujours. J'ai travaillé à la chaîne, au contrôle qualité et maintenant je suis le chef des équipes de jour. Voilà ce qu'on fait ici, les gars, on prend du coton, qui vient d'Alabama ou du Tennessee en général...

Il s'interrompit pour prendre un carré de papier d'aluminium dans sa poche. Il le déplia, sortit une pastille et la fourra dans sa bouche avant de reprendre la parole.

– J'ai arrêté de fumer il y a onze ans et je continue à sucer ces trucs à la nicotine. Ils ont un goût de merde et coûtent un bras. Ne fumez jamais. Revenons à l'usine.

Pendant les vingt minutes qui suivirent, Zeke leur expliqua par le menu comment le coton se transformait en cordons, puis comment les cordons étaient coupés à la machine en segments de 4,57 cm de long, exactement, avant d'être finalement expédiés. Un quart de la production était envoyé directement à leur plus gros client, Tampons StaSure, et le reste allait dans un entrepôt de Memphis d'où on les envoyait aux quatre coins du monde.

– Il faut que je retourne au boulot, mais je vais vous faire envoyer des gens pendant vingt minutes, le temps de leur pause, et vous pourrez leur poser des questions. Au fait, vous avez des questions ?

– Il se trouve que oui, dit Hassan. Où aimeriez-vous vivre si vous aviez le choix ? Que feriez-vous comme métier si vous ne travailliez pas à l'usine ? À quelle époque votre famille est arrivée ici ? – ah non, ça, vous avez déjà répondu. Et qu'est-ce qui fait de Gutshot un endroit unique ?

Zeke suça sa pastille en aspirant ses lèvres.

– Je vivrais ici, dit-il. Si je n'étais pas dans cette usine, je travaillerais dans une autre usine. À moins d'avoir monté une boîte d'élagage – mon ex-beau-frère en a une et il gagne bien. Et pourquoi Gutshot est unique ? Ben, zut. Pour commencer, le distributeur de coca est gratuit. Suffit de pousser le bouton pour en avoir un. Dans la plupart des boulots, ça y est pas. Et puis on a notre ravissante Lindsey Lee, que beaucoup de villes ont pas. Bon, vous autres, faut que je retourne travailler.

Zeke n'avait pas plus tôt quitté les lieux que Lindsey se leva.

– C'était sympa, les gars, mais je vais à pied au magasin

plonger mes yeux dans ceux de mon mec. Vous venez me chercher à cinq heures et demie. D'accord?

Et elle disparut. Pour une fille qui risquait de gros ennuis si Colin ou Hassan la caftait à Hollis, elle semblait plutôt confiante. «Et ça, se surprit à penser Colin, ça doit signifier qu'on est amis.» Quasi fortuitement et en deux jours à peine, Colin s'était fait le deuxième ami de sa vie.

Durant sept heures, Colin et Hassan interrogèrent vingt-six personnes, à qui ils posèrent les quatre mêmes questions. Colin les écoutait raconter qu'ils auraient bien aimé faire de la sculpture à la tronçonneuse ou enseigner dans une école primaire. Il fut vaguement intéressé de constater que la plupart des interviewés préféraient rester à Gutshot plutôt que d'aller dans n'importe quel autre endroit du monde – à l'exemple de Lindsey Lee Wells. Mais comme c'était surtout Hassan qui posait les questions, il eut le loisir de se concentrer sur son Théorème.

Il demeurait convaincu que tout comportement amoureux était monotone et prévisible et que, par conséquent, il était possible de trouver une formule simple susceptible de prédire le point de rencontre des trajectoires de deux individus. Mais il avait peur de manquer de génie pour établir les connexions. Il ne parvenait pas à imaginer le moyen de prévoir les courbes des autres Katherine sans ficher en l'air celles qu'il avait déjà mises sur le papier avec succès. Et, allez savoir pourquoi, la crainte de manquer de génie le plongea dans une nostalgie de K-XIX plus forte encore que le jour où il gisait, la tête écrasée sur la moquette. Son bout manquant lui tordit le ventre de douleur et il finit par arrêter de penser au Théorème pour se demander comment quelque chose qui n'était plus là pouvait faire aussi mal.

À 16 h 30, la jeune femme qui entra dans la pièce annonça

qu'elle était la dernière des employées de Gutshot Textile encore au boulot à devoir être interviewée. Elle retira une épaisse paire de gants et souleva sa frange en soufflant dessus.

– Il paraît qu'un de vous deux est un génie, dit-elle.

– Je ne suis pas un génie, dit Colin sans état d'âme.

– Tu es ce qui s'en rapproche le plus, et je t'ai sous la main. J'ai une question : comment se fait-il que le rideau de douche se gonfle vers l'intérieur de la cabine alors que l'eau devrait le faire gonfler vers l'extérieur ?

– Ça, c'est un des grands mystères de la condition humaine non résolus, dit Hassan.

– Je sais pourquoi, dit Colin en souriant.

Ça faisait du bien de se sentir à nouveau utile.

– Non, sans blague ! s'écria Hassan.

– Oui. Ce qui se passe, c'est que le jet d'eau crée un tourbillon, un peu comme un cyclone, et le centre de ce tourbillon, l'œil du cyclone, constitue une zone de basse pression qui aspire le rideau de douche vers le haut. Un type a étudié la question. Je t'assure.

– Alors ça, c'est vraiment intéressant, dit Hassan. Tu dirais que, dans chaque douche, il y a un mini-cyclone ?

– Exactement.

– Ouah ! dit la femme. Je me suis posé la question toute ma vie. Bon, sinon je m'appelle Katherine Layne. J'ai vingt-deux ans et je travaille ici depuis dix mois.

– Une seconde, comment s'épelle votre nom ? demanda Hassan.

– K-a-t-h-e-r-i-n-e L-a-y-ne.

– Oh, oh, marmonna Hassan.

Elle était plutôt jolie, maintenant que Colin l'observait. Mais non, Katherine Layne ne plaisait pas à Colin, et pas à cause de la différence d'âge mais de K-XIX. Colin comprit alors que sa situation était désespérée en constatant qu'il était capable de rester assis face à une Katherine sympa et séduisante (et plus mûre sur le plan sexuel!) sans succomber à son charme.

Ils partirent après l'entretien de Katherine Layne et roulèrent un moment, toutes vitres baissées, se perdant pour de bon le long d'une nationale à deux voies qui ne menait nulle part. Ils écoutèrent de la country à la radio, le volume poussé au maximum, les trémolos de guitare électrique sortant tout déformés des vieilles enceintes du Corbillard. Quand ils connaissaient les paroles, ils reprenaient le refrain à tue-tête en chantant faux et s'en contrefichaient. Colin était triste, mais d'une tristesse grisante et infinie, comme si sa tristesse faisait le lien entre lui et Hassan, lui et ces chansons ridicules, lui et surtout elle. Colin était en train de hurler «Like Strawwwwwwwberry Wine» quand il se tourna soudain vers Hassan.

– Attends, arrête-toi là.

Hassan se gara sur le bas-côté, et Colin sortit d'un bond de la voiture, son téléphone à la main.

– Qu'est-ce que tu fais? demanda Hassan de son siège.

– Je vais marcher dans ce champ jusqu'à ce que j'aie du réseau et je vais l'appeler.

Hassan se tapa la tête contre le volant. Colin s'éloigna.

– Grelots! cria Hassan, tandis que Colin continuait d'avancer. Si tu fais un pas de plus, Papa t'abandonne ici!

Colin fit un pas de plus et il entendit la voiture démarrer derrière lui. Mais il ne se retourna pas. Les pneus crissèrent sur les gravillons avant d'accrocher l'asphalte, puis le grondement du moteur toujours à la peine diminua dans le lointain. Après avoir marché cinq minutes, Colin trouva un endroit où la réception était bonne. On aurait entendu une mouche voler. «On a ce silence à Chicago uniquement quand il neige», se dit-il. Puis il ouvrit le clapet du téléphone, appuya sur le bouton de la commande vocale et dit : «Katherine», doucement et avec déférence.

Il entendit cinq sonneries, puis il tomba sur sa boîte vocale : «Salut, c'est Katherine», avec des bruits de voitures dans le fond. Ils rentraient du «magasin de portables[52]» quand elle avait enregistré son message. «Je ne suis pas, euh…» Il se la rappelait multipliant les «euh…», parce qu'il lui avait donné une petite tape sur les fesses pendant qu'elle essayait de parler. «Euh, à mon portable. Laissez-moi un message et je vous rappellerai.» Il se souvenait de tout l'épisode et de tout, toujours, pourquoi ne pouvait-il rien oublier et là, *bip*.

– Salut, c'est Col. Je suis dans un champ de soja près de Gutshot, Tennessee, c'est un peu long à expliquer, et il fait très chaud. Je transpire comme si j'avais de l'hyperhidrose, la maladie où on transpire beaucoup. Merde, c'est pas intéressant. Mais, bref, il fait très chaud, alors je pense au froid pour me rafraîchir. Et j'étais en train de me rappeler la fois où on était rentrés sous la neige après avoir vu ce film ridicule. Tu t'en souviens, K? On était sur Giddings Avenue et la neige rendait tout silencieux, je n'entendais rien à part ta voix. Il faisait froid, tout était silencieux, et je t'aimais tant. Alors que là, il fait très chaud, il règne un silence de mort, et je t'aime toujours.

Cinq minutes après, il rebroussait chemin quand son portable se mit à vibrer. Il courut en sens inverse jusqu'à l'endroit où la réception était bonne et répondit, hors d'haleine.

– Tu as écouté mon message? demanda-t-il aussitôt.

– Je n'en ai pas besoin, répondit-elle. Je regrette, Col, mais je crois qu'on a pris la bonne décision.

---

52. «Pièges à Sam, rat blond».

Il ne prit même pas la peine de lui faire remarquer qu'*ils* n'avaient pas pris de décision, car c'était trop bon d'entendre sa voix. «Bon» n'est peut-être pas le mot, plutôt quelque chose qui se rapprochait du *mysterium tremendum et fascinans*, la peur et la fascination. Le grand et terrible effroi mêlé d'admiration.

– Tu l'as dit à ta mère? demanda-t-il, parce que sa mère l'adorait.

Toutes les mères l'adoraient.

– Oui. Elle était triste, mais elle a dit que tu étais un peu trop collant, que ce n'était pas sain.

– Je préférerais encore ça.

– Tu es bien la seule personne que je connaisse qui ait envie d'être un jumeau siamois.

– Frère siamois, corrigea Colin. Tu savais qu'en anglais, il existe un nom pour désigner un frère non siamois? demanda-t-il.

– Non. C'est quoi. «Personne normale»?

– Singleton, c'est Singleton, répondit-il.

– Très drôle, Col. Écoute, il faut vraiment que j'y aille. Je dois faire ma valise pour la colo. Il serait préférable qu'on ne se parle pas avant mon retour. T'éloigner un peu de tout ça ne pourra pas te faire de mal.

Malgré l'envie qu'il avait de lui dire : «On est censés être amis, tu te souviens?» et «C'est quoi le problème? Tu as un nouveau copain?» et «Je t'aime comme un fou», il se contenta de marmonner :

– Écoute le message, s'il te plaît.

– D'accord. Salut.

Il n'ajouta rien parce qu'il n'était pas question d'être celui qui mettait fin à la conversation ou raccrochait, puis la ligne devint muette, et plus rien. Il s'allongea dans la terre orangée, se laissant avaler par l'herbe, soudain invisible.

La sueur qui lui coulait sur le visage se mêla à ses larmes. Il pleurait enfin. Enfin. Il se rappela leurs bras emmêlés, leurs petites blagues idiotes, ce qu'il ressentait lorsqu'il allait chez elle après les cours et la découvrait en train de lire derrière la fenêtre. Tout lui manquait. Il s'imagina à la fac avec elle, tous les deux libres de passer la nuit chez l'un ou l'autre quand bon leur semblait, tous les deux ensemble à l'université de Northwestern. Ça lui manquait et ça ne s'était même pas passé. Son avenir imaginaire lui manquait.

« On peut aimer quelqu'un de toutes ses forces, se dit-il. Mais le manque sera toujours plus fort que cet amour. »

Il attendit vingt minutes sur le bas-côté de la route qu'Hassan repasse avec Lindsey.

– Tu avais raison, dit Colin. Mauvaise idée.

– Papa est désolé, dit Hassan. C'est une situation de merde. Peut-être qu'il fallait que tu l'appelles.

Lindsey se retourna sur son siège.

– Tu l'aimes, cette fille, hein ? dit-elle.

Colin se remit à pleurer. Lindsey se faufila à l'arrière et le prit par les épaules, sa tête contre la sienne. Colin s'efforça de maîtriser ses sanglots, car rien n'est moins séduisant qu'un garçon en larmes.

– Vas-y, laisse-toi aller, dit Lindsey.

– Non, je ne peux pas. Si je me laisse aller, on croira entendre le chant nuptial du crapaud.

Et tout le monde rit, y compris Colin.

Il travailla sur son Théorème de l'instant où ils rentrèrent jusqu'à vingt-trois heures. Lindsey lui apporta une salade taco au poulet en provenance du Taco Moche, mais Colin n'en avala que quelques bouchées. Il ne faisait pas grand cas de la nourriture, surtout quand il travaillait. Mais ce soir-là, il n'arrivait à rien. Le Théorème ne fonctionnait pas, et il réalisa que sa minute Eurêka avait été une fausse alerte. Un surdoué suffisait à imaginer le Théorème, mais l'amener à son terme requérait un génie. Pour résumer, faire la preuve du Théorème nécessitait plus de matière que Colin n'en avait mis sur la table.

– Je vais te brûler, dit-il à voix haute à son carnet. Je vais te jeter au feu.

Ce qui était une bonne idée, sauf qu'il n'y avait pas de feu. L'été, le Tennessee manque cruellement d'âtre où crépitent des bûches enflammées, et Colin ne fumait pas, par conséquent il n'avait pas d'allumettes. Il fouilla dans les tiroirs vides du bureau qu'il avait adopté, mais en vain. Et pourtant, il était bien décidé à brûler ce fichu carnet et ses tentatives de « théorémisation ». Il traversa la salle de bains et entrouvrit la porte de la chambre d'Hassan plongée dans l'obscurité.

– Eh, mon pote, t'aurais pas des allumettes ? demanda Colin sans parvenir à chuchoter.

– Papa dort.

– Je sais, mais tu n'aurais pas un briquet ou des allumettes ?

– Papa se creuse les méninges pour essayer d'imaginer une raison non terrifiante qui t'aurait poussé à le réveiller en pleine nuit avec cette question à la noix. Mais non, Papa n'a pas d'allumettes ni de briquet. Et je suis d'accord, on arrête avec ces conneries de Papa. Bref, tu n'as plus qu'à attendre demain matin pour t'arroser d'essence et t'inimmoler.

– T'immoler, corrigea Colin, et il referma la porte.

Il descendit au rez-de-chaussée et passa à côté d'Hollis Wells, trop distraite par les papiers qui l'entouraient et les hurlements de *Télé Achat* pour remarquer sa présence.

Au bout d'un couloir, il arriva devant ce qu'il pensait être la chambre de Lindsey. Il ne l'avait jamais vue, mais il s'était rendu compte que Lindsey arrivait toujours de cette partie de la maison quand elle entrait dans le salon. Et puis, la lumière était allumée. Il frappa quelques coups discrets.

– Oui, répondit Lindsey,

Elle était assise dans un somptueux fauteuil, sous un gigantesque tableau d'affichage qui recouvrait toute la longueur du mur, couvert de photos d'elle : elle avec Katrina, elle avec LAC, elle en tenue camouflage. À croire que toutes les photos jamais prises d'elle étaient là. Si ce n'est, remarqua aussitôt Colin, qu'elles dataient toutes de quelques années. Pas de photos d'elle bébé, ni enfant, et aucune photo d'elle en emo-alternativo-gothiquo-screamo-punk. Un lit à baldaquin était poussé contre le mur d'en face. La pièce manquait cruellement de rose.

– Ce n'est pas rose ici, constata Colin.

– C'est le seul refuge de toute la maison.

– Tu n'aurais pas des allumettes ?

– J'en ai plein, répondit Lindsey sans lever les yeux. Pourquoi ?

– Je veux brûler ça, dit-il en brandissant son carnet. Je n'arrive pas à terminer mon Théorème, je veux le brûler.

Lindsey se leva pour lui arracher le carnet des mains. Elle le feuilleta.

– Pourquoi tu ne le jettes pas ?

Colin soupira. Elle ne comprenait pas.

– Oui, je pourrais. Mais à défaut d'être un génie, je peux au moins brûler mon travail comme un génie. Regarde tous ceux qui ont essayé avec plus ou moins de succès de brûler leurs papiers.

– Comme qui ? demanda Lindsey d'un air distrait en continuant de lire le contenu du carnet.

– Carlyle, Kafka, Virgile. Difficile d'imaginer meilleure compagnie.

– C'est sûr. Tiens, viens m'expliquer ça, dit-elle en allant s'asseoir sur le lit.

Elle lui fit signe de venir à côté d'elle. Elle s'était arrêtée à la page d'une première version de la formule avec des graphiques incorrects.

– L'idée est de prendre deux individus et de découvrir s'ils sont Largueur ou Largué. On utilise une échelle qui va de – 5 pour un grand Largué à + 5 pour un grand Largueur. La différence entre ces chiffres te donne la variable D, puis en introduisant D dans la formule, tu obtiens un graphique qui prédit la relation. Sauf que…

Il s'interrompit pour chercher une façon poétique d'avouer son échec.

– … ça ne marche pas.

Elle referma le carnet sans un regard pour Colin.

– Tu peux le brûler, mais pas ce soir, dit-elle. Je voudrais le garder quelques jours.

– Bon, d'accord, dit-il, attendant qu'elle ajoute quelque chose.

– C'est une super façon de raconter les histoires, finit-elle par dire. Je déteste les maths, mais ça, c'est génial.

– Oui, mais nous devrons le brûler sans tarder ! dit Colin avec emphase.

– Tes désirs sont des ordres ! Maintenant, va te coucher avant que tu finisses la journée encore plus mal.

# (11)

**Le soir** de leur cinquième jour à Gutshot, Hassan et Colin firent bande à part. Hassan sortit avec Lindsey « en vadrouille », une activité qui consistait à naviguer à bord du pick-up rose d'Hollis du bazar de Gutshot à la station-service / Taco Moche, puis de la station-service / Taco Moche au bazar, et ainsi de suite.

– Tu devrais sortir, dit Hassan à Colin dans le salon, Lindsey à ses côtés.

Lindsey portait des boucles d'oreilles pendantes de couleur bleue et elle s'était mis un paquet de blush qui lui donnait l'air de rougir en permanence.

– Je suis en retard sur ma lecture, expliqua Colin.

– En retard sur ta lecture ! Tu ne fais que ça, lire, dit Lindsey.

– J'ai pris un super retard en bossant comme un fou sur le Théorème et en faisant toutes ces interviews. Je m'efforce de lire quatre cents pages par jour depuis que j'ai sept ans.

– Même le week-end ? demanda Lindsey.

– *Surtout* le week-end, parce que c'est le seul moment où je peux lire pour le plaisir.

Hassan secoua la tête.

– Mec, t'es vraiment un geek. Et c'est un fan de *Star Trek*

139

en surpoids qui a eu 20 en maths au bac qui te le dit. C'est dire si tu es mal, conclut Hassan en passant la main sur les frisettes de Colin comme pour se porter chance.

Puis il tourna les talons.

– Tu devrais y aller pour les empêcher d'avoir des ennuis, cria Hollis du canapé.

Colin prit son livre sans un mot – une biographie de Thomas Edison[53] –, monta dans sa chambre et s'allongea sur son lit pour lire en paix. Cinq heures plus tard, il avait fini son livre et en commençait un deuxième trouvé dans la bibliothèque de sa chambre, qui s'intitulait *Foxfire*. Il y était question de la vie quotidienne et pratique dans le sud des Appalaches.

Lire apaisa son esprit. Sans Katherine, ni le Théorème, ni ses espoirs de notoriété, il lui restait peu de chose. Mais il avait toujours les livres. Les livres sont le nec plus ultra des Largués : on les laisse tomber, et ils nous attendent ; on leur prête attention, et ils nous aiment.

Grâce à *Foxfire,* Colin venait d'apprendre comment dépecer un raton laveur et traiter sa peau pour la conserver, quand Hassan débaroula dans sa chambre en riant aux éclats, la boule de poils gris à la démarche d'escargot nommée Princesse sur ses talons.

– Je ne vais pas te mentir, *kafir*. J'ai bu une demi-bière.

Colin plissa le nez et renifla.

– Boire, c'est *haram*. Je te l'avais dit, tu passes ton temps à faire des trucs *haram*.

– Oui, mais à Gutshot, il faut entrer dans le moule.

---

53. Qui ne fut pas un enfant surdoué, mais finit par devenir une sorte de génie. Cependant, nombre de découvertes attribuées à Edison ne sont pas de lui. Les ampoules, par exemple, furent inventées par sir Humphrey Davy en 1811, mais elles cramaient tout le temps. Edison perfectionna l'invention. Il vola également des idées à Nikola Tesla, l'amoureux des pigeons susmentionné.

– Ton engagement religieux est un exemple pour nous tous, répondit Colin, pince-sans-rire.

– Arrête ça. Ne me fais pas culpabiliser. J'ai partagé une bière avec Lindsey. J'ai rien ressenti. C'est se soûler la gueule qui est *haram*, pas boire une demi-bière. Bref, vadrouiller, c'est marrant. Étonnement marrant. Je suis resté une heure et demie dans un pick-up avec LAC, JTS et PQC, et ils sont plutôt fréquentables. Je les ai tous séduits. Et puis Katrina est vraiment bien. Et quand je dis bien, je veux dire canon. D'un autre côté, je trouve ridicule cette cour autour de LAC comme s'il était le trésor de Gutshot. Je crois qu'il est quarterback ou cornerback ou je ne sais quoi dans l'équipe de football du lycée, sauf qu'il vient d'avoir son bac et ne doit plus être grand-chose. Mais être quarter-back ou cornerback, c'est comme être un marine : tu l'es pour la vie. Et puis, quand Lindsey n'est pas là, LAC n'arrête pas de parler de son cul. Il n'a pas d'autre sujet de conversation. Il paraît qu'il passe le plus clair de son temps à lui tripoter le cul. Charmant tableau. Personnellement, je n'ai pas particulièrement remarqué le cul de Lindsey.

– Moi non plus, dit Colin.

Il ne remarquait jamais particulièrement les derrières, sauf les très gros.

– Bref, poursuivit Hassan, il y a un pavillon de chasse dans les bois et on va aller chasser avec eux et Lindsey, plus un mec de l'usine. Chasser le cochon sauvage! Avec des fusils!

Colin n'avait pas la moindre envie de tuer des cochons sauvages, ou n'importe quoi d'autre à vrai dire.

– Hum, dit-il. Je ne sais même pas me servir d'une arme.

– Moi non plus. Mais ça ne doit pas être si dur que ça. Des tas de cons le font à longueur de journée – tu m'étonnes qu'il y ait autant de morts.

– Et pourquoi on n'irait pas dans les bois faire du feu et dormir sous une tente ce week-end ?

– Tu te fous de ma gueule ?

– Non, ça pourrait être cool. Lire à la lueur du feu, cuire notre repas sur le feu, ce genre de trucs. Je sais faire du feu sans allumettes. J'ai appris ça dans ce bouquin, dit Colin en montrant *Foxfire*.

– Est-ce que j'ai la tronche d'un scout, *sitzpinkler ?* On va sortir, on va s'amuser, on va se lever tôt, boire du café, chasser le cochon sauvage et tout le monde sera soûl et gai, à part nous.

– Tu ne peux pas m'obliger à t'accompagner, répliqua Colin.

Hassan avança vers la porte.

– C'est vrai, *sitzpinkler*. Tu n'es pas obligé de m'accompagner, mais je ne vais pas t'envier de rester assis sur ton cul. Dieu sait que j'ai pourtant toujours adoré ça. Et puis je ne suis pas contre un brin d'aventure, ces temps-ci.

Colin eut l'impression de se faire larguer. Il s'était efforcé de trouver un compromis. Il avait envie de s'amuser avec Hassan, mais pas avec ces types soi-disant cool.

– Je ne pige pas, dit Colin. Tu veux sortir avec Lindsey, ou quoi ?

Hassan se pencha pour caresser la boule de poils, libérant ses pellicules dans l'air au risque de faire éternuer Colin.

– Tu recommences avec ça ? dit Hassan. Bon sang, non, je ne veux sortir avec personne. Je vois trop bien ce que ça t'a fait. Tu n'es pas sans savoir que je crois à l'idée de réserver Gros Pétard pour une jeune femme à part.

– Tu crois aussi qu'il ne faut pas boire.

– Bien vu, la taupe. Méga bien vu.

## Le milieu (du milieu)

La plus grande étude jamais réalisée sur les enfants sur-doués naquit dans le cerveau d'un certain Lewis Terman, psychologue établi en Californie. Avec l'aide d'enseignants de tout l'État, Terman choisit quelque sept mille enfants surdoués, qui furent suivis pendant soixante ans. Tous n'étaient pas réellement des surdoués, leur QI oscillait seulement entre 145 et 190 – celui de Colin dépassait parfois les 200 – mais ils étaient parmi les plus intelligents des enfants américains de cette génération. Les résultats furent surprenants : proportionnellement il n'y eut pas plus d'enfants de l'étude qui devinrent des intellectuels de renom qu'il y en eut parmi les enfants normaux. La plupart réussirent très bien leur vie : ils devinrent banquier, médecin, avocat ou professeur d'université, mais pratiquement aucun ne devint un véritable génie, la corrélation entre QI élevé et contribution notoire à la connaissance du monde s'avéra donc infime. En bref, les enfants surdoués de Terman ne finirent pas aussi uniques qu'ils promettaient de l'être.

Prenons par exemple l'étrange cas de George Hodel, qui avait un des QI les plus élevés de l'étude. On aurait pu s'attendre à ce qu'Hodel découvre la structure de l'ADN. À la place, il exerça la médecine avec succès en Californie, avant de partir vivre en Asie. Hodel ne devint jamais un génie, mais se fit malgré tout une triste réputation, sachant qu'il fut, selon toute vraisemblance, un tueur en série[54]. C'était bien la peine d'être surdoué.

---

54. Hodel fut probablement coupable du meurtre du «Dahlia noir» en 1947, un des homicides les plus célèbres de l'histoire de la Californie et un des plus longs à résoudre. Il semblerait qu'il se soit débrouillé magnifiquement comme tueur en série, ce qu'on était en droit d'attendre d'un surdoué, car il ne se fit jamais prendre. Et, en effet, personne n'aurait jamais entendu parler de lui si son fils n'était devenu enquêteur de police en Californie et, grâce à une série de coïncidences étonnantes et un travail d'enquête approfondi, n'avait acquis la certitude que son père était un meurtrier.

En tant que sociologue, le père de Colin étudiait les individus et il pensait savoir comment faire pour qu'un surdoué devienne un génie. Il était convaincu que, dans le développement de Colin, il fallait qu'intervienne une délicate interaction entre ce qu'il appelait « une éducation active orientée vers les résultats » et la prédisposition naturelle de son fils à étudier. Ce qui signifiait en gros : laisser Colin étudier tout en fixant des « jalons » – un autre terme pour dire « objectifs ». Le père de Colin était persuadé que ce type de surdoué – né surdoué, puis rendu plus intelligent grâce à une éducation et un environnement adéquats – pouvait devenir un génie remarquable dont on se souviendrait à jamais. Il le rappelait de temps à autre à Colin, quand celui-ci rentrait de l'école avec le cafard, fatigué de l'Abdominal Homme des neiges, fatigué de ne pas avoir d'amis et de prétendre n'en avoir rien à faire.

– Mais c'est toi qui t'en sortiras, Colin, disait son père. Il faut que tu te dises qu'un jour tes camarades feront le bilan de leur vie et qu'ils regretteront de ne pas avoir été toi. À la fin, tu auras tout ce dont les autres ont rêvé.

Mais Colin n'eut pas à attendre si longtemps, seulement jusqu'aux *Petites Têtes*.

En première, vers la fin des vacances de Noël, Colin reçut un coup de fil d'une chaîne câblée dont il ignorait l'existence : CreaTV. Il ne regardait pas beaucoup la télé, mais, de toute façon, personne n'avait jamais entendu parler de CreaTV. Les producteurs avaient eu son numéro par Keith le Zinzin, qu'ils avaient contacté après avoir lu ses articles savants sur les surdoués. La chaîne voulait que Colin participe à un jeu. Ses parents n'y étaient pas favorables, mais leur « éducation active orientée vers les résultats » impliquait qu'ils lui accordent une part de liberté pour qu'il fasse ses propres choix. Or, Colin avait envie de participer à l'émission parce que a) les dix mille dollars du premier prix représentaient un paquet d'argent et b) il passerait à la télé et c) dix mille dollars, c'était un paquet d'argent.

Le jour du premier enregistrement, Colin eut droit à un relooking destiné à lui donner l'allure d'un surdoué cool, narquois et perturbateur. On lui acheta une paire de lunettes à monture rectangulaire en acier et on lui tartina les cheveux de produits pour lui faire la coupe ébouriffée des types les plus à la mode du lycée. On lui donna cinq tenues, dont une qui comprenait un jean de marque qui lui collait aux fesses comme un sparadrap et un T-shirt sur lequel était écrit comme à la main : FUMISTE. Les six premières émissions qui correspondaient chacune à une manche du jeu furent enregistrées le même jour avec un arrêt entre chaque pour permettre aux surdoués de changer de tenue. Colin remporta les six manches, ce qui le qualifiait pour la finale où il affronterait Karen Aronson, une blondinette de douze ans qui préparait un doctorat en maths. Karen avait été choisie pour incarner la fille adorable. Au cours de la semaine qui sépara les premiers enregistrements de la finale, Colin porta son jean de marque avec une chemise chic au lycée. Ses camarades lui demandaient : «Tu vas vraiment passer à la télé?» et puis un type cool qui s'appelait Herbie[55] dit à Hassan que Colin plaisait à Marie Caravolli. Et comme, peu de temps auparavant, Colin s'était fait larguer par Katherine XVIII, il proposa à Marie de sortir avec lui. Parce que

---

55. Comment un type qui s'appelle Herbie parvient-il à être cool? Cela constitue un des grands mystères de la vie, ce qui fait que des Herbie, des Dilworth, des Vagina ou je ne sais quoi parviennent à surmonter avec autant de facilité le poids de leur prénom pour acquérir une sorte de prestige légendaire, alors que Colin reste associé à jamais à Filet-de-colin.

Marie, une beauté italienne perpétuellement bronzée, qui aurait pu être sacrée Reine de beauté si Kalman School avait organisé ce genre d'événements, était la fille la plus sexy qu'il ait jamais croisée et peut-être croiserait jamais de sa vie. Et aussi la fille la plus sexy à qui il ait jamais adressé la parole. Et à qui il ait jamais demandé de sortir avec lui. Il aurait bien voulu continuer sa série ininterrompue de Katherine. Mais Marie Caravolli était le genre de fille pour laquelle on acceptait de briser une série.

C'est alors qu'il se passa une drôle de chose. Le jour de son rendez-vous, Colin rentra après les cours en ayant tout planifié. Il avait pile le temps d'arriver à pied chez lui, de nettoyer le Corbillard des vieilles boîtes de hamburgers et des canettes de soda qui traînaient, de prendre une douche, d'acheter des fleurs à «La Poule blanche», et de passer prendre Marie chez elle. Mais quand Colin déboucha au coin de sa rue, il vit Katherine I assise sur les marches de chez lui. Tandis qu'il la regardait, les yeux plissés, remonter ses genoux jusqu'au menton, il se rendit compte que c'était la première fois qu'il voyait Katherine sans Keith le Zinzin.

– Tout va bien ? demanda-t-il en approchant.

– Ça va. Pardon de passer sans prévenir. C'est que j'ai une interro de français demain ? dit-elle comme s'il s'agissait d'une question. Et je ne veux pas que mon père apprenne à quel point je suis nulle en français. Alors je me suis dit que peut-être… J'ai essayé de t'appeler, mais je n'ai pas ton numéro de portable. Donc, bref, je me suis dit que comme je connaissais la star d'un jeu télévisé, je pouvais peut-être lui demander de me faire réviser, dit-elle en souriant.

– Hum, marmonna Colin.

Dans les secondes qui suivirent, il s'efforça d'imaginer quel effet ça lui aurait fait de sortir avec Marie. Colin avait toujours été jaloux des gens comme Hassan qui savaient se faire des amis. Mais le risque, quand on séduit tout le monde, se surprit à penser Colin, c'est de choisir la mauvaise personne.

Il imagina le plus beau des scénarios possible. Dans celui-ci, il finissait par plaire à Marie, ce qui était peu plausible. À la suite de quoi, Colin et Hassan grimpaient les échelons de l'échelle sociale, ils déjeunaient à la table des gens les plus populaires et étaient invités à leurs soirées. Colin avait vu assez de films pour savoir ce qui se passait quand deux ringards se pointaient à une soirée branchée : soit ils étaient jetés dans la piscine[56], soit ils se soûlaient et finissaient par ressembler eux aussi à des imbéciles branchés et superficiels. D'un côté comme de l'autre, ce n'était pas un bon choix. Sans compter que Marie ne lui plaisait pas. Il ne la connaissait même pas.

– Attends, dit-il à Katherine I.

Et il appela Marie. Elle lui avait donné son numéro plus tôt ce jour-là, au cours de leur deuxième conversation[57], un fait à souligner, sachant qu'ils fréquentaient le même établissement depuis presque dix ans.

– Je regrette, dit-il. Mais j'ai une urgence familiale... Oui... Non... Mon oncle est à l'hôpital. On doit passer le voir... Oui, je suis sûr qu'il va s'en sortir... D'accord. Cool. Encore pardon.

Et donc le fait est que, la seule fois où Colin fit quelque chose qui s'apparentait à larguer quelqu'un, ce fut Marie Caravolli qui en fut la victime, Marie dont tout le monde s'accordait à dire qu'elle était la personne la plus séduisante de toute l'histoire des États-Unis d'Amérique. Au lieu de ça, il fit réviser Katherine I. La première leçon se mua vite en une séance hebdomadaire, puis en deux et, le mois

---

56. Bien qu'il y ait peu de piscines à Chicago, il faut l'admettre.

57. La première étant la proposition de rendez-vous elle-même.

d'après, Katherine et Keith le Zinzin vinrent regarder Colin massacrer un pauvre bêta du nom de Sanjiv Reddy au cours du premier épisode des *Petites Têtes*, en compagnie des parents de Colin et d'Hassan. Plus tard, ce soir-là, après le départ d'Hassan, pendant que Keith le Zinzin et les parents de Colin buvaient du vin rouge, Colin et Katherine Carter quittèrent la maison en douce pour aller boire un café au Café Sel Marie.

# (12)

**Le jeudi suivant,** Colin fut réveillé par les cris du coq et les prières d'Hassan. Il se laissa tomber du lit, enfila un T-shirt, passa aux toilettes et entra dans la chambre d'Hassan par la salle de bains. Hassan s'était recouché, il avait les yeux fermés.

— Tu ne pourrais pas prier moins fort? Dieu ne peut pas t'entendre si tu chuchotes? demanda Colin.

— Je me fais porter pâle, dit Hassan sans ouvrir les yeux. Je me demande si je n'ai pas une sinusite. J'ai besoin d'un jour de repos. Travailler, c'est parfait, mais il faut absolument que je regarde *Juge Judy*. Tu te rends compte que je n'ai pas vu la juge Judy depuis douze jours? Imagine un peu que tu sois séparé de l'amour de ta vie pendant douze jours?

Colin fixa Hassan, les lèvres pincées. Hassan ouvrit un œil.

— Oh, pardon.

— Tu ne peux pas te faire porter pâle. Ta patronne travaille ici, à la maison. Elle saura que tu n'es pas malade.

— Le jeudi, elle est à l'usine, banane. Tu pourrais être un peu plus attentif. C'est le jour idéal pour se faire porter pâle. J'ai besoin de recharger mes batteries émotionnelles.

— Tu les as rechargées toute l'année! Tu n'as rien fait pendant douze mois!

Hassan eut un petit sourire suffisant.

– T'as pas du boulot à faire?

– Appelle au moins ta mère pour lui dire de t'inscrire à l'université de Loyola. La date limite est dans quatre semaines. J'ai regardé sur Internet pour toi.

Hassan garda les yeux fermés.

– J'essaie de trouver le mot. Zut, je l'ai sur le bout de la langue. Gri… gru… gra. Ça y est. Grelots, enfoiré! Grelots, dit-il.

En descendant, Colin constata qu'Hollis était déjà debout – ou alors elle ne s'était pas couchée de la nuit – et qu'elle portait un tailleur-pantalon rose.

– Beau temps aujourd'hui, dit-elle. Il ne devrait pas faire plus de 28. Ce que je suis contente qu'il y n'ait qu'un jeudi par semaine!

– Vous faites quoi, le jeudi? demanda Colin en s'asseyant à côté d'elle à la table de la salle à manger.

– Le matin, j'aime bien passer à l'usine voir si tout roule. Et vers midi, je pars à Memphis faire un tour à l'entrepôt.

– Pourquoi l'entrepôt est à Memphis et pas à Gutshot? demanda Colin.

– Je t'en pose des questions? répondit Hollis. Bon, écoute, vous avez interrogé la plupart des gens qui travaillent à l'usine. Je vais commencer à vous envoyer chez d'autres gens, les retraités, par exemple. Vous me poserez toujours les quatre mêmes questions, mais n'hésitez pas à rester un peu plus longtemps, pour être polis.

Colin acquiesça.

– Hassan est malade, dit-il après un court silence. Il a une sinusite.

– Pauvre chou. Bon, alors tu iras avec Lindsey. Il y a de la route. Aujourd'hui, c'est chez les ancêtres.

– Les ancêtres?

– C'est comme ça que Lindsey les appelle. Les vieux de la maison de retraite de Bradford. Beaucoup vivent de la pension que leur verse Gutshot Textile. Lindsey y allait souvent avant qu'elle commence à – Hollis soupira – sortir avec ce – soupir – garçon.

Elle tendit le cou vers le couloir.

– Lindseeeeeeeeeeeeeeeeeey! Bouge ton cul! Sors de ton lit! hurla-t-elle.

Et, bien que la voix puissante d'Hollis ait dû parcourir tout le couloir et traverser deux portes closes pour atteindre Lindsey, Colin entendit Lindsey répondre quelques secondes plus tard :

– Mets vingt-cinq cents dans le pot à jurons, Hollis! Je vais prendre ma douche.

Hollis se leva pour aller mettre vingt-cinq cents dans le pot à jurons sur la cheminée, puis elle revint vers Colin et lui ébouriffa les frisettes.

– Je rentrerai tard, lui dit-elle. La route est longue jusqu'à Memphis. J'ai mon portable au cas où. Mais je ne me fais pas trop de souci pour vous.

Quand Lindsey entra au salon, en short kaki et T-shirt « Gutshot » noir moulant, Hassan regardait la rediffusion d'une émission comique.

– Quelles sont nos victimes du jour? demanda Lindsey.

– Les ancêtres.

– Génial! Je connais la boîte par cœur. Tu te lèves, Hass?

– Désolé, Linds. Je me suis fait porter pâle, répondit-il.

« Je ne l'ai jamais appelée Linds », se dit Colin. Hassan rit à une des blagues de la télé. Lindsey souffla sur une mèche de cheveux pour dégager son visage et prit Colin par le bras pour l'entraîner dehors.

– J'y crois pas qu'il se soit fait porter pâle, dit Colin en démarrant. Je me suis échiné toute la nuit à lire un bouquin sur l'invention de la télévision[58], et lui se fait porter pâle.

Du coin de l'œil, Colin la vit sourire.

– Tourne à gauche, dit-elle. On remonte toute la rue et ensuite... Oh! attends une seconde. Ralentis, c'est la voiture de Chase.

Une Bronco Chevrolet bicolore approchait en sens inverse. Colin stoppa à contrecœur. LAC était au volant. Colin descendit sa vitre et LAC en fit autant. Lindsey se pencha par-dessus Colin pour voir son copain.

– Salut, Lass, dit LAC.

– C'est pas drôle, dit Lindsey avec véhémence tandis que Chase se tordait de rire sur le siège d'à côté.

– On a rendez-vous avec Fulton ce soir au pavillon. On se retrouve là-bas? demanda LAC.

– Je reste à la maison, répondit-elle, puis elle se tourna vers Colin et ordonna :

– Démarre!

– Allez, Linds, je te faisais marcher, dit LAC.

– Démarre, répéta-t-elle.

Colin mit les gaz et partit en trombe.

Il s'apprêtait à demander des explications à Lindsey sur la scène qui venait de se passer, mais c'est elle qui parla.

– C'est rien, dit-elle, impassible. Une blague entre nous. J'ai lu ton carnet. Je n'ai pas tout compris, mais j'ai tout regardé.

Colin oublia aussitôt le malaise avec LAC.

– Qu'est-ce que tu en dis?

– D'abord, ça m'a fait penser à notre première discussion, le jour de ton arrivée. Quand je te disais que c'était une

---

58. La télévision fut inventée par un gamin. Dans les années 1920, Philo T. Farnsworth, au nom mémorable, conçut le tube cathodique utilisé dans la plupart des téléviseurs au xxᵉ siècle. Il avait quatorze ans. Il fabriqua le premier tube à l'âge de vingt et un ans. (Et peu après entama une longue et remarquable carrière d'alcoolique chronique.)

mauvaise idée de vouloir compter pour quelque chose. Je retire ce que j'ai dit, parce qu'en lisant tes notes je rêvais de trouver un moyen d'améliorer ton Théorème. Je n'en démordais pas, je voulais l'arranger et te prouver que toute relation peut effectivement être perçue comme un schéma. Ça doit pouvoir marcher. Les gens sont tellement prévisibles! Et puis comme ça, le Théorème ne serait plus seulement le tien, mais le nôtre, et je pourrais… Bon d'accord, je dois avoir l'air débile. Mais en fait, je crois que j'ai envie de compter un petit peu, d'être connue en dehors de Gutshot, sinon je n'y aurais pas tant réfléchi. Peut-être que je veux percer mais sans quitter mon coin.

Colin s'arrêta en vue d'un panneau stop, et il se tourna vers elle.

– Désolé, dit-il.

– Désolé pourquoi?

– Que tu n'aies pas pu l'arranger.

– Oh, mais je l'ai fait, rétorqua-t-elle.

Colin pila net à six mètres du panneau.

– Tu es sûre? demanda-t-il.

Lindsey se contenta de sourire.

– Réponds-moi, la supplia-t-il.

– D'accord, je ne l'ai pas arrangé, mais j'ai une idée. Je suis d'une nullité crasse en maths. Alors arrête-moi si je me trompe, mais il me semble que le seul facteur qui entre dans la formule c'est la situation de chaque individu sur l'échelle des Largueurs/Largués, c'est ça?

– Oui. C'est l'essence de la formule. Se faire larguer.

– Sauf que ce n'est pas le seul facteur qui entre en ligne de compte dans une relation. Il y a l'âge aussi. À neuf ans, tes relations ont tendance à être plus courtes, moins sérieuses et moins réfléchies qu'à quarante quand tu veux à tout prix te marier avant de ne plus pouvoir de pondre des ovules.

Colin se détourna pour contempler le carrefour où se croisaient deux routes rigoureusement désertes. Il réfléchit quelques instants. Ça semblait tellement évident, comme beaucoup de découvertes.

– Introduire d'autres variables ! s'exlama-t-il avec enthousiasme.

– Exact. Comme je te disais... l'âge, pour commencer. Mais plein d'autres trucs entrent en ligne de compte. Tu m'excuseras, mais le pouvoir de séduction est essentiel. Je connais un type qui vient de s'enrôler dans les marines, il était en terminale l'an dernier. Quatre-vingt-quinze kilos de muscles taillés au burin. J'adore Colin, c'est pas le problème, mais ce mec était trop sexy, adorable, gentil en plus. Il avait une Montero Mitsubishi rutilante.

– Je déteste ce type, dit Colin.

Lindsey rit.

– C'est sûr, tu l'aurais détesté. Mais bref, Largueur dans toute sa splendeur. Partisan autoproclamé des quatre A : les Accoster, les Amadouer, les Allonger, les Abandonner. Sauf qu'il a fait l'erreur de sortir avec la seule personne de tout le Tennessee plus sexy que lui : Katrina. Et il est devenu un petit toutou collant, quémandeur et pleurnichard. Katrina a été obligée de le jeter.

– Mais ce n'est pas qu'une histoire d'attirance physique, dit Colin en fouillant dans sa poche à la recherche de son carnet et de son crayon. Tout dépend de ce qui t'attire chez la personne et ce qui l'attire chez toi. Admettons qu'il y ait une fille super mignonne, mais que je sois fétichiste d'un truc bizarre, que j'aime les filles à treize doigts de pied par exemple. Dans ce cas, si elle n'a que dix doigts de pied, je peux être le Largueur, même si elle est branchée juifs maigrichons à lunettes avec des frisettes.

– Et aux yeux très verts, ajouta Lindsey l'air de rien.

– Quoi?

– Je te faisais un compliment.

– Ah, les miens. Oui, ils sont verts, c'est vrai.

«Doucement, Singleton, doucement.»

– En tout cas, le Théorème doit être beaucoup plus compliqué qu'il n'est. Tellement compliqué qu'une grosse nulle en maths comme moi ne devrait rien y comprendre.

Un automobiliste s'arrêta derrière eux et klaxonna. Colin démarra. Le temps d'arriver au gigantesque parking de la maison de retraite, Lindsey et lui s'étaient mis d'accord sur cinq variables :

Âge (A)[59]
Succès (C)[60]
Pouvoir de séduction (H)[61]
Largueur/Largué (D)[62]
Introverti/Extraverti (P)[63]

Ils restèrent dans la voiture, toutes vitres baissées, laissant entrer l'air chaud et poisseux sans être étouffant. Colin fit des ébauches de concepts plausibles et expliqua les maths

---

59. Pour obtenir cette variable, Colin prit l'âge moyen des deux individus et retira 5. Au fait, toutes les notes de bas de page suivantes parlent de maths et sont donc facultatives.

60. Auquel Colin parvint en calculant la différence de succès entre une personne A et une personne B sur une échelle de 1 à 1 000 (on peut être approximatif), puis en divisant par 75. Chiffre positif si la fille a plus de succès, négatif si c'est le garçon.

61. Qui se calcule en tant que chiffre entre 0 et 5, chiffre basé sur la différence d'attirance l'un pour l'autre. Chiffre positif si le garçon est plus attiré que la fille, négatif si c'est le contraire.

62. Entre 0 et 1, distance relative entre les deux personnes sur l'éventail des Largueur/Largué. Chiffre négatif si le garçon a une tendance prononcée au Largueur, positif si c'est la fille.

63. Dans le Théorème, c'est la différence de confiance en soi entre deux personnes, calculée sur une échelle de 0 à 5. Chiffre positif si la fille est plus extravertie, négatif si c'est le garçon.

à Lindsey qui, en retour, fit des propositions et le regarda gribouiller. Au bout de trente minutes, il traça le graphique[64] dit de «elle-a-largué-le-binoclard» pour plusieurs Katherine. Mais impossible d'obtenir la durée exacte des relations. Katherine XVIII, qui lui avait coûté plusieurs mois de sa vie, paraissait ne pas s'être éternisée longtemps et ne pas avoir compté plus que les trois jours et demi qu'il avait passés dans les bras de Katherine V. La formule était trop simple. Et Colin continuait de vouloir la boucler en procédant au hasard. «Et si j'élevais la variable "pouvoir de séduction" au carré?» «Et si j'introduisais une sinusoïdale ici, et une fraction là?» Il fallait qu'il considère la formule non comme une formule mathématique, ce qu'il détestait, mais comme une langue étrangère, ce qu'il adorait.

Donc, il commença d'envisager la formule en tant que canevas d'un outil de communication. Il introduisit des fractions dans les variables, de sorte qu'il soit plus facile de les travailler en graphique. Il entrevit, avant même de modifier les variables, les différentes formules susceptibles de restituer les Katherine. Et, au fur et à mesure, le Théorème devint de plus en plus complexe, avant de se révéler presque – comment le dire sans être trop ringard – beau. Au bout d'une heure de travail sur le parking, la formule donnait ceci :

$$-D^7x^8 + D^2x^3 - \frac{x^4}{A^5} - Cx^2 - Px + \frac{1}{A} + 13P + \frac{\sin(2x)}{2}\left[1 + (-1)^{H+1}\frac{\left(x + \frac{11\pi}{2}\right)^H}{\left|x + \frac{11\pi}{2}\right|^H}\right]^{65}$$

---

64.

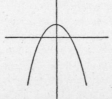

65. Ça ne compte pas comme des maths, dans la mesure où l'on n'a pas besoin de comprendre comment ça marche ni ce que ça veut dire pour trouver ça beau.

– Je crois qu'on y est presque, finit-il par dire.

– Et c'est clair que j'y pige que dalle. Donc c'est que tu as réussi! s'exclama-t-elle dans un éclat de rire. Allons voir les ancêtres, ajouta-t-elle.

Colin n'avait mis les pieds dans une maison de retraite qu'une seule fois. Son père et lui étaient allés un week-end à Peoria, Illinois, quand Colin avait onze ans, pour rendre visite à son arrière-grand-tante, alors dans le coma, et qui n'avait donc pas été d'une folle compagnie.

Si bien qu'il fut heureusement surpris par Sunset Acres. Quatre vieilles dames, toutes coiffées de grands chapeaux de paille, jouaient aux cartes à une table de pique-nique sur la pelouse.

– Ce ne serait pas Lindsey Lee Wells? dit l'une d'elles.

Le visage de Lindsey s'éclaira, et elle se précipita vers la table. Les vieilles dames reposèrent leurs cartes pour la serrer dans leurs bras et tapoter ses joues rebondies. Lindsey les connaissait toutes par leur prénom, Jolene, Gladys, Karen et Mona, et elle leur présenta Colin. À la suite de quoi, Jolene retira son chapeau pour s'éventer.

– Ma petite Lindsey, dit-elle, tu as un bien joli fiancé, dis donc! Pas étonnant que tu ne viennes plus nous voir.

– Jolene, ce n'est pas mon fiancé. Pardon de ne pas être passée plus souvent. J'ai eu beaucoup de boulot au lycée, et Hollis me fait trimer au magasin.

La conversation embraya alors sur Hollis. Colin dut attendre un quart d'heure avant de pouvoir mettre son magnéto en marche et poser ses quatre questions. Mais il ne se formalisa pas, primo parce que Jolene le trouvait «bien joli» et deuzio parce qu'elles étaient drôlement relax, les vieilles dames. Par exemple, à la question «Qu'est-ce qui fait de Gutshot une ville unique?», Mona, qui avait des taches brunes sur le visage et un pansement sur l'œil gauche, répondit ceci :

– L'usine a un système de retraite au poil. Ça fait trente ans que je suis à la retraite, et Hollis Wells continue de m'acheter mes couches. Je ne peux pas le nier, j'en mets ! Je me fais pipi dessus quand je ris, dit-elle avec jubilation, avant d'éclater d'un rire sonore.

Et puis, Colin avait l'impression que Lindsey faisait figure de rock star parmi elles. Dès que la nouvelle de sa présence eut fait le tour du bâtiment, de nouveaux résidents se précipitèrent pour l'entourer. Colin se déplaçait de table en table pour recueillir les réponses, puis il finit par s'asseoir et laissa Lindsey diriger les gens vers lui.

Son interview préférée fut celle d'un certain Roy Walker.

– Je n'arrive pas à comprendre pourquoi quelqu'un aurait envie de savoir qui je suis, dit-il. Mais je suis ravi de bavarder un peu avec vous.

Roy commençait à raconter à Colin en quoi consistait son ancien boulot de chef de site en équipe de nuit quand il s'interrompit soudain.

– Regarde, c'est fou comme ils l'aiment, la petite Lindsey, dit-il. On l'a tous élevée. Je la voyais toujours au moins une fois par semaine. On l'a connue tout bébé, quand on ne pouvait pas dire si c'était une fille ou un garçon, et aussi quand elle avait les cheveux bleus. À une époque, elle venait me chiper une bière tous les samedis. Fiston, s'il y a un truc que je sais – Colin se fit la réflexion que les personnes âgées adorent vous révéler le seul truc qu'elles savent –, c'est que, dans ce bas monde, il y a des gens que l'on ne peut pas faire autrement que d'aimer encore et encore et ce, quoi qu'il arrive.

Colin suivit Roy à la table de Lindsey. Elle tortillait une mèche de cheveux, l'air de rien, mais regardait fixement Jolene.

– Qu'est-ce que tu viens de dire, Jolene? demanda-t-elle.

– Je disais à Helen que ta mère était en train de vendre quatre-vingts hectares sur Bishop Hill à mon gars, Marcus.

– Hollis vend des terres de Bishop Hill?

– Comme je te le dis. À Marcus. Je crois qu'il veut construire des maisons, un... Je ne me rappelle plus comment il appelle ça.

Lindsey ferma à demi les yeux et soupira.

– Un lotissement? dit-elle.

– C'est ça. Un lotissement. Là-haut sur la colline. Belle vue, n'empêche.

Après ça, Lindsey garda le silence, ses grands yeux tournés vers les champs au loin, derrière la maison de retraite. Colin s'assit pour écouter les vieilles personnes parler, mais, au bout de quelques instants, Lindsey lui prit le bras.

– On devrait y aller, dit-elle.


À peine les portières du Corbillard refermées, Lindsey se mit à râler.

– Je n'aurais jamais cru que Maman vendrait des terres. Jamais. Pourquoi elle fait ça?

Colin se rendit compte que c'était la première fois que Lindsey appelait Hollis «Maman».

– Pourquoi elle vendrait des terres à ce type?

– Elle a peut-être besoin d'argent, suggéra Colin.

– Elle n'a pas plus besoin d'argent que j'ai besoin de me prendre une balle dans la tête. Mon arrière-grand-père, le docteur Fred Nico Dinsanfar, a fondé l'usine. Je t'assure qu'on ne court pas après l'argent.

– Il était arabe?

– Quoi?

– Dinsanfar.

– Non, il n'était pas arabe. Il venait d'Allemagne ou de

je ne sais où. En tout cas, il parlait allemand, comme Hollis, d'ailleurs. C'est pour ça que je parle allemand. Pourquoi tu poses toujours des questions débiles ?

– Oh, pardon.

– Non, t'inquiète, c'est moi, je suis un peu à cran. Laisse tomber. C'est sympa de passer du temps avec les ancêtres, non ? On dirait pas comme ça, mais ils sont trop cool. Avant, j'allais les voir presque tous les jours. La plupart n'étaient pas en maison de retraite. Je me baladais de maison en maison, je me faisais offrir des goûters et on me cajolait. C'était avant que j'aie des copains.

– Ils ont l'air de t'adorer, dit Colin.

– Moi ? Les femmes t'ont trouvé trop sexy. Tu rates un gros pourcentage de Katherine en ne prospectant pas la population des plus de quatre-vingts ans.

– C'est marrant qu'ils aient cru qu'on était ensemble, dit Colin en lui jetant un regard de côté.

– En quoi c'est marrant ? demanda-t-elle, soutenant son regard.

– Euh…

Oubliant la route, il la regarda lui offrir une version minimaliste de son sourire inimitable.

# (13)

**Le dimanche suivant**, Hassan partit «en vadrouille» avec Lindsey, Katrina, LAC, JTS et PQC. Le lendemain soir aussi et, lorsqu'il rentra après minuit, il trouva Colin en train de travailler sur son Théorème, qui fonctionnait désormais dans dix-sept cas sur dix-neuf. En revanche, pas pour Katherine III et, beaucoup plus important, pas pour Katherine XIX.

– 'Lut! dit Hassan.

– «Lut» n'est pas un mot, répondit Colin sans le regarder.

– Singleton, tu es comme un soleil qui perce les nuages d'un mois de mai en plein frimas.

– Je travaille.

Colin ne parvenait pas à mettre le doigt sur le moment où Hassan avait commencé à ressembler à tout le monde, mais c'était en train de se produire et c'était agaçant.

– J'ai embrassé Katrina, dit Hassan.

Colin reposa son crayon et se retourna sur sa chaise.

– Tu as quoi qui?

– «Quoi» n'est pas un verbe, le parodia Hassan.

– Sur les lèvres?

– Non, banane, sur son sphincter pupillaire. Oui, sur les lèvres.

– Pourquoi?

– On était assis à l'arrière du pick-up de Colin et on jouait à faire tourner une bouteille de bière sur une route hyper défoncée qui va jusqu'au pavillon dans les bois. Donc on faisait tourner la bouteille, et elle s'envolait chaque fois à cause des cahots et elle atterrissait de l'autre côté du plateau du pick-up. Résultat, personne n'embrassait personne puisque c'était le but du jeu. Donc je me suis dit que je ne prenais aucun risque à jouer, tu vois? Mais voilà que c'est mon tour, je fais tourner la bouteille, et je te jure, elle n'a décrit qu'un tout petit cercle alors même qu'on continuait de rebondir sur les bosses! Franchement, il n'y a que Dieu qui ait pu empêcher cette bouteille de sauter en l'air… Puis elle s'est arrêtée pile en face de Katrina, et Katrina a dit : «J'en ai de la chance», et c'était même pas ironique, *kafir!* Elle ne blaguait pas. Elle s'est penchée vers moi, on a sauté sur une bosse, et elle s'est comme qui dirait jetée dans mes bras, droit sur ma bouche. Je jure devant Dieu que sa langue me léchait les dents.

Colin le regarda avec des yeux incrédules.

– C'était bizarre, c'était mouillé et confus, mais j'ai adoré. Ce que j'ai préféré, c'était avoir ma main sur son visage, la regarder et voir qu'elle avait les yeux fermés. Elle doit être du genre à flasher sur les gros. Bref, je l'emmène demain soir au Tacot Moche. Elle passe me prendre. C'est comme ça avec moi, baby, dit Hassan avec un petit sourire satisfait. Les dames viennent chercher Gros Papa, vu que Gros Papa n'a pas de caisse.

– Tu es sérieux? dit Colin.

– Très.

– Attends, tu crois que, si la bouteille est restée immobile sur le plancher du pick-up, c'était un miracle?

Hassan acquiesça.

162

Colin donna des coups de gomme sur le bureau, puis il se leva.

– Si je me souviens bien, Dieu ne te pousserait jamais à embrasser une fille, à moins que tu sois censé l'épouser. Donc, tu crois que Dieu veut que tu épouses la fille qui a cru que j'étais français et que j'avais le syndrome de Tourette hémorroïdal?

– Fais pas ton gros con, dit Hassan, presque menaçant.

– Je suis juste surpris que Monsieur qui parle de religion avec des trémolos dans la voix roule des pelles à des filles à l'arrière d'un pick-up. Je parie que tu as bu de la bière de merde et que tu avais un polo de foot sur les épaules.

– Et alors, mec? J'ai enfin embrassé une fille. Une fille super sexy, super adorable. Grelots. Là je crois que tu pousses le bouchon un peu loin!

Sans comprendre pourquoi, Colin se sentit obligé de continuer à pousser le bouchon un peu loin.

– En tout cas, je n'arrive pas à croire que tu sois sorti avec Katrina. Elle n'est donc pas aussi bête et décérébrée qu'elle le paraissait l'autre jour?

Hassan attrapa une pleine poignée des frisettes de Colin et lui fit traverser la pièce en le tirant par les cheveux. Les mâchoires serrées, il le plaqua contre le mur et il lui enfonça un doigt dans le plexus, pile à l'endroit de son bout manquant.

– J'ai dit «Grelots», *kafir*. Tu es prié de respecter ce putain de Grelots! Maintenant je vais me coucher avant qu'on finisse par se battre. Et tu sais pourquoi je ne veux pas me battre avec toi? Parce que je perdrais.

«Il ne peut pas s'empêcher de faire des vannes, se dit Colin. Il en fait même quand il est furax.»

Hassan traversa la salle de bains pour aller dans sa chambre, Colin se rassit devant son Théorème, le visage brillant, et mouillé de larmes de frustration. Colin détestait ne pas pouvoir atteindre ses «objectifs». Il détestait ça depuis l'âge de quatre ans, depuis le jour où son père lui avait fixé comme «objectif du jour» d'apprendre les conjugaisons de vingt-cinq verbes latins irréguliers. Colin n'en avait appris que vingt-trois. Son père ne l'avait pas grondé, mais Colin savait qu'il avait échoué. Or, désormais, les objectifs étaient bien plus compliqués, mais sans doute toujours aussi simples : il voulait avoir un meilleur ami, une Katherine et un Théorème. Or après trois semaines à Gutshot, ses objectifs étaient encore moins remplis qu'à son arrivée.

Le lendemain, Hassan et Colin réussirent à ne pas se parler de la matinée. Il était évident pour Colin qu'Hassan était toujours aussi furax, et que lui aussi. Mâchoires serrées, Colin le regarda attaquer furieusement son petit déjeuner et, plus tard, faire claquer le magnéto en le posant sur la table basse d'un retraité de l'usine, vieux-mais-pas-assez-pour-la-maison-de-retraite. Colin entendit l'irritation dans le ton d'Hassan lorsqu'il demanda, de la voix monotone du type qui s'ennuie ferme, à quoi ressemblait la vie à Gutshot du temps où le vieux était jeune. Les meilleurs conteurs étant déjà passés entre leurs mains, ne restaient que des gens à qui il fallait cinq minutes pour décider si c'était en juin ou en juillet 1961 qu'ils étaient allés à Asheville, Caroline du Nord. Colin était attentif – après tout, c'était son truc d'être attentif –, mais une bonne partie de son énergie intellectuelle était ailleurs, occupée à faire la liste des fois où Hassan s'était conduit comme un con avec lui, où il avait été en butte à ses vannes, à ses remarques sarcastiques sur les Katherine et sa propension à katheriner. Et maintenant qu'Hassan katherinait, il était devenu le type qui partait «en vadrouille», et abandonnait Colin.

Ce jour-là, Lindsey s'était éclipsée pour rester au bazar avec LAC. Colin était donc seul avec Hassan, plus un unique vieux qui monopolisa toute leur journée. Bien que le vieil homme ait parlé pendant presque sept heures sans s'arrêter, Colin flottait dans une étrange bulle de silence. Mais, en quittant le vieux pour aller chercher Lindsey, les digues cédèrent.

– Ça peut paraître banal, mais je pense que tu as changé, dit Colin en remontant l'allée du vieux. Et j'en ai marre que tu restes avec moi juste pour te payer ma tête.

Hassan ne répondit pas, il monta en voiture et claqua la portière. Colin monta à son tour et mit le contact. Et là, Hassan péta les plombs.

– Il ne t'est jamais venu à l'esprit, espèce de sale ingrat, que lorsque je passais avec la voiture-balai après chacune de tes ruptures, que je ramassais ta triste carcasse sur la moquette de ta chambre, que je t'écoutais délirer sur chaque nana avec laquelle tu t'étais éclaté, je le faisais peut-être pour toi et non parce je mourais d'envie de savoir comment tu venais de te faire larguer? Est-ce que tu m'as déjà entendu pleurnicher sur le fait que je suis un gros nase dont le meilleur ami le laisse tomber chaque fois qu'une Katherine ramène sa fraise? Tu ne t'es jamais dit, même une seconde, que ma vie était peut-être aussi nulle que la tienne? Imagine un peu qu'au lieu d'être un génie de mes deux tu sois un moins que rien, seul comme un rat que personne n'écoute. Alors, oui, vas-y, fais-moi la gueule parce que j'ai embrassé une fille. Et moi qui rentre avec cette histoire, surexcité à l'idée de te la raconter parce qu'enfin j'en ai une à moi, après avoir écouté les tiennes pendant quatre ans! Mais tu es trop obnubilé par ta petite personne pour concevoir que ma vie ne tourne pas uniquement autour de l'étoile Colin Singleton.

Hassan s'interrompit pour reprendre son souffle, et Colin en profita pour lui faire part du truc qui l'avait turlupiné presque toute la journée.

– Tu l'as appelé Colin, dit-il.

– Tu veux que je te dise ce que c'est, ton problème? reprit Hassan sans l'écouter. Tu n'arrives pas à vivre avec l'idée que quelqu'un puisse partir. Alors, au lieu d'être heureux pour moi, comme toute personne normale, tu as les boules que oh non, Hassan ne t'aime plus. Tu n'es qu'un *sitzpinkler*. Tu as tellement la trouille de te faire larguer que toute ta vie est construite autour de l'idée de ne pas être abandonné. Ben, ça marche pas comme ça, *kafir*. C'est pas seulement con, c'est improductif. Parce qu'à ce moment tu n'es pas vraiment un bon ami, ou un bon petit copain, ou ce que tu veux, parce que tu ne fais que penser : si-ça-se-trouve-ils-ne-m'aiment-plus-si-ça-se-trouve-ils-ne-m'aiment-plus. Et tu sais quoi? Quand tu te comportes comme ça, personne ne t'aime. C'est ça, ton théorème à la noix.

– Tu l'as appelé Colin, répéta Colin d'une voix brisée.

– Qui j'ai appelé Colin?

– LAC.

– Non?

Colin acquiesça.

– C'est vrai?

Colin acquiesça encore.

– Tu es sûr? Bien sûr que tu es sûr. Je regrette. C'était un sale coup.

Colin tourna pour entrer sur le parking du bazar et coupa le contact, mais il ne fit pas un geste pour sortir.

– Je sais que tu as raison, que je suis obnubilé par mon nombril.

– Pas tout le temps, mais quand même. Alors arrête.

– Je ne sais pas comment faire, dit Colin. Comment

arrête-t-on d'être terrifié à l'idée d'être abandonné, de finir tout seul et de ne pas être devenu quelqu'un ?

– Tu en as dans le citron, répondit Hassan. Je suis sûr que tu trouveras.

– C'est super, dit Colin au bout de quelques instants. Je parle de Katrina. Tu as roulé une pelle à une fille. Une fille ! J'ai toujours plus ou moins cru que tu étais homo, reconnut Colin.

– J'aurais pu, si mon meilleur ami avait été un peu plus mignon, dit Hassan.

– Moi aussi, j'aurais pu, si j'avais pu localiser ton pénis sous tes bourrelets.

– Enfoiré ! Même avec deux cents kilos de plus, tu verrais toujours Gros Pétard se balancer devant mes genoux.

Colin sourit.

– Elle a de la chance.

– Dommage qu'elle ne sache pas à quel point. À moins qu'on se marie.

Colin remit le sujet sur le tapis.

– Tu te conduis parfois comme un salaud. Ce serait plus simple si tu ne me détestais pas.

– Mec, si tu veux que je te déclare officiellement que tu es mon meilleur ami, que je t'aime, que tu es un super génie et que je rêve de me blottir contre toi toute la nuit, il n'en est pas question. Parce que c'est un truc de *sitzpinkler*. En revanche, je sais que tu es un génie. Y a pas à chier. Je le pense vraiment. Tu peux faire ce que tu veux dans la vie, et ça c'est plutôt cool.

– Merci, dit Colin.

Ils descendirent de voiture, et Colin fit mine de tendre les bras pour un câlin, Hassan le repoussa gentiment, puis ils entrèrent dans le magasin en se bousculant.

LAC était en train de réapprovisionner un rayon en bœuf

séché, tandis que Lindsey, assise sur un tabouret derrière le comptoir, ses pieds nus posés à côté de la caisse, lisait un magazine.

– Salut, dit LAC. Il paraît que t'as un rencard ce soir, champion.

– Oui, et tout ça grâce à ta conduite de rêve. Si tu avais raté ce nid-de-poule, elle ne serait jamais tombée dans mes bras.

– Me remercie pas. Elle est canon, pas vrai?

– Hé! s'écria Lindsey sans quitter son magazine des yeux. C'est moi qui suis canon.

– T'énerves pas, bébé, dit LAC. Alors, Colin, dit-il en se tournant vers lui, d'après Hass, t'es pas très branché vadrouille, mais le week-end prochain, il faut quand même que tu viennes chasser avec nous.

– C'est sympa de me le proposer, dit Colin.

Et ça l'était. Aucun quarterback ni cornerback ou individu associé d'une manière ou d'une autre au football ne l'avait jamais invité à faire quoi que ce soit. Mais Colin songea aussitôt à la raison qui l'avait conduit à choisir Katherine XIX plutôt que Marie Caravolli. Dans ce monde, il était préférable de fréquenter ses semblables.

– Cela dit, je ne sais pas tirer.

– Je parie que tu vas te faire un putain de gros cochon, dit LAC.

Colin jeta un regard en coin à Hassan qui ouvrit de grands yeux et hocha discrètement la tête. L'espace d'une seconde, Colin envisagea de décliner la chasse au cochon, mais il devait bien ça à Hassan. Il se dit que ne pas être obnubilé par son nombril exigeait de faire des choses avec ses amis dont on n'avait pas forcément envie – comme tuer un cochon sauvage.

– D'accord, dit Colin en regardant Hassan et non LAC.

– Super, dit LAC. Vu que vous êtes là pour garder le magasin jusqu'à la fermeture, je me tire. Je dois retrouver mes potes à l'usine. On a prévu un bowling.

Cette fois, Lindsey reposa son magazine.

– Moi aussi j'aime bien le bowling, dit-elle.

– Sortie entre potes, bébé.

Lindsey fit semblant de bouder, puis elle sourit et se leva pour embrasser LAC. Il se pencha par-dessus le comptoir pour lui déposer un petit baiser sur les lèvres et partit.

Ils fermèrent le magasin plus tôt et rentrèrent à la maison, même si Hollis ne supportait pas d'être dérangée avant cinq heures et demie.

Elle téléphonait, allongée sur le canapé.

– J'ai besoin de votre aide. Prenons le prix… Je vous rappelle, lança-t-elle en les voyant, et elle raccrocha. Je vous l'ai déjà dit, je travaille jusqu'à cinq heures et demie, et je déteste être dérangée.

– Hollis, pourquoi tu vends des terres à ce Marcus?

– Ça ne te regarde pas, et je te prierais de ne pas changer de sujet. Allez, tout le monde dehors jusqu'à cinq heures et demie! Je vous paie pour travailler, il me semble. Et toi, Lindsey Lee Wells, je sais que tu n'étais pas chez M. Jaffrey aujourd'hui. Ne va pas croire que je ne sais pas ce qui se passe.

– J'ai un rendez-vous. Je ne dîne pas là ce soir, annonça Hassan.

– Et j'emmène Colin au resto, dit Lindsey. Ce Colin-là, précisa-t-elle en lui enfonçant un doigt dans le bras.

Le visage d'Hollis s'illumina. Colin jeta un regard à Lindsey, à la fois surpris et troublé.

– Alors si vous êtes tous dehors je pourrai travailler, conclut Hollis.

Colin consacra les heures qui précédaient son « rencard »
à travailler sur le Théorème. En une demi-heure, il résolut
K-XIX. Le problème ne résidait pas tant dans de mauvais
calculs que dans de faux espoirs : Colin s'était acharné à
vouloir bidouiller le Théorème afin que le graphique de
K-XIX se présente comme suit :

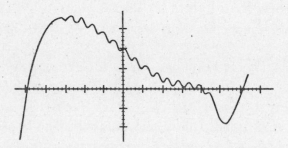

Bref, il avait espéré une réunion. Il avait admis que le
Théorème prédirait le moment où K-XIX lui reviendrait.
Mais il décida que le Théorème ne devait pas prendre en
compte sa propre influence. Et donc, à l'aide de la formule
trouvée avec Lindsey dans la voiture[66], il parvint à lui faire
refléter sa relation avec Katherine XIX.

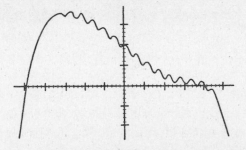

Vers cinq heures, il était à deux doigts d'aboutir. Il avait

---

66. La jolie, avec toutes les lettres.

reproduit dix-huit fois les montagnes russes des Katherine. Mais il n'arrivait toujours pas à quelque chose de primordial : coucher Katherine III sur le papier. Or il n'était pas question de présenter une équation ne modélisant que dix-huit Katherine sur dix-neuf au comité du prix Nobel[67]. Les deux heures suivantes, il réfléchit aux différentes facettes de Katherine III (de son vrai nom : Katherine Dussettoix), avec la précision et la netteté qui faisaient toute l'originalité de son cerveau. Et pourtant, il lui était toujours impossible de corriger ce qu'il finit par appeler l'Anomalie III. L'équation qui modélisait avec exactitude les dix-huit Katherine donnait le graphique suivant pour Katherine III :

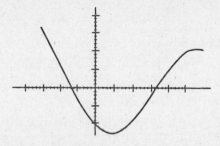

Le graphique en forme de *smiley* indiquait que Colin avait largué Katherine III et non le contraire, ce qui était ridicule. Il se rappelait chaque détail concernant Katherine III et toutes les autres, bien sûr. Il se rappelait tout sur tout, et pourtant il était clair que quelque chose concernant Katherine III lui échappait.

Quand il travaillait sur le Théorème, Colin était tellement concentré que le monde extérieur à son carnet n'existait plus. Il fit un bond en entendant Lindsey derrière lui.

– C'est l'heure de dîner, mon pote.

Il se retourna. Elle l'attendait sur le pas de la porte,

---

67. Bien qu'il n'y ait pas de prix Nobel de mathématiques, il aurait peut-être une petite chance au prix Nobel de la paix.

en débardeur bleu, pantalon bleu moulant et Converse aux pieds. Et – à croire qu'elle savait ce qu'il aimait –, elle n'était pas maquillée. Elle était vraiment jolie, même quand elle ne souriait pas. Colin jeta un œil à son jean et à son T-shirt jaune *Petites Têtes*.

– Pas la peine de te mettre sur ton trente et un pour moi, dit Lindsey en souriant. De toute façon, il faut qu'on y aille.

Ils descendirent juste à temps pour voir, par la moustiquaire, Hassan monter dans le 4 × 4 de Katrina et lui tendre une rose fatiguée cueillie dans le jardin du manoir. Katrina sourit, puis ils s'embrassèrent. «Dieu tout-puissant!» Colin l'avait vu de ses propres yeux : Hassan avait embrassé une fille, qui avait forcément dû être élue reine de beauté de son lycée.

– Est-ce que Katrina a été élue reine de beauté?

– Non, c'est moi, répondit aussitôt Lindsey.

– Ah bon?

Lindsey pinça les lèvres.

– Non c'est pas vrai. Mais c'est pas la peine d'avoir l'air aussi surpris! Katrina était dans le trio de tête, c'est tout. Hollis, on s'en va! cria-t-elle en direction de la cuisine. On rentrera peut-être tard. Éclate-toi bien!

– Vous aussi, répondit Hollis. Appelle-moi si vous rentrez après minuit!

Ils roulèrent jusqu'au drive-in de la station-service/Taco Moche. Tout en passant commande, ils se tordirent le cou pour tenter d'apercevoir Hassan et Katrina par la fenêtre.

– Il a l'air de lui plaire, dit Lindsey. J'aime bien Hassan et je ne voudrais pas paraître méchante, mais je suis surprise. D'habitude, elle est plutôt branchée crétins sexy.

– Comme toi, donc.

– Fais attention à ce que tu dis. Après tout, c'est moi qui invite.

Ils récupérèrent leurs tacos au poulet et repartirent. Colin se décida enfin à lui demander des explications.

– Pourquoi on dîne ensemble, ce soir?

– Trois raisons. Primo, parce que j'ai réfléchi à notre Théorème, et d'ailleurs j'ai une question. Comment ça marche quand on est homo?

– Hein?

– Sur le graphique, si la courbe monte, ça veut dire qu'un garçon largue une fille et, si elle descend, ça veut dire qu'une fille largue un garçon, d'accord? Mais s'il s'agit de deux garçons?

– Aucune importance. Il suffit d'attribuer une place à chacun. Au lieu de «g» et «f». Ça peut être «g1» et «g2». C'est comme ça que ça marche, l'algèbre.

– Ce qui expliquerait que j'ai eu C– en algèbre. Je suis soulagée. J'étais vraiment embêtée que ça ne serve qu'aux hétéros, et ce n'est pas le but d'un théorème. Deuzio, j'aimerais plaire à Hollis, or tu lui plais. Donc, si tu me plais, je lui plairai.

Colin la regarda d'un air perplexe.

– C– en algèbre mais A+ en coolitude, reprit-elle. Tu vois, le succès, c'est compliqué. Tu passes un temps incroyable à réfléchir au fait de plaire. Il faut aimer être aimé et, d'une certaine manière, également aimer ne pas être aimé.

Colin l'écoutait de toutes ses oreilles en mordillant l'intérieur de son pouce. Entendre Lindsey parler du succès provoqua en lui une fugace bouffée de *mysterium tremendum*.

– Bref, poursuivit-elle, il faut que je sache ce qui se passe avec cette vente de terrain. Le Marcus en question a fait construire un lotissement au sud de Bradford. Un truc à vomir. Hollis ne pourrait pas supporter une merde pareille.

– D'accord, dit Colin, qui avait soudain l'impression d'être utilisé.

– Et tertio, il faut que je t'apprenne à tirer au fusil pour que tu ne te fiches pas la honte.

– Tirer au fusil?

– Oui. J'en ai mis un dans ton coffre cet après-midi.

Colin regarda vers l'arrière d'un air inquiet.

– Il ne va pas te mordre, dit Lindsey.

– Où est-ce que tu as trouvé un fusil?

– Où? Gros Malin, trouver un fusil à Gutshot, Tennessee, c'est plus facile que de choper une chlamydia dans un bordel.

Vingt minutes plus tard, ils étaient assis dans un pré, en bordure d'une épaisse forêt qui, précisa Lindsey, appartenait encore à Hollis mais serait bientôt à Marcus. Le pré, envahi de fleurs sauvages et piqué çà et là d'une jeune pousse d'arbre, était clôturé par un enchevêtrement de bûches.

– Pourquoi cette clôture? demanda Colin.

– On avait un cheval qui paissait dans ce pré. Il s'appelait Hobbit, mais il est mort.

– C'était ton cheval?

– Ouais. Celui d'Hollis aussi. Mon père le lui avait offert en cadeau de mariage. À ma naissance, six mois plus tard, Hollis me l'a donné. Hobbit était un amour. Je l'ai monté dès l'âge de trois ans.

– Tes parents sont divorcés?

– Non, pas officiellement. Mais tu sais ce qu'on dit à Gutshot: «La population n'augmente jamais et ne diminue jamais, parce que, chaque fois qu'une femme tombe enceinte, un homme quitte la ville.»

Colin rit.

– Il est parti quand j'avais un an, expliqua Lindsey. Il appelle une ou deux fois par an, mais Hollis ne me le passe jamais. Je ne le connais pas et je n'en ai pas envie. Et toi?

– Mes parents sont toujours mariés. Je dois les appeler tous les soirs à la même heure – c'est dans une demi-heure, d'ailleurs. Ils sont ultraprotecteurs, mais normaux. On n'est pas une famille très délire.

– Mais si, t'es délire. Arrête de dire ça, sinon les gens vont finir par le croire. Maintenant, on s'occupe du fusil, dit-elle en se levant d'un bond.

Elle retraversa le champ en courant et sauta par-dessus la clôture. Colin la suivit à une allure plus raisonnable. Il ne voyait pas l'intérêt de courir, c'était un principe.

– Ouvre le coffre, cria Lindsey.

Une fois à côté d'elle, Colin ouvrit le coffre et découvrit un long fusil de chasse à deux coups avec une crosse en bois pleine de taches. Lindsey saisit le fusil et le tendit à Colin.

– Pointe-le vers le ciel.

Elle prit aussi une petite boîte en carton, puis ils retournèrent sur leurs pas, enjambèrent la clôture et traversèrent à nouveau le pré.

Avec des mains expertes, Lindsey cassa le fusil, sortit deux cartouches de la boîte en carton et les inséra dans leur logement.

– Une fois que ce truc est chargé, ne le pointe pas vers moi, d'accord?

Elle referma le fusil d'un coup sec et le passa prudemment à Colin.

Elle se plaça derrière lui pour l'aider à mettre le fusil à l'épaule. Il sentit ses seins contre ses omoplates, ses pieds contre ses pieds, son ventre contre son dos.

– Tiens-le bien contre ton épaule, dit-elle – ce qu'il fit. La sûreté est là, indiqua-t-elle en guidant sa main vers un cran en acier sur le côté.

Il n'avait jamais tenu une arme auparavant. C'était à la fois excitant et inquiétant.

– Quand tu fais feu, dit-elle, son souffle sur sa nuque, n'écrase pas la détente. Tu glisses ton doigt et tu appuies tout doucement. Bon, maintenant, je vais reculer et tu vas presser la détente, d'accord ?

– Qu'est-ce que je vise ?

– Tu n'arriverais pas à toucher le mur d'une grange même si tu le voulais, alors vise juste devant toi.

Colin sentit l'absence de Lindsey dans son dos, puis, tout doucement, il pressa la détente.

L'explosion frappa ses oreilles en même temps que son épaule. La force du coup lui fit lever le bras et perdre l'équilibre. Il se retrouva par terre au milieu du pré fleuri, le fusil pointé vers le ciel.

– C'était marrant ! dit-il.

Lindsey rit aux éclats.

– C'est pour ça que je t'ai amené ici, pour t'éviter de tomber sur le cul devant Colin, Chase et les autres. Il faut que tu apprennes à gérer le recul.

Pendant une heure, Colin mitrailla à tout va en direction des chênes devant lui, ne s'arrêtant que pour recharger le fusil et appeler ses parents. Il tira quarante-quatre cartouches, puis, quand son bras fut engourdi et son épaule comme martelée par un champion de boxe, il se tourna vers Lindsey.

– Pourquoi tu n'essaies pas ? demanda-t-il.

Lindsey secoua la tête et s'assit dans l'herbe. Colin s'installa à côté d'elle.

– Je ne tire jamais. Je suis terrifiée par les armes à feu, avoua-t-elle.

– Tu te fous de moi ?

– Non. En plus, c'est un calibre dix. Hors de question que je tire avec ce truc. Ça te file une ruade d'âne.

– Alors pourquoi tu…

– Comme je te l'ai dit, je n'ai pas envie que tu passes pour une mauviette.

Colin aurait bien voulu poursuivre la conversation, mais il ne savait pas comment, alors il s'allongea dans l'herbe et massa son épaule endolorie. D'une manière générale, Gutshot l'avait éprouvé dans son corps : il avait une cicatrice boursouflée au-dessus de l'œil, quarante-quatre bleus différents à l'épaule et, bien sûr, un trou dans le ventre toujours aussi douloureux. Pourtant, cette ville lui plaisait.

Lindsey s'allongea à son tour, les bras croisés sous la tête, et lui donna un petit coup de pied dans le tibia pour attirer son attention.

– Quoi? demanda-t-il.

– Je repensais à cette fille que tu aimes tant, dit-elle, et à cette ville que j'aime tant. Et à la façon dont les choses se font, à la façon dont on se laisse séduire. Le truc à propos du terrain qu'Hollis vend, c'est que… Primo, je suis en colère parce que je n'ai aucune envie de voir un lotissement de merde à cet endroit et, deuzio, c'est là que se trouve ma cachette secrète.

– Ta quoi?

– Ma cachette secrète. Un endroit top-secret dont absolument personne au monde ne connaît l'existence.

Lindsey détourna les yeux du ciel constellé d'étoiles pour regarder Colin.

– Tu veux la voir?

### La fin (du milieu)

– Je ne veux pas m'envoyer des fleurs, dit Katherine I entre deux gorgées de café au Café Sel Marie, mais c'est quand même dingue que tout ait commencé par moi.

– Il y a trois façons de considérer la chose, dit Colin qui buvait du lait avec une goutte de café : 1) c'est une coïncidence énorme que toutes les filles que j'ai aimées partagent les mêmes neuf lettres, ou 2) je trouve le nom particulièrement beau, ou 3) je ne me suis jamais remis de notre idylle de deux minutes et demie.

– Tu étais trop mignon à l'époque.

Elle souffla sur son café entre ses lèvres serrées.

– Je me rappelle m'être fait la réflexion. Tu étais un ringard chic avant que les ringards chic ne deviennent chic, dit-elle.

– Pour l'instant, je penche pour la troisième explication, dit-il en souriant.

Le bruit de vaisselle autour d'eux était assourdissant. L'endroit était bondé. Colin voyait l'intérieur de la cuisine où le serveur fumait une cigarette filiforme.

– Je suis sûre que tu fais exprès d'être bizarre. Tu aimes ça. Tu te démarques pour être toi, et personne d'autre.

– J'ai l'impression d'entendre ton père, dit Colin en faisant allusion à Keith le Zinzin.

– Je craque pour toi depuis le jour où j'ai flippé pour mon interro de français, dit-elle, sans ciller, plongeant ses yeux bleu azur dans ceux de Colin. Et là ? Tu as toujours l'impression d'entendre mon père ? demanda-t-elle en souriant.

– C'est curieux, mais oui. Lui aussi est nul en français.

Elle rit. Colin vit le serveur éteindre sa cigarette et venir à leur table leur demander s'ils voulaient autre chose. Katherine répondit non, puis elle se tourna vers Colin.

– Tu connais Pythagore ? demanda-t-elle.

– Je connais son théorème.

– Non, l'homme. Un drôle de type. Il pensait que tout pouvait être traduit en chiffres, comme si les maths allaient tout expliquer. Et quand je dis tout, c'est tout.

– Tout ? Même l'amour ? demanda Colin, agacé qu'elle sache quelque chose qu'il ignorait.

– Surtout l'amour, répondit Katherine. Et, grâce à toi,

je sais assez de français pour te dire : 10-5 espace 3-18-15-9-19 espace 17-21-5 espace 10-5 espace 20-1-9-13-5.

Colin la regarda un long moment sans rien dire. Il déchiffra le code en un instant, mais resta silencieux, se demandant quand elle l'avait inventé, mémorisé. Même lui n'était pas capable de traduire des mots en chiffres aussi vite. «Je crois que je t'aime», avait-elle dit en chiffres et en français. «Je crois que tu me plais» ou «je pense que je t'aime d'amour». En français, «aimer» a les deux sens. Et c'est pour cette raison qu'elle lui plaisait et qu'il l'almait. Elle lui parlait dans une langue qu'on ne comprenait jamais totalement malgré tous les efforts pour l'apprendre.

Il demeura silencieux, jusqu'à ce qu'il se soit formulé une réponse complète, une réponse qui garde l'intérêt de Katherine éveillé sans le rassasier. Colin Singleton, qu'on se le dise, était incapable de remporter la dernière manche d'une relation (même si sa vie en dépendait), en revanche, il était capable de remporter la première.

— Tu dis ça parce que je passe à la télé dans une émission que personne ne regarde, dit-il.

— Possible.

— À moins que le fait d'avoir couru huit ans de ma vie après les neuf lettres de ton nom ne te flatte.

— Possible aussi, reconnut-elle.

Le téléphone de Colin sonna. C'était sa mère. Leur sortie en douce était terminée. Mais il était trop tard. Pour lui, Katherine I était déjà Katherine XIX. Bientôt, elle remonterait sur le trône qui lui revenait de droit depuis toujours.

# (14)

**— Le truc qui cloche** quand tu racontes tes histoires, dit Lindsey dans l'obscurité, tandis qu'ils parvenaient à la forêt, c'est qu'il manque toujours une chute, et que tu ne fais pas bien la voix de tes personnages féminins, et que tu ne parles pas assez des autres... l'histoire tourne toujours autour de toi. Enfin bref, maintenant au moins j'imagine un peu mieux ta Katherine. Elle est intelligente et elle t'a fait un peu marcher. Et j'ai l'impression que tu aimes ça. De toute façon, la plupart des mecs sont comme toi. J'ai utilisé la même méthode pour avoir Colin. Katrina était plus sexy que moi et était vraiment accro. Ils sortaient ensemble depuis un moment quand il a craqué pour moi. Elle est trop facile. Je sais que c'est ma copine et peut-être même la nana d'Hassan, il n'empêche que Katrina est aussi facile qu'un puzzle à quatre pièces.

Colin rit.

— C'est enfantin de faire en sorte que les autres t'aiment, continua-t-elle. Ça m'épate que si peu de gens y pensent.

— Pour moi, c'est difficile.

— N'importe quoi. Je t'aime bien, et c'est rare que j'aime vraiment bien quelqu'un. Hassan t'aime bien, et je peux te dire qu'il n'est pas du genre à aimer grand monde non plus. En fait, il faut que tu rencontres plus de misanthropes.

– Alors c'est rare que tu aimes vraiment bien quelqu'un ?

Ils pénétrèrent dans les bois en suivant un étroit sentier qui disparaissait par intermittence.

– C'est sûr que tu les as bien mitraillés, ces arbres, Gros Malin, dit Lindsey. Ce serait génial que tu te descendes un cochon.

– Je n'en ai aucune envie, fit remarquer Colin.

Il faut dire qu'il avait lu *Le Petit Monde de Charlotte*.

– Alors c'est rare que tu aimes vraiment bien quelqu'un ? répéta-t-il.

– J'exagère un peu, dit-elle. C'est juste que je sais depuis un certain temps que le meilleur moyen de se faire aimer est de ne pas trop aimer.

– Tu tiens à beaucoup de gens pourtant ; les ancêtres par exemple.

– Les ancêtres, c'est pas pareil, dit-elle, en s'arrêtant pour se tourner vers lui.

Il était déjà hors d'haleine d'avoir crapahuté derrière elle pour monter la colline.

– Ce qui est bien avec les ancêtres, c'est qu'ils ne cherchent pas à m'entuber, je suis tranquille avec eux. Alors oui, les ancêtres et les bébés sont les exceptions.

Ils marchèrent en silence un long moment dans d'épaisses broussailles, au milieu d'arbres élancés. À mesure que le sentier sinueux grimpait, il devenait de plus en plus escarpé. Lindsey et Colin débouchèrent soudain devant un rocher haut de quatre mètres.

– Et maintenant, escalade ! annonça Lindsey.

Colin considéra la paroi à pic. «Il y a sûrement des gens capables de monter au sommet de ce rocher, pensa-t-il, mais je n'en fais pas partie.»

– C'est hors de question, dit-il.

Elle se retourna vers lui, les joues rouges et le visage luisant de sueur.

– Je plaisante.

Elle monta sur une grosse pierre moussue, Colin la suivit.

Il vit aussitôt une crevasse étroite, à hauteur de poitrine, obstruée par une toile d'araignée.

– Tu es le premier à qui je fais l'honneur de montrer cet endroit parce que tu es le seul type maigre que je connaisse. Glisse-toi là-dedans, ajouta-t-elle.

Colin repoussa la toile d'araignée, se tourna de profil, arrondit le dos et progressa à l'intérieur, centimètre par centimètre, laissant l'obscurité naissante derrière lui. Très vite, le noir fut total, ses genoux, son dos, sa tête frottaient contre la roche, il fut soudain pris de panique à l'idée que Lindsey lui joue un tour et qu'elle l'abandonne, coincé à l'intérieur du rocher. Il continua néanmoins d'avancer un pied après l'autre. Quelque chose se glissa dans son dos. Il poussa un hurlement.

– Relax, c'est moi, dit-elle, en mettant ses mains sur ses épaules. Fais encore quelques pas.

Les parois de la roche ne l'écrasaient plus. Lindsey le fit pivoter pour le mettre de face.

– On y est presque, dit-elle. Tu peux te redresser complètement, maintenant.

Elle retira ses mains et il l'entendit farfouiller au sol.

– Je garde une lampe de poche ici, mais je n'arrive pas à la tr... Ça y est, je l'ai!

Elle lui fourra la lampe dans les mains. Il la tripota à tâtons et la lumière se fit.

– Ouah! s'exclama Colin.

De forme presque carrée, la grotte était assez grande pour qu'on s'y allonge dans n'importe quel sens, même si la voûte maronnasse s'inclinait vers le fond, rendant la station debout impossible dans certains coins. Une couverture, un sac de couchage, plusieurs vieux coussins et un bocal en verre sans étiquette contenant du liquide étaient posés par terre. Colin désigna le bocal du bout du pied.

– C'est de l'alcool, expliqua Lindsey.

– Où tu en as trouvé ? C'est interdit à ton âge.

– Un type de Danville fait du whisky de contrebande à base de maïs. Je ne te mens pas. Il suffit d'avoir vingt dollars et d'être en âge de marcher pour qu'il t'en vende. C'est Colin qui me l'a donné. Je lui ai dit que je l'avais bu, mais je l'ai apporté ici, pour l'ambiance.

Colin éclaira les parois de la grotte.

– Assieds-toi, dit Lindsey. Et éteins la lumière.

L'obscurité qui se fit alors était de celle auxquels les yeux ne s'habituent pas.

– Comment tu as trouvé cet endroit ?

– Je me baladais dans le coin. Quand j'étais petite, j'adorais me promener avec les vieux sur les terres de maman. Au collège, j'ai commencé à venir toute seule et, un jour, en quatrième, je suis tombée dessus par hasard. J'avais dû passer cent fois devant le rocher sans rien remarquer. Ça fait bizarre de te parler, alors que je ne te vois pas.

– Je ne te vois pas non plus.

– En fait, on est invisibles. Je ne suis jamais venue ici avec quelqu'un. C'est différent d'être invisible à deux.

– Qu'est-ce que tu fais, ici ?

– Comment ça ?

– Il fait trop noir pour lire. Tu pourrais trouver une lampe frontale, mais à part…

– Je ne fais rien. Quand j'étais mal dans ma peau, je venais ici pour être dans un endroit où personne ne me trouverait. Et maintenant... j'en sais rien. Sans doute pour la même raison.

– ...

– ...

– Tu veux du whisky ?

– Je n'ai jamais bu d'alcool de ma vie.

– Non, sans blague ?

– J'ai entendu dire que l'alcool de contrebande pouvait rendre aveugle et, jusqu'à présent, mon expérience de la cécité ne m'a pas beaucoup excité.

– Oui, c'est sûr que tu serais mal si tu ne pouvais plus lire. D'un autre côté, tu crois que ça t'arrivera souvent de boire de l'alcool de contrebande dans une grotte ? Allez, il faut bien profiter un peu de la vie !

– Dit la fille qui ne veut pas quitter sa ville natale.

– Lâche-moi ! C'est bon, je tiens la bouteille. Parle-moi et je me guiderai à ta voix pour aller vers toi.

– Bonjour, je m'appelle Colin Singleton. Il fait très noir. Approche de ma voix, bien que l'acoustique ne soit pas ter... Oh, c'est moi. Enfin, c'est mon genou.

– Salut.

– Salut.

– Honneur aux dames.

– D'accord... Nom d'un chien, ça a un goût de maïs arrosé à l'essence à briquet.

– Ça y est, t'es aveugle ?

– Je n'en sais rien. Bon, à toi.

– ... AkhhhhEchhAhhh. Kahh. Ehhhhh. Ouah. Ouah. Ouf. J'ai l'impression d'avoir roulé une pelle à un dragon.

– C'est le truc le plus drôle que tu aies jamais dit, Colin Singleton.

– J'étais plus marrant avant. Mais j'ai perdu confiance en moi.

– ...

– ...

– Je vais te raconter une histoire.

– Oh, une histoire de Lindsey Lee Wells! Le personnage principal est un archiduc?

– Non, une Lindsey, mais c'est une histoire avec tous les super ingrédients qu'il faut. Où tu es? Oh tu es là. Salut! Salut, genou! Salut, mollet! Bon, donc tous les gosses de Gutshot sont allés en primaire à Danville et la plupart restaient entre eux parce que les autres les trouvaient sales, pauvres et craignaient qu'ils leur filent des poux. Et puis, en CE2 – et comme je te l'ai dit, j'étais moche – Colin et ses copains ont commencé à me traiter de chien.

– Ça, je déteste. Je peux pas piffer ce genre de sales gosses.

– Règle numéro un : ne pas interrompre quelqu'un qui raconte une histoire. Bref, ils se sont mis à m'appeler Lass, le diminutif de Lassie.

– Eh, c'est comme ça qu'il t'a appelée l'autre jour, quand on partait chez les vieux!

– Oui, je me souviens. Mais règle numéro un! On est maintenant en CM1, d'accord? Et c'est la Saint-Valentin. Je rêvais de recevoir des cartes d'amoureux secrets. Alors j'ai demandé à Hollis ce que je devais faire, et elle m'a suggéré d'en écrire une à chaque garçon de la classe. Comme ça, j'étais sûr d'avoir des réponses. Hollis a acheté des cartes Charlie Brown et j'en ai écrit une à tous les garçons, même si j'étais nulle en écriture et que ça me prenait un temps fou. Bien entendu, je n'ai reçu aucune carte en réponse. Je suis rentrée à la maison déprimée, mais comme je ne voulais pas le dire à Hollis, je suis montée dans ma chambre et je me suis installée près de la fenêtre, dans un état lamentable... Ça me fait mal rien que d'y repenser. Et voilà que j'aperçois Colin en train de courir vers la maison avec une petite boîte en carton à la main. C'était le gosse le plus mignon de l'école et le seul de Gutshot à se faire des copains. Il pose la boîte sur le pas de la porte, il sonne et il repart à toutes jambes. Je me précipite en bas, le cœur battant, espérant comme une dingue qu'il soit secrètement amoureux de moi. Je me baisse pour ramasser la boîte en carton toute décorée d'une multitude de cœurs rouges découpés dans du papier... Bon sang, je n'y repensais plus jusqu'à ce qu'il m'appelle Lass.

– Une seconde, il y avait quoi dans la boîte ?

– De la bouffe pour chien. Une boîte de bouffe pour chien. Mais j'ai quand même fini par l'avoir. Aujourd'hui, Colin sort avec le chien.

– Nom de Dieu !

– Quoi ?

– Rien. Et dire que je trouvais mes histoires d'amour foireuses.

– Bref, sortir avec Colin est devenu le but de ma vie. L'embrasser, l'épouser. Je ne peux pas l'expliquer, mais c'est comme ça.

– Et tu as réussi.

– Oui. Il n'est plus pareil aujourd'hui. On avait huit ans, on était petits. Maintenant il est gentil, très protecteur.

– Tu ne t'es jamais demandé si les gens ne t'aimeraient pas plus, ou moins, s'ils pouvaient voir en toi ? J'ai toujours eu l'impression que les Katherine me larguaient au moment où elles commençaient à voir à quoi je ressemblais à l'intérieur. Exception faite de K-XIX. Je me suis toujours posé la question. Si les gens avaient la possibilité de me voir comme je me vois, moi, s'ils pouvaient vivre dans mes souvenirs, quelqu'un, n'importe qui, m'aimerait-il ?

– Colin ne m'aime pas. On sort ensemble depuis deux ans, et il ne me l'a jamais dit. Mais je te garantis qu'il ne m'aimerait pas s'il pouvait voir en moi. Parce que c'est un type vrai. On peut dire plein de trucs sur lui, mais il est cent pour cent lui. Il travaillera à l'usine toute sa vie, il aura toujours les mêmes copains, et ça lui va très bien. Il pense que c'est ça l'important. Mais s'il savait…

– Quoi? Finis ta phrase.

– Je suis bidon. Je ne suis jamais moi-même. Je prends l'accent du Sud quand je suis avec les ancêtres; je fais ma mordue de graphiques et de pensées profondes avec toi et la gentille petite princesse avec Colin. Je ne suis rien. L'embêtant quand on avance dans la vie comme un caméléon, c'est qu'on arrive à un point où plus rien ne semble réel. Le problème, c'est qu'on est… Comment tu dis déjà? Qu'on n'est pas important.

– Qu'on ne compte pas. Je ne compte pas.

– C'est ça : compter. Le seul point qu'on atteint, c'est celui où on compte pour du beurre. Les trucs qui te concernent, qui concernent Colin, Hassan et Katrina sont soit vrais, soit faux. Katrina est vraiment pétillante et Hassan vraiment désopilant. Mais je ne suis pas comme ça. Je suis ce que j'ai besoin d'être à un moment donné pour sortir du lot sans complètement me faire remarquer. Ma seule phrase sincère commençant par «je» est : «Je suis bidon.»

– …

– …

– …

– …

– Moi, je t'aime bien. Et avec moi, tu ne fais pas le caméléon. Je m'en suis rendu compte. Par exemple, tu te mordilles le pouce devant moi, alors que c'est un truc intime. Pourtant tu me le montres. Tu ne me considères pas comme un public. Tu m'emmènes dans ton endroit secret. Tu ne vois pas d'inconvénient à ce que je voie un peu en toi.

– Peut-être.

– Parce que je ne représente pas une menace. Je suis juste un blaireau.

– Non, ce n'est pas...

– Si, c'est pour ça.

– Possible. Je n'y avais jamais pensé.

– Ce n'est pas un jugement, je dis juste que je trouve ça intéressant. Moi non plus, je ne me sens pas menacé par toi. Avant, je n'aimais pas les gens « populaires », mais tu ne leur ressembles pas. J'ai plutôt l'impression que tu as trouvé le moyen de leur piquer leur côté cool. C'est gén...

– Salut.

– Salut.

– On ne devrait pas.

– Je te signale que tu as commencé.

– Exact, mais c'était juste pour pouvoir dire « On ne devrait pas » d'un ton dramatique.

– Ha!

– Il faudrait s'en tenir à nos fronts qui se touchent, nos nez qui se touchent et ta main sur ma jambe. Et on ne devrait pas.

– Tu sens l'alcool.

– On dirait que tu viens de rouler une pelle à un dragon.

– Hé! C'est ma blague!

– Pardon. J'avais besoin de désamorcer la tension.

– ...

– ...

– Qu'est-ce que tu fais?

– Je me mordille le pouce. Tu sais, mon truc intime.

Ils finirent par quitter la grotte bien après que la nuit était tombée, mais la lune était claire et Colin se surprit à cligner des yeux pour ne pas être ébloui. Ils redescendirent la colline pour retrouver la voiture, gênés et silencieux, puis rentrèrent au Manoir rose. Ils venaient de se garer dans l'allée quand Lindsey se tourna vers Colin.

– Je t'aime bien et je te trouve génial, mais restons… Ça ne peut pas marcher.

Colin acquiesça, il ne pouvait pas avoir de copine tant que le Théorème n'était pas terminé. Et, de toute façon, elle s'appelait Lindsey.

Ils ouvrirent la porte sans bruit, espérant ne pas déranger Hollis en plein travail devant *Télé Achat*. Le téléphone sonna au moment où Colin refermit la porte.

– Allô, entendit-il Hollis répondre à la cuisine.

Lindsey empoigna Colin par le bras et le colla contre le mur, d'où ils pouvaient écouter sans être vus.

– Alors, laisse-le aux éboueurs, dit Hollis. Qu'est-ce que c'est que ces conneries… Ils ne peuvent pas te demander du fric pour ramasser des ordures, on paie des impôts pour ça… Désolée, Roy, mais c'est des conneries… On n'a pas les moyens, crois-moi… Non. Absolument pas… Je n'en sais rien, Roy… Non, je comprends le problème… Attends une seconde, merde, ma fille va rentrer d'une minute à l'autre… Et le terrain derrière? Il est à nous, non?… Oui, exactement… Démerde-toi pour avoir un bulldozer et un chariot élévateur… Écoute, moi non plus ça ne me fait pas plaisir, mais à moins que tu aies une meilleure idée… Parfait. À jeudi.

Le combiné claqua sur le récepteur.

– Hollis doit un putain de paquet de blé au pot à jurons, chuchota Lindsey.

Elle entraîna Colin vers la salle de jeux en passant par le couloir.

– Par la fenêtre, indiqua-t-elle.

Colin fit coulisser le panneau vitré le plus silencieusement possible et montra le cadre qui était derrière, tendu d'une moustiquaire, à Lindsey. Il aurait voulu dire quelque chose, mais il était décidément incapable de chuchoter.

– Ma parole, tu n'es jamais sorti d'une maison en douce, demanda-t-elle à mi-voix.

Elle appuya sur les coins du cadre de la moustiquaire et la retira. Puis elle se glissa à l'extérieur, tête la première, en agitant ses jambes fines. Elle atterrit sur la pelouse en faisant une roulade. Colin suivit le même chemin, les pieds en premier, dans une vaine tentative inspirée du limbo qui se révéla, en plus, ridicule.

Sortis sans encombre, ils époussetèrent leurs vêtements et retournèrent à la porte d'entrée.

– Hollis, on est rentrés ! cria Lindsey en ouvrant la porte.

Hollis était assise sur le canapé, une pile de papiers sur les genoux. Elle se tourna vers eux et leur sourit, plus du tout en colère.

– Vous vous êtes bien amusés ? demanda-t-elle.

– Je ne me suis jamais autant amusée, dit Lindsey en regardant Colin et non Hollis.

– Super, dit Hollis qui n'écoutait que d'une oreille.


– C'était l'entrepôt, dit Colin sur un ton de conspirateur en montant l'escalier. Elle va à l'entrepôt le jeudi.

Lindsey lui décocha un petit sourire supérieur.

– Oui, je sais, dit-elle. Tu habites ici depuis trois semaines, et moi depuis dix-sept ans, je te rappelle. Je ne sais pas ce qui se passe, mais, entre l'entrepôt, la vente du terrain et toutes les fois où on la trouve en colère au téléphone à toute heure du jour ou de la nuit, je commence à croire qu'une virée en bagnole s'impose.

– Les virées en bagnole peuvent régler un nombre impressionnant de problèmes, reconnut Colin.

– Une virée en bagnole? Quelqu'un a parlé de virée en bagnole? demanda Hassan en haut des marches. Parce que je suis partant. Et Katrina aussi. Elle est à la fac. Je sors avec une étudiante.

– Elle passe son certificat d'infirmière auxiliaire au centre universitaire de Danville, rétorqua Lindsey d'un ton dédaigneux.

– C'est bien ce que je dis, elle est à la fac! À ce propos, Singleton, ce n'est pas toi qui prétendais que je ne sortirais jamais avec une étudiante à moins d'être à la fac?

– Comment était ta soirée? demanda Colin.

– Désolé, mon pote. Je ne peux pas en parler. J'ai les lèvres engourdies à force de rouler des pelles. Cette fille t'embrasse comme si elle voulait aspirer ton âme.

Dès que Lindsey fut redescendue se coucher, Colin se faufila dans la chambre d'Hassan pour savoir où il en était – pelotage à travers le T-shirt –, puis il lui raconta ce qui s'était passé avec Lindsey, sans lui raconter la grotte, parce que c'était un secret.

– Il faisait noir et toutes les parties de nos visages se touchaient, sauf nos lèvres. Elle s'est approchée de moi par surprise.

– Elle te plaît?

– J'en sais rien. Sur le moment, c'était le cas.

– Mec, réfléchis un peu. Si tu arrives à faire fonctionner ton Théorème, tu pourras prédire comment ça va tourner.

Colin sourit à cette idée.

– Tu dois plus que jamais le finir, ajouta Hassan.

# (15)

**Durant quelques** jours, l'ambiance fut un peu emprun-
tée avec Lindsey. Colin et elle étaient toujours amis, mais
leurs conversations restaient superficielles. Colin avait le
sentiment qu'ils auraient dû aborder les grands sujets :
devenir quelqu'un, l'amour, la vérité avec un grand «V», la
nourriture pour chiens, mais ils ne parlaient plus que des
histoires orales qu'ils devaient collecter. Les vannes avaient
disparu, Hassan se plaignait à qui voulait l'entendre que :
«Soudain, je suis tout seul à me taper le boulot de faire marrer toute la famille.» Puis, doucement, les choses revinrent
à la normale : Lindsey avait un copain, Colin avait un chagrin d'amour et un théorème à terminer, Hassan avait une
copine, et tout le monde se préparait à aller chasser le
cochon sauvage. Par conséquent, encore une fois, les choses
n'étaient pas tout à fait normales.

La veille de sa première chasse au cochon sauvage, Colin
Singleton se prépara à la manière de Colin Singleton : il lut.
Il parcourut dix tomes de *Foxfire* à la recherche d'informations concernant les habitudes et l'habitat du cochon sauvage. Puis il chercha d'autres informations sur Google,
apprenant ainsi que les cochons sauvages étaient l'objet

d'une telle haine que l'État du Tennessee autorisait quiconque à les abattre sans plus ou moins aucune restriction. Le cochon sauvage était considéré comme un animal nuisible et ne jouissait pas de la protection accordée à – disons – un cerf ou un homme.

Mais c'est dans un livre d'Hollis, intitulé *Nos montagnes du Sud*, que Colin découvrit une excellente description du cochon sauvage : «Chacun est à même de constater que lorsqu'il[68] ne fouille pas ou ne dort pas, il étudie la rouerie. Il comprend à merveille les paroles humaines, surtout les paroles profanes, et dispose même d'un don mystérieux, celui de lire dans la pensée des hommes, pour peu que celles-ci menacent la paix et la dignité de Sa Majesté Cochon.» À l'évidence, ce n'était pas un ennemi à prendre à la légère.

Non que Colin ait eu l'intention d'attenter à la paix et à la dignité de Sa Majesté Cochon. Dans l'hypothèse improbable où il croiserait un cochon sauvage, il se dit qu'il le laisserait étudier la rouerie en paix. C'est ainsi qu'il se déculpabilisa de ne pas avoir averti ses parents qu'il allait chasser le cochon sauvage au cours de leur conversation téléphonique du soir. De toute façon, il n'allait pas vraiment à la chasse. Il partait en balade en forêt avec un fusil.

Le jour de la chasse, son réveil sonna à quatre heures et demie du matin. C'était la première fois depuis son arrivée à Gutshot qu'il battait le coq à ce jeu. Il ouvrit aussitôt la fenêtre de sa chambre.

– Cocorico! hurla-t-il, le visage écrasé contre la moustiquaire. Alors, ça te plaît dans ce sens-là, mon salaud?

Colin se brossa les dents et prit une douche fraîche pour bien se réveiller. Hassan entra à son tour dans la salle de bains pour se brosser les dents.

---

68. «Il» désignant le cochon.

– *Kafir*, je te le dis avec assurance. Aujourd'hui est un jour où aucun cochon ne mourra. Je n'ai pas le droit d'en bouffer[69]. Alors pas question d'en tuer un.

– Amen, répondit Colin.

À cinq heures, tout le monde était dans le Corbillard, Lindsey et Princesse à l'arrière.

– Pourquoi on emmène le chien? demanda Hassan.

– Chase et Fulton aiment chasser avec elle. Elle n'est bonne à rien – ma pauvre Princesse préfère s'occuper de ses bouclettes plutôt que traquer le cochon –, mais ça leur fait plaisir…

Ils roulèrent sur plusieurs kilomètres après le magasin, puis bifurquèrent pour prendre un chemin caillouteux qui montait à l'assaut d'une colline couverte d'une végétation dense.

– Hollis n'a pas vendu ce terrain, parce que celui-là tout le monde l'aime, pesta Lindsey.

Le chemin n'allait pas au-delà d'une maison en bois de plain-pied, longue et étroite. Deux pick-up ainsi que la Blazer Chevrolet de JTS étaient déjà garés devant le pavillon. LAC et JTS, dont le jean était de nouveau trop serré, étaient assis sur le plateau d'un des pick-up, les jambes ballantes. Un homme d'âge mûr, assis en face d'eux sur une chaise en plastique qui avait dû être volée dans une classe de maternelle, examinait le canon de son fusil. Tous étaient en pantalon camouflage, T-shirt à manches longues camouflage et gilet orange vif.

Quand l'homme se tourna vers eux pour leur adresser la parole, Colin reconnut Townsend Lyford, un des hommes qu'ils avaient interrogés à l'usine.

---

69. Manger du porc est *haram* dans l'islam. C'est aussi interdit dans le judaïsme, mais a) Colin n'était qu'à moitié juif et b) il n'était pas religieux.

– Ça va ? demanda M. Lyford tandis que Colin, Hassan et Lindsey descendaient de voiture.

Il serra la main de Colin et celle d'Hassan, puis embrassa Lindsey.

– Belle journée pour chasser le cochon, enchaîna M. Lyford.

– C'est un peu tôt, dit Colin.

Juste au même moment, les rayons du soleil atteignaient le flanc de la colline. Le ciel était dégagé et la journée s'annonçait belle, en effet, sinon chaude. Katrina passa la tête par la porte du pavillon.

– Le petit déjeuner est prêt ! Oh, salut, mon roudoudou, ajouta-t-elle.

Hassan lui fit un clin d'œil.

– Chapeau, déclara Colin avec un sourire.

Une fois dans le chalet, PQC leur tendit à chacun une tenue camouflage complète, gilet orange vif ridicule compris.

– Changez-vous dans les toilettes, indiqua-t-il.

Par toilettes, PQC entendait la petite cabane qui se trouvait à l'extérieur. L'avantage était que la puanteur qui s'en dégageait masquait l'odeur dont la tenue camouflage était imprégnée. Elle rappelait à Colin les pires moments du gymnase de la Kalman School. Il retira malgré tout son short et enfila le pantalon, le T-shirt et le gilet orange d'agent de la circulation. Avant de quitter la cabane, il vida ses poches. Heureusement, le pantalon camouflage en avait de profondes, de quoi loger aisément son portefeuille, ses clés de voiture et le magnéto miniature qu'il avait pris l'habitude de transporter partout.

Une fois Hassan changé, tout le monde s'installa sur des bancs, et M. Lyford se leva. Il avait un accent prononcé et parlait avec autorité, prenant plaisir à appuyer avec vigueur sur certains mots.

– Le cochon sauvage est un animal très dangereux. On l'appelle le grizzly du pauvre, et ce n'est pas pour rien. Je chasse sans chien, parce que je préfère suivre ma proie à la trace comme les Indiens. Mais Chase et Fulton sont des chasseurs à chien, et c'est bien aussi. Que ce soit avec ou sans, n'oubliez pas que c'est un sport dangereux.

«Sauf que nous, se dit Colin, on a une arme, et les cochons, un groin. Tu parles si c'est dangereux.»

– Ces cochons sont des animaux nuisibles, même le gouvernement est d'accord avec ça. Alors il faut les éradiquer. D'habitude, je dirais que débusquer un cochon en plein jour est difficile, mais comme on n'est pas venus chasser dans le coin depuis un moment, on a nos chances. Je prends Colin et Hassan, et on va voir sur le plateau si on repère une piste. Vous autres, répartissez-vous comme ça vous chante. Mais faites attention et ne prenez pas le cochon sauvage à la légère.

– On peut leur tirer dans les couilles? demanda JTS.

– Non, on ne peut pas. Si on tire dans les testicules d'un cochon sauvage, il charge, répondit M. Lyford.

– Il rigole, Papa. On sait chasser, rétorqua LAC.

Avant t'entendre LAC, Colin n'avait pas fait le rapprochement entre M. Lyford et lui.

– Écoute, fiston, ça m'inquiète de te savoir seul dans la nature avec une bande d'abrutis, tu comprends?

Après quoi, il se lança dans des explications très ennuyeuses concernant les armes : quelle balle utiliser pour quel fusil, toujours avoir les deux canons chargés... Il fut décidé que Lindsey et LAC resteraient ensemble dans un affût perché dans un arbre, à proximité d'une zone appâtée. Même si Colin ne comprenait pas ce que cela voulait dire. Quant à JTS et PQC, ils partiraient dans une autre direction avec l'adorable et inoffensif caniche croisé labrador. Katrina resterait au campement, car elle se refusait à chasser pour des raisons morales. Tandis qu'ils s'asseyaient devant leurs cafés, elle expliqua à Colin qu'elle était végétarienne.

– Je trouve ça criminel, dit-elle, en parlant de la chasse au cochon sauvage. D'un autre côté, il paraît que ces bêtes sont horribles. Sauf qu'il y en aurait moins si on n'en élevait pas autant pour la boucherie.

– J'envisage de devenir végétarien, dit Hassan en la prenant par la taille.

– D'accord, mais ne maigris pas trop, répondit Katrina.

Puis ils s'embrassèrent devant Colin, qui ne parvenait pas à se faire à leur couple improbable.

– En forme, les gars ? demanda M. Lyford en donnant une claque puissante dans le dos de Colin. Prêts pour votre première chasse ?

Colin acquiesça à contrecœur, fit un signe de la main à Lindsey et aux autres pour leur dire au revoir et partit avec Hassan, boudiné dans son gilet orange. Ils descendirent le long de la colline en se frayant un passage à travers le sousbois et non en suivant une piste.

– On commence par chercher des traces de fouissement, expliqua M. Lyford. C'est-à-dire les endroits où le cochon sauvage a retourné le sol avec son long groin.

Il leur parlait comme s'ils avaient neuf ans, et Colin était en train de se demander si M. Lyford ne les imaginait pas plus jeunes qu'ils n'étaient, quand celui-ci se retourna pour leur proposer un morceau de tabac à chiquer. Colin et Hassan déclinèrent la proposition poliment.

Pendant l'heure qui suivit, ils se parlèrent à peine, car

« le cochon sauvage est susceptible de s'enfuir en entendant la voix de l'homme », avait dit M. Lyford, comme si
le cochon sauvage ne s'enfuyait pas en entendant d'autres
voix, celle du Martien par exemple. Ils marchèrent donc lentement à travers bois, scrutant le sol à la recherche de
traces, les fusils pointés vers le bas, une main sur le fût et
l'autre, moite, sur le canon. Quand enfin, Hassan vit quelque
chose.

– M. Lyford, chuchota-t-il, en indiquant un carré de terre
creusé à la va-vite.

M. Lyford s'agenouilla pour examiner la chose. Il renifla
l'air et enfonça les doigts dans la terre.

– Ça, dit-t-il, c'est ce que j'appelle une trace. Et une
récente. Oui, un cochon sauvage est passé par là, il y a peu.
Suivons sa piste.

M. Lyford accéléra alors la cadence, et Hassan eut du
mal à suivre. M. Lyford découvrit une deuxième trace, puis
une troisième et, certain de tenir une piste, il adopta une
sorte de marche rapide. Ses bras fouettaient l'air et son
fusil virevoltait comme un bâton de majorette. Au bout de
cinq minutes de ce régime, Hassan se dépêcha de rejoindre
Colin.

– Je vous en supplie, Seigneur, dit-il, plus de marche
forcée.

– Carrément d'accord, dit Colin.

– M. Lyford ? appelèrent-ils alors en chœur.

M. Lyford revint à leur hauteur.

– Qu'est-ce qui se passe, les gars ? On est sur une piste,
là. Le cochon est tout près, je le sens.

– On peut ralentir ? demanda Hassan. Ou se reposer ? Ou
bien se reposer, puis ralentir ?

M. Lyford soupira.

– Les gars, si vous ne prenez pas la chasse au cochon

sauvage au sérieux, je préfère vous laisser là. On est sur une piste, chuchota-t-il d'un ton pressant. Ce n'est pas le moment de faire des blagues ou de traînasser.

– Alors il vaut peut-être mieux nous laisser. On protégera vos arrières si le cochon sauvage revient sur ses pas.

M. Lyford parut très déçu. Il pinça les lèvres et secoua tristement la tête, comme pris de pitié pour ces pauvres garçons qui refusaient de repousser leurs limites pour ramener un cochon sauvage.

– Entendu, les gars. Je reviendrai vous chercher. Et ce sera pour que vous m'aidiez à transporter un sublime cochon.

Il s'apprêtait à partir quand il s'arrêta et sortit sa boîte de tabac à chiquer de sa poche.

– Tiens, dit-il en tendant la boîte à Colin. J'ai peur que le cochon détecte l'odeur de la gaulthérie.

– Euh… merci, dit Colin.

M. Lyford partit au trot, zigzaguant entre les arbres en quête d'autres traces récentes.

– Eh ben, dit Hassan en s'asseyant sur le tronc pourri d'un arbre déraciné. Quelle rigolade! Bon sang, je n'aurais jamais cru que chasser impliquait de marcher autant. On aurait dû se faire le plan de Lindsey, attendre qu'un cochon passe en batifolant dans un arbre.

– Ouais, dit Colin d'un air distrait.

– Tu as pris le magnéto? demanda Hassan.

– Oui, pourquoi?

– Passe-le-moi.

Colin sortit le magnéto de sa poche. Hassan appuya sur « enregistrer ».

– Journal de bord du capitaine, commença-t-il en imitant la voix du capitaine Kirk dans *Star Trek*. Date stellaire 9326.5. Chasser le cochon sauvage est super rasoir. Je vais faire un petit somme en faisant confiance à mon génial compagnon vulcain pour me prévenir en cas d'attaque de dangereux cochons sauvages.

Hassan rendit le magnéto à Colin et s'allongea sans délai à côté du tronc. Colin le vit fermer les yeux.

– Ça, c'est ce que j'appelle chasser, dit Hassan.

Colin resta assis quelques instants à écouter le vent taquiner les arbres tandis que les nuages défilaient dans le ciel, et il laissa son esprit vagabonder. Ce dernier se tourna évidemment vers K-XIX, et elle lui manqua. Elle devait toujours être dans sa colo, mais elle n'avait pas le droit d'utiliser son portable, du moins c'était le cas l'année précédente. Afin de s'en assurer, Colin sortit son téléphone de la poche de son pantalon camouflage. Aussi incroyable que cela puisse paraître, il avait du réseau. En revanche, il n'avait aucun appel manqué. Il envisagea de l'appeler, puis y renonça.

Il l'appellerait quand il aurait terminé le Théorème, décision qui le ramena au dit Théorème et à l'insoluble Anomalie III. Il n'avait réussi à modéliser que dix-huit Katherine sur dix-neuf, la courbe de K-III apparaissant chaque fois sous la forme d'un smiley forcé. Il convoqua à nouveau ses souvenirs de Katherine III. Il ne l'avait fréquentée que douze jours, il fallait l'admettre, mais le Théorème reposait sur l'idée qu'il n'était pas nécessaire de connaître quelqu'un intimement pour qu'il fonctionne. Katherine III. Katherine III. Qui aurait pu penser qu'elle, parmi celles qui avaient le moins compté pour lui, ferait dérailler le Théorème ?

Colin passa l'heure et demie suivante à penser à une fille qu'il avait connue moins de deux semaines. Même lui finit par s'en lasser. Pour passer le temps, il fit alors l'anagramme du nom interminable de K-III : Katherine Dussettoix. Il ne l'avait jamais fait auparavant et fut stupéfait d'y découvrir le mot «dix-huit». «Dix-huit okras en têtes»; «téter nos dix-huit sake » et sa préférée : «note dix-huit, "sak" reste». Noté dix-huit, saqué le reste. Mais cela n'avait pas de sens, dans la mesure où Colin avait forcément noté les dix-neuf Katherine et n'en avait "saké" aucune.

Hassan renifla, ouvrit les yeux d'un coup et regarda autour de lui.

– Merde! On est toujours à la chasse? Gros Papa a faim, dit-il, en se levant pour sortir de sa poche deux sandwiches écrabouillés, emballés dans du film plastique. Désolé, mon pote, je me suis endormi sur le déjeuner.

Colin dévissa le bouchon de la gourde accrochée à la boucle de sa ceinture et il s'assit à côté d'Hassan pour manger son sandwich à la dinde, arrosé à l'eau.

– J'ai dormi longtemps?

– Presque deux heures, répondit Colin entre deux bouchées.

– Qu'est-ce que t'as foutu pendant ce temps-là?

– J'aurais mieux fait de prendre un bouquin, mais j'ai essayé de terminer le Théorème. J'ai encore un problème avec Katherine III.

– F'est fi? demanda Hassan, la bouche pleine de sandwich dégoulinant de mayonnaise.

– C'était pendant l'été juste après le CM1. Elle habitait Chicago, mais elle était scolarisée chez elle. Katherine Dussettoix. Elle avait un frère. Elle vivait sur Lincoln Square, entre Leavitt Avenue et Lawrence Avenue, mais je n'ai jamais été chez elle parce qu'elle m'a largué l'avant-avant-dernier jour de la colo pour surdoués du Michigan. Elle était blonde avec des cheveux sales qui bouclaient un peu, elle se rongeait les ongles, sa chanson préférée à dix ans était *Stuck with You* de Huey Lewis and the News, sa mère était conservatrice du musée d'Art contemporain, et elle voulait devenir vétérinaire.

– Tu es resté avec elle combien de temps? demanda Hassan, qui avait fini son sandwich et s'essuyait les mains sur son pantalon.

– Douze jours.

– Tu sais ce qui est marrant? C'est que je la connais.

– Quoi?

– Oui. Dussettoix. On participait aux mêmes activités nulles organisées pour les gosses scolarisés chez eux. Style, amenez votre gosse jouer au parc, histoire qu'il se décoince un peu, ou inscrivez-le au pique-nique, histoire que le musulman se fasse botter le cul par les chrétiens évangélistes.

– Attends une seconde, tu la connais vraiment?

– On ne s'est pas revus depuis. Mais oui, je la reconnaîtrais entre mille.

– Elle était introvertie, plutôt gourde? Et elle s'était fait larguer à sept ans par son petit copain?

– Oui, c'est ça, dit Hassan. Enfin, je ne suis pas au courant pour le petit copain. Elle avait un frère, c'est vrai un cinglé de première. Il adorait les concours d'orthographe. Je crois même qu'il a fait de la compète au niveau national.

– Bizarre. En tout cas, la formule ne marche pas pour elle.

– Tu as peut-être oublié quelque chose. Il ne doit pas y avoir des tonnes de Dussettoix à Chicago. Pourquoi tu ne l'appelles pas pour lui demander?

La réponse «parce que ça ne m'a jamais traversé l'esprit» étant d'une bêtise scandaleuse, Colin décrocha son téléphone sans rien dire et composa le numéro des renseignements.

– Quelle ville?

– Chicago, dit-il.

– Quel nom?

– Dussettoix. D-U-S-S-E-T-T-O-I-X.

– Ne quittez pas.

La voix enregistrée récita le numéro, et Colin appuya sur 1 pour être mis en relation directement. À la troisième sonnerie, une fille répondit.

– Allô? dit-elle.

– Bonjour, Colin Singleton à l'appareil. Est-ce que Katherine est là?

– C'est moi. Quel nom avez-vous dit?

– Colin Singleton.

– Ça me rappelle quelque chose, dit-elle. On se connait?

– En CM1, j'ai été ton petit copain pendant deux semaines à une colo pour surdoués.

– Colin Singleton! Mais oui! Ouah! Ça c'est une surprise.

– Ça va te paraître bizarre comme question, mais tu dirais que tu étais populaire auprès de tes camarades en CM1? Tu te situerais comment sur une échelle de un à cinq?

– Quoi?

– Ton frère adorait les concours d'orthographe, c'est ça?

– Oui. Mais qui est à l'appareil? demanda-t-elle, soudain inquiète.

– Colin Singleton, je te jure. Je sais, ça a l'air bizarre.

– Oui, plutôt. J'avais des amis, mais on était plutôt coincés à l'époque.

– Merci, Katherine.

– Tu écris un livre?

– Non, j'écris une formule mathématique qui prédit lequel de deux individus mettra fin à une relation amoureuse, et quand.

– Hum, dit-elle. Tu en as fait du chemin! Qu'est-ce qui a bien pu t'arriver?

– Bonne question…, dit-il.

Et il raccrocha.

– Eh ben, dit donc, dit Hassan. Elle a dû te prendre pour un fou furieux.

Mais Colin était perdu dans ses pensées. Si Katherine III était celle qu'elle prétendait être et dont il se souvenait… Et si le Théorème avait raison ? Il la rappela.

– Katherine Dussettoix ?

– Oui.

– C'est encore Colin Singleton.

– Oh, salut.

– C'est la dernière question insensée que je te pose. Mais est-ce que, par hasard, j'aurais rompu avec toi ?

– Ho, ho…

– Je l'ai fait ?

– Oui. On chantait assis autour d'un feu de camp, tu es venu vers moi et, devant toutes mes copines, tu m'as dit que c'était une première pour toi, mais que tu rompais parce que tu étais persuadé que ça ne marcherait pas sur le long terme. C'est ce que tu as dit : « le long terme ». J'étais anéantie. Je te trouvais génial.

– Pardon. Pardon d'avoir rompu, dit Colin.

Elle rit.

– On avait dix ans. Je m'en suis remise.

– Oui, mais quand même. Je regrette de t'avoir blessée.

– Merci, Colin Singleton.

– De rien.

– Tu veux savoir autre chose ?

– Je crois que c'est tout.

– Fais bien attention à toi, dit-elle, comme on le dirait à un SDF schizophrène à qui on vient de donner un dollar.

– Toi aussi, Katherine Dussettoix.

Hassan le regarda avec des yeux écarquillés.

– Mets-moi un tutu, pose-moi sur un monocycle et

appelle-moi Caroline, l'ours dansant. Tu es un cochon de Largueur.

Colin se renversa sur l'arbre pourri et, le dos calé, il contempla le ciel dégagé. Trahi par sa mémoire tant vantée! Il en avait bien noté dix-huit et «saké» le reste. Comment avait-il pu tout se rappeler d'elle et oublié qu'il l'avait larguée? En l'occurrence, quel genre de salaud était-il pour larguer une fille aussi charmante que Katherine Dussettoix?

– Dire que j'ai toujours pensé que je me résumais à deux choses, dit-il doucement, être un enfant surdoué et être largué par des Katherine. Et voilà que je suis un...

– N'exagère rien, l'interrompit Hassan. Et estime-toi heureux. Tu es un Largueur et je sors avec une fille ridiculement sexy. Le monde marche sur la tête. J'adore. C'est comme si on était dans une boule à neige et que Dieu nous avait secoués comme des pruniers pour faire du blizzard.

À l'instar de Lindsey qui ne pouvait prononcer de phrase commençant par «je» qui soit sincère, Colin voyait tout ce qu'il avait considéré comme vrai le concernant, toutes ses phrases commençant par «je», s'effondrer. Soudain, il n'avait plus un bout manquant, mais des milliers.

Colin devait trouver la panne dans son cerveau et la réparer. Il retourna à la question cruciale : comment avait-il pu totalement oublier qu'il l'avait larguée? Du moins presque totalement, car une lueur de souvenir l'avait traversé au moment où elle lui avait raconté l'épisode où il l'avait laissée tomber devant toutes ses copines, un sentiment diffus apparenté à celui que l'on ressent lorsque quelqu'un finit par dire le mot qu'on a sur le bout de la langue.

Au-dessus de sa tête, le foisonnement des branches divisait le ciel en millions de particules. Il fut pris de vertige. Le seul don sur lequel il avait toujours compté, sa mémoire, était une imposture. Il aurait réfléchi encore un moment à cette question, au moins jusqu'au retour de M. Lyford, si, au même instant, il n'avait entendu un étrange grognement et si Hassan ne lui avait donné une tape sur le genou.

– Mec, dit Hassan tout bas. *Khanzeer*[70].

Colin se redressa d'un bond. À environ cinquante mètres de leur arbre, un animal de couleur grisâtre creusait le sol de son long groin en grognant, comme un type atteint de sinusite. On aurait dit un croisement entre un cochon vampire et un ours noir ; c'était un animal gigantesque, doté d'une fourrure hirsute et de crocs qui lui sortaient du groin.

– *Matha, al-khanazeer la yatakalamoon araby*[71] ? demanda Colin.

– Ce n'est pas un cochon, répondit Hassan en anglais. C'est un putain de monstre !

Le cochon cessa de creuser le sol et leva les yeux.

– Wilbur dans *Le Monde de Charlotte*, c'est un cochon. Babe, c'est un cochon. Mais ce truc sort des couilles d'Iblis[72].

Il était indéniable que le cochon les avait vus. Colin distinguait ses pupilles.

– Arrête de jurer. « Le cochon sauvage comprend à merveille les paroles humaines, surtout les paroles profanes », marmonna Colin, citant le livre.

– C'est des conneries, dit Hassan.

Le cochon avança pesamment vers eux.

– Bien. Ou plutôt non, pas bien. D'accord. Plus de jurons. Écoute, Cochon-Fils-de-Satan. On est sympas. On n'a aucune envie de te tuer. Les fusils sont juste là pour la déco, mon pote.

– Lève-toi pour qu'il comprenne qu'on est plus grands que lui, dit Colin.

---

70. « Cochon », en arabe.

71. « Comment ça ? Les cochons ne parlent pas arabe ? »

72. « Satan », en arabe.

– Tu as lu ça dans ton livre ? demanda Hassan en se levant.

– Non, je l'ai lu dans un bouquin sur les grizzlys.

– On va se faire encorner à mort et ta seule stratégie, c'est de faire comme si c'était un grizzly ?

Dans un même mouvement prudent, ils reculèrent, levant haut les pieds pour passer par-dessus le tronc d'arbre, qui était désormais leur meilleure protection contre le cochon. Mais Cochon-Fils-de-Satan devait avoir une piètre opinion de leur stratégie puisque, au même moment, il fonça sur eux. Pour une bête courte sur pattes, pesant pas loin de deux cents kilos, il courait rudement vite.

– Tue-le, dit Colin, plutôt calmement.

– Je ne sais pas comment on fait, lui fit remarquer Hassan.

– Et puis, merde, dit Colin.

Il leva son fusil, le cala contre son épaule douloureuse, retira le cran de sûreté et mit en joue le cochon en pleine course, à près de quinze mètres d'eux. Colin prit une profonde inspiration et expira lentement. Puis, ne pouvant se résoudre à tuer un cochon, il leva le fusil et pressa doucement la détente, comme Lindsey le lui avait appris. Avec le recul, le fusil heurta douloureusement son épaule couverte d'ecchymoses, ce qui lui fit venir les larmes aux yeux. Sous l'effet de la douleur, Colin ne comprit pas ce qui se passait. Mais, curieusement, le cochon pila net et fit un demi-tour complet avant de repartir à toutes jambes.

– Eh ben, en tout cas on peut dire que t'as pas raté ce truc gris, annonça Hassan.

– Quel truc gris ? demanda Colin.

Hassan lui désigna un chêne dans lequel, coincé entre le tronc et une branche, il y avait une sorte de tourbillon de papier gris percé d'un orifice de deux centimètres de diamètre.

– C'est quoi ? demanda Hassan.

– On dirait qu'il en sort quelque chose, dit Colin.

Il ne faut pas bien longtemps à une pensée pour voyager du cerveau aux cordes vocales, puis sortir par la bouche, mais cela prend quand même quelques instants. Et entre le moment où Colin pensa « frelons ! » et celui où il allait dire « frelons », il sentit une piqûre cuisante dans son cou.

– Oh, merde ! hurla-t-il.

– Aïe ! Aïe ! hurla Hassan à son tour. Mer… pied… Merde… main !

Ils prirent leurs jambes à leur cou, tels deux marathoniens affligés de troubles moteurs. Colin agitait ses jambes sur le côté à chaque foulée, comme un lutin qui fait un entrechat, et se donnait des tapes sur le visage, qui eurent pour seul effet d'indiquer aux frelons, qu'en plus de lui piquer la tête et le cou ils pouvaient aussi lui piquer les mains. Hassan courait beaucoup plus vite et avec davantage d'agilité que Colin l'en aurait cru capable, fouettant l'air avec ses mains comme un fou, zigzaguant au milieu des arbres, sautant par-dessus les broussailles pour tenter de décourager les frelons. Ils redescendirent la colline parce que c'était plus facile, mais les frelons ne ralentissaient pas, et Colin entendait distinctement leur bourdonnement tandis qu'ils couraient comme des dératés. Colin suivait Hassan, car il y a pire qu'une piqûre mortelle au fin fond du Tennessee quand vos parents ignorent que vous êtes à la chasse au cochon, il y a mourir tout seul.

– *Kafir* – souffle – je – souffle – faiblis !

– Ils sont toujours derrière moi. Cours, cours, cours ! répondit Colin.

Mais le bourdonnement cessa brusquement. Après leur avoir collé aux basques pendant près de dix minutes, les frelons firent demi-tour et retournèrent à leur nid dévasté.

Hassan tomba tête la première dans un buisson d'épineux avant de rouler sur le dos. Penché en avant, les mains sur les genoux, Colin tentait de reprendre sa respiration. Hassan faisait de l'hyperventilation.

– Véritable – souffle – crise – souffle – d'asthme – souffle – du – souffle – gros – souffle – gosse, finit-il par articuler.

Colin oublia sa fatigue et se précipita vers son meilleur ami.

– Non, non. Ne me dis pas que tu es allergique aux frelons. Oh, merde, dit Colin en sortant son portable.

Il avait du réseau, mais qu'est-ce qu'il allait dire aux urgences? «Je suis quelque part dans les bois. Mon copain a la trachée qui se bouche. Je n'ai même pas de couteau pour pratiquer une trachéotomie d'urgence à cause de cet imbécile de M. Lyford qui est parti avec pour chasser ce connard de cochon à l'origine de tout ce bordel.» Il aurait tellement voulu que Lindsey soit là; elle, elle aurait su quoi faire. Elle aurait eu sa trousse de secours. Mais avant de pouvoir enregistrer ce qu'impliquaient de telles pensées, Hassan parla.

– Je suis pas allergique aux – souffle – frelons, *sitzpinkler*. Je suis juste – souffle – à bout de – souffle – souffle.

– Ohhhhhhhhh! Merci, mon Dieu.

– Tu ne crois pas en Dieu.

– Merci la chance et l'ADN, corrigea très vite Colin.

Sachant Hassan hors de danger, Colin se mit à ressentir l'effet des piqûres. Il en avait huit en tout, huit braseros qui brûlaient sous sa peau. Quatre dans le cou, trois sur les mains et une sur le lobe de l'oreille gauche.

– Tu en as combien? demanda-t-il à Hassan.

Hassan se redressa pour s'examiner sous toutes les coutures. Il avait les mains écorchées à cause de son atterrissage dans le roncier. Il toucha chacune de ses piqûres.

– Trois, dit-il.

– Trois? Alors je me suis sacrifié pour nous en restant derrière toi, fit remarquer Colin.

– Ne fais pas ton martyr, dit Hassan. C'est toi qui as tiré dans le nid d'abeilles.

– De frelons, corrigea Colin. C'étaient des frelons, pas des abeilles. Au fait, c'est le genre de truc qu'on apprend à la fac.

– Grelots. Et pas intéressant, en plus[73], dit Hassan avant de se taire, puis de reprendre la parole. Elles me font un mal de chien, ces piqûres. Tu sais ce que je déteste? Être en plein air. D'une manière générale, je n'aime pas être dehors. Je suis un homme d'intérieur. Moi, il me faut la clim, une chasse d'eau et *Juge Judy*.

Colin rit en fouillant dans sa poche à la recherche du tabac à chiquer de M. Lyford. Il en prit un peu et se l'appliqua sur le lobe de l'oreille. Le soulagement fut immédiat, bien que léger.

– Ça marche, s'écria Colin, surpris. Rappelle-toi, Mae Goodey nous en a parlé quand on l'a interrogée.

– Ah bon? dit Hassan.

Colin acquiesça et Hassan prit la boîte. Quelques instants plus tard, leurs piqûres étaient couvertes de tabac humide d'où s'écoulait un jus brun qui sentait la gaulthérie.

– Tu vois, ça, c'est intéressant, dit Hassan. Au lieu de te passionner pour le Premier ministre du Canada en 1936[74], tu ferais mieux de te passionner pour des trucs qui rendent la vie plus agréable.

---

73. Pourtant la différence est de taille, comme la douleur lancinante que ressentait Colin le lui rappelait. Les abeilles ne piquent qu'une fois, puis elles meurent, alors que les frelons peuvent piquer plusieurs fois. Et les frelons, du moins dans l'esprit de Colin, sont plus méchants. Les abeilles ne pensent qu'à faire du miel, alors que les frelons sont des tueurs.

74. William Lyon Mackenzie King, qui avait assez de noms pour deux personnes (ou quatre Madonna), mais n'était bel et bien qu'un seul homme.

L'idée était de descendre la colline. Colin et Hassan savaient que le pavillon était au sommet, mais ils ignoraient dans quelle direction ils avaient couru. Le ciel voilé rendait supportable la marche en manches longues et gilet orange, mais annihilait tout espoir de se guider grâce au soleil. Par conséquent, ils choisirent de descendre la pente, parce que a) c'était plus facile, b) le chemin caillouteux se trouvait quelque part en bas et, comme le chemin couvrait plus d'espace que le pavillon, ils se dirent qu'ils avaient plus de chance de tomber dessus que sur le pavillon.

Et peut-être avaient-ils en effet plus de chance de tomber sur le chemin que sur le pavillon, sauf qu'ils ne tombèrent pas sur le chemin. Au lieu de cela, ils marchèrent à travers une forêt sans fin, où leur progression était souvent ralentie par des fougères qu'ils devaient piétiner, des souches par-dessus lesquelles ils devaient sauter, des ruisselets qu'ils devaient enjamber…

– Si on continue toujours dans la même direction, on finira forcément pas retrouver la civilisation, affirma Colin pendant qu'Hassan chantait une chanson qui disait : «On est sur la piste/La piste des larmes/Elles coulent sur mon menton/Et on va mourir.»

Enfin, peu après six heures, épuisé, dévoré par les frelons, transpirant et d'humeur plutôt maussade, Colin repéra une habitation pas très loin sur leur gauche.

– Je connais cette maison, dit-il.

– On est venus interviewer quelqu'un?

– Non, c'est une des bâtisses qu'on aperçoit en allant à la tombe de l'archiduc, déclara Colin avec certitude.

Puis il rassembla ce qui lui restait d'énergie et courut jusqu'à la maison. Sans fenêtre et battue par les vents, elle

semblait abandonnée. Colin aperçut alors – oui! – le cimetière où il crut même apercevoir du mouvement.

Hassan arriva derrière lui et poussa un sifflement.

– *Wallahi*[75], *kafir*, tu as de la chance qu'on ne se soit pas
perdus. J'étais à deux doigts de te tuer pour te manger.

Ils dévalèrent la pente douce, puis marchèrent à vive
allure en direction du bazar, ce qui revenait à contourner le
cimetière. Quand soudain, du coin de l'œil, Colin y surprit à
nouveau du mouvement; il tourna la tête et pila net. Hassan
fit la même découverte que lui au même moment.

– Colin, dit Hassan.

– Oui, répondit Colin avec flegme.

– Dis-moi si je me trompe, mais ça ne serait pas ma
copine dans le cimetière?

– Sans aucun doute.

– En train de chevaucher un mec?

– Oui, dit Colin.

Hassan pinça les lèvres et hocha la tête.

– Et, afin que les choses soient bien claires, elle est complètement nue?

– Tout à fait.

---

75. « Je jure devant Dieu », en arabe.

# (16)

**Elle leur tournait** le dos, bien cambrée, son derrière apparaissant, puis disparaissant de leur champ de vision. C'était la première fois que Colin voyait des gens faire l'amour en vrai. De l'endroit où il était, la chose lui paraissait plutôt ridicule, mais il se doutait que son opinion aurait été différente s'il avait été à la place du mec.

Hassan riait silencieusement, et semblait très amusé par la situation. Colin en profita pour rire aussi.

– Si c'est pas une vraie grosse bonne journée de merde, ça! lança Hassan.

Puis il avança de quelques pas.

– Je te quitte! hurla-t-il, les mains en cornet et le visage barré du même sourire béat.

«Hassan prend si peu de choses au sérieux», pensa Colin. Quand Katrina se retourna, les bras croisés sur la poitrine, la surprise et l'inquiétude déformaient ses traits. Hassan revint sur ses pas.

Il regarda Colin qui finit lui aussi par détacher ses yeux de la première fille indéniablement séduisante qu'il voyait nue.

– Tu pourrais respecter son intimité, dit Hassan avant de partir d'un grand éclat de rire.

Cette fois, Colin ne partagea pas son hilarité.

– Il faut voir le côté marrant du truc, baby. J'ai été piqué par les frelons, écorché par les ronces, j'ai du tabac à chiquer partout et je suis en tenue camouflage. Un cochon sauvage, une horde de frelons et un surdoué m'ont fait traverser des bois pour me faire tomber par hasard sur la première fille que j'aie jamais embrassée, chevauchant LAC comme si c'était un pur-sang, à côté de la tombe d'un archiduc austro-hongrois. Ça, dit Hassan à Colin avec vigueur, c'est marrant !

– Comment ça, LAC ? s'étonna Colin dont la tête pivota vers l'obélisque de l'archiduc.

Merde alors ! LAC en personne était en train de se glisser dans son pantalon camouflage.

– Salaud ! cria Colin.

Pour une raison qu'il ne s'expliquait pas, il sentit la rage monter en lui et il courut vers le cimetière, ne s'arrêtant qu'une fois devant le muret. Il fixa LAC les yeux dans les yeux et ne sut pas quoi faire ensuite.

– Mon père est avec vous ? demanda LAC, d'un air tranquille.

Colin secoua la tête et LAC poussa un soupir.

– Dieu merci, dit-il. Il m'aurait botté le cul. Assieds-toi.

Colin enjamba le mur et s'assit. Katrina, désormais habillée, adossée à l'obélisque, fumait une cigarette d'une main tremblante. LAC prit la parole.

– Tu ne vas rien dire, déjà parce que c'est pas tes oignons. Ton petit copain arabe peut en toucher un mot à Kat, pas de problème, et ils garderont ça pour eux. Mais je te conseille de ne pas en parler à Lindsey.

Colin considéra l'obélisque de l'archiduc. Il était fatigué, il avait soif et envie de faire pipi.

– Je dois lui dire, répondit-il sur un ton philosophe.

Elle est mon amie. Et si j'étais à sa place, je m'attendrais à ce qu'elle fasse pareil. C'est une Règle d'or.

LAC se leva et s'approcha de Colin. Il était assez impressionnant.

– Je vais vous expliquer, dit LAC – c'est alors que Colin réalisa qu'Hassan était derrière lui – pourquoi vous allez fermer vos gueules. Si vous parlez, je vous démolis au point que vous serez les deux seuls mecs de l'enfer à boiter.

– *Sajill*[76], marmonna Hassan.

Colin enfonça la main dans la poche de son pantalon et tripota le magnéto. Puis il garda la main dans sa poche pour ne pas éveiller les soupçons.

– Je peux savoir depuis quand ça dure, cette histoire? demanda Hassan à Katrina.

Katrina écrasa sa cigarette contre l'obélisque, se leva et vint se poster à côté de LAC.

– Depuis très longtemps, dit-elle. On sortait ensemble en seconde, et après on s'est revus de temps à autre. Je suis venue ici pour lui dire que c'était fini. Je te jure. Et je m'excuse parce que tu me plais et depuis lui, dit-elle en regardant LAC, ça ne m'était jamais arrivé. Cette fois, je ne voulais pas le faire avec lui sauf que, je ne sais pas, c'était comme pour se dire au revoir ou je ne sais quoi. Mais je te demande pardon.

Hassan hocha la tête.

– On peut rester amis, dit-il.

Ce fut la première fois que Colin entendit ces paroles prononcées avec sincérité.

– Y a pas de quoi en faire un fromage, ajouta Hassan.

Puis se tournant vers LAC :

– C'est pas comme si, nous, on s'était promis de ne voir personne d'autre.

---

76. «Enregistre», en arabe.

217

– Elle vient de te dire que c'est fini, OK, répliqua LAC. Alors ça va, c'est fini. Je ne trompe personne.

– Sauf que tu trompais quelqu'un il y a cinq minutes. Ta définition de la tromperie est plutôt étonnante.

– Ta gueule ou je te casse les dents, dit LAC, hargneux.

Colin jeta un coup d'œil à ses chaussures crottées.

– Écoute-moi bien, reprit LAC. Les autres vont bientôt rentrer de Bradford. Alors on va rester bien tranquilles comme une grande famille et, quand les autres rappliqueront, tu recommenceras à faire tes blagues débiles, tu rentreras les épaules et tu redeviendras le petit pédé que tu es. Ça vaut pour toi aussi, Hass.

Voici la réflexion qui anima Colin au cours du long silence qui suivit : aurait-il envie de savoir ? S'il sortait avec Katherine XIX et qu'elle le trompait et que Lindsey était au courant et que Lindsey risquait de se faire massacrer pour avoir dévoilé le pot aux roses, alors non, il n'aurait pas voulu savoir. Par conséquent, la Règle d'or indiquait peut-être qu'il devait rester muet, or la Règle d'or était la seule règle à laquelle Colin croyait. C'était à cause de la Règle d'or, à vrai dire, qu'il se détestait pour Katherine III : il avait cru qu'il ne ferait jamais aux Katherine ce qu'il n'aimait pas qu'elles lui fassent.

Mais la Règle d'or n'était pas seule à entrer en ligne de compte : un facteur plus modeste comme le fait qu'il aimait bien Lindsey intervenait aussi, même si cela n'aurait pas dû intervenir dans un choix éthique, bien sûr. Et pourtant ce fut le cas.

Colin n'avait pas encore arrêté sa décision quand Lindsey, suivie de PQC et de JTS, arriva en courant, un pack de six canettes de bière dans chaque main.

– Tu es arrivé quand ? demanda-t-elle à LAC.

– Il y a une minute. Je marchais et Kat m'a pris en

218

voiture. Ensuite, on est tombés sur eux, dit LAC en indiquant d'un signe de tête Colin et Hassan, assis sur le muret.

– On a eu peur que tu sois mort, dit Lindsey à Hassan.

– Crois-moi, répondit Hassan, tu n'étais pas la seule à t'inquiéter.

Lindsey se pencha vers Colin, et il crut un instant qu'elle allait l'embrasser sur la joue.

– C'est du tabac à chiquer ? demanda-t-elle.

Il se toucha l'oreille.

– Oui, reconnut-il.

Lindsey rit.

– Ça ne se met pas dans l'oreille, Colin.

– Je me suis fait piquer par un frelon, dit-il d'un air sombre.

Il se sentait tellement mal pour elle, toute joyeuse et souriante, avec ses bières pour son copain. Il mourait d'envie de l'entraîner dans sa grotte pour tout lui dire, pour qu'elle n'ait pas à subir ça en plein jour.

– Au fait, quelqu'un a eu un cochon ? demanda Hassan.

– Non, à moins que tu en aies tué un, dit PQC avant d'éclater de rire. N'empêche, Chase et moi, on a descendu un écureuil. On l'a pulvérisé. C'est Princesse qui nous l'a épinglé.

– On ne l'a pas descendu, corrigea JTS. Je l'ai descendu.

– N'importe quoi, c'est moi qui l'ai vu le premier.

– On dirait un vieux couple, se moqua Lindsey. Sauf qu'au lieu d'être amoureux l'un de l'autre, ils sont amoureux de Colin.

LAC rit à gorge déployée, tandis que les deux autres répétaient à qui voulait les entendre qu'ils étaient hétérosexuels.

Pendant un moment, ils burent leurs bières. Même Colin en avala une bonne gorgée. Hassan s'abstint.

– Je ne bois plus, indiqua-t-il.

Le soleil sombrait derrière l'horizon et les moustiques étaient de retour. Colin, transpirant et sanguinolent, semblait être leur cible préférée. Lindsey était lovée contre LAC, la tête nichée entre son épaule et son torse puissant, tandis qu'il lui entourait la taille de son bras. Hassan et Katrina discutaient à voix basse, mais sans se toucher. Colin réfléchissait toujours.

– Tu n'es pas très bavard aujourd'hui, lui dit Lindsey. C'est à cause des piqûres de frelons?

– Elles brûlent comme le feu de dix mille lunes, répondit-il, pince-sans-rire.

– Petit pédé, dit LAC, faisant preuve de sa grâce et de son éloquence légendaires.

Peut-être était-ce pour de bonnes raisons, peut-être pas ; toujours est-il que Colin sortit le magnéto de sa poche et rembobina la cassette.

– Je suis désolé, dit-il à Lindsey avant d'appuyer sur « marche ».

« ... *elle vient de te dire que c'est fini, OK. Alors ça va. C'est fini. Je ne trompe personne.* »

Lindsey leva sa bière, l'avala d'un trait, écrasa la canette, la jeta par terre et se leva. Puis elle se tourna vers LAC, toujours adossé à l'obélisque.

– Tu as mal compris, bébé, j'ai dit que je trompais personne et je trompe personne.

– Va te faire foutre, dit-elle en s'éloignant.

Mais LAC la rattrapa en refermant ses bras sur elle. Lindsey se débattit pour se libérer.

– Lâche-moi tout de suite, cria-t-elle, mais il serra plus fort.

– Lâche-moi! hurla-t-elle, gagnée par la panique. Dites-lui de me lâcher!

– Laisse-la, souffla Colin.

– Oui, laisse-la, entendit-il JTS répéter derrière lui.

Colin se retourna pour voir JTS foncer sur LAC et l'attra-per par le col.

– Calme-toi, merde! hurla JTS.

C'est alors que LAC jeta Lindsey par terre et frappa JTS au visage d'un direct du droit. JTS s'effondra, inanimé. Colin fut étonné de voir JTS s'en prendre à LAC; il l'avait sous-estimé. Vif comme l'éclair, LAC attrapa Lindsey par la cheville.

– Laisse-la, répéta Colin, cette fois en se levant. Espèce de *paardenlul*[77]!

Lindsey tenta de se dégager en donnant des coups de pied, mais LAC s'obstina, serrant toujours plus fort.

– Arrête, tu as mal compris, je te dis, insista-t-il.

Hassan lança un regard à Colin. Tous deux se ruèrent sur LAC. Hassan essaya de lui donner un coup dans le ventre et Colin un coup sur la tête. Au dernier moment, LAC tendit le bras et frappa Colin à la mâchoire, avec une force qui lui fit oublier ses piqûres de frelon. Puis il fit un croche-pied à Hassan qui s'étala de tout son long. Ils se posaient là, Colin et Hassan, comme sauveurs de demoiselle en détresse!

Mais Lindsey n'était pas vraiment une demoiselle en détresse. Après avoir touché le sol, Colin ouvrit les yeux et la vit avancer la main vers les testicules de LAC, les ser-rer et les tordre. LAC tomba à genoux, plié en deux, et laissa partir Lindsey.

La tête à l'envers, Colin rampa jusqu'à l'obélisque de l'ar-chiduc, le seul repère géographique dans le monde entier qui ne lui semblait pas en train de tourner. Il l'agrippa des deux mains et y resta accroché. Il ouvrit les yeux et vit que Lindsey et Katrina étaient agenouillées à côté de JTS, tou-jours face contre terre.

---

77. Traduction littérale du hollandais : «pénis de cheval».

C'est alors que Colin sentit des anges le soulever sous les bras et l'entraîner vers le ciel, il se sentit libre et léger. Il tourna la tête vers la gauche et vit Hassan, puis vers la droite et vit PQC.

– Eh, ça va? demanda PQC.

– Oui, répondit Colin. C'est sympa... et de la part de ton copain aussi... euh... de s'être fait tabasser comme ça.

– Colin est un mec bien, mais il déconne à plein tube. On se tape ses conneries avec Kat depuis deux ans. C'est ridicule. En plus, Lindsey est une fille bien.

LAC, qui semblait s'être un peu remis, s'en mêla :

– Ne parle pas à cette petite salope! cria-t-il.

– Arrête, Col. C'est toi qui as foutu la merde, pas lui.

– Vous êtes tous des pédés! cria LAC.

– Trois contre un, dit alors Hassan, et il se rua sur LAC.

Ils étaient certes trois contre un, mais quel un! La course d'Hassan fut stoppée net par un coup qui sembla pénétrer dans son ventre au ralenti, comme dans un dessin animé. Et Hassan serait tombé si LAC ne l'avait pas saisi par le cou. Colin se précipita dans la mêlée, en tendant sa main devant lui. Le coup atteignit sa cible, mais 1) Colin ayant oublié de fermer le poing, il donna une gifle à la place d'un coup et 2) au lieu de gifler LAC, il gifla Hassan en pleine figure qui, cette fois-ci, s'écroula de tout son long.

PQC sauta alors sur le dos de LAC et, durant un bref instant, le match sembla pencher vers le nul. LAC saisit PQC par un bras et l'envoya promener de l'autre côté du cimetière, ce qui laissa Colin et LAC plus ou moins face à face.

Colin commença par employer une tactique qu'il venait d'inventer, dite du «moulin à vent», qui consistait à faire de grands moulinets des bras pour tenir son adversaire à distance. La tactique fonctionna à merveille, huit secondes, jusqu'à ce que LAC lui immobilise les bras. Le visage rougeoyant aux mâchoires carrées de LAC se retrouva alors à quelques centimètres du sien.

– Je voulais pas faire ça, mec, expliqua LAC, toujours d'un calme impérial. Mais là, je suis obligé.

– Théoriquement, marmonna Colin, j'ai tenu promesse. Je n'ai rien d…

Mais son explication fut interrompue par un coup qui arriva à la vitesse grand « V ». Pendant les quelques secondes qui précédèrent l'impact, Colin ressentit le souffle du coup qui arrivait dans ses testicules – douleur fantôme –, puis le genou de LAC heurta lesdites testicules avec une telle force que Colin décolla du sol. « Je vole sur les ailes d'un genou », se dit-il. Et avant même de toucher terre, il vomit.

Ce qui se révéla être une bonne idée, dans la mesure où LAC cessa de le poursuivre. Colin s'écroula sur le sol en gémissant ; des ondes de douleur se propageaient depuis le point d'impact. Il lui semblait que son trou dans le ventre façon François-Ferdinand se déchirait et que la douleur grandissait, s'engouffrant dans un trou de la taille d'une balle de fusil qui se transforma en canyon avant d'engloutir Colin qui devint alors le trou à lui tout seul.

– Oh, mon Dieu, dit-il enfin. Oh, mon Dieu, mes couilles!

Colin se trompait. S'il avait été en meilleur état, il aurait reconnu que ce n'étaient pas ses couilles qui lui faisaient mal, mais plutôt son cerveau. Les impulsions nerveuses voyageaient des testicules au cerveau, où les récepteurs de la douleur étaient activés et le cerveau indiquait à Colin qu'il devait ressentir de la douleur dans ses couilles. Et Colin s'exécuta, car le corps écoute toujours le cerveau. Testicules, bras, ventre ne font jamais mal. Toute douleur émane du cerveau.

La douleur lui donnait le tournis. Il gisait sur le côté en position fœtale, les yeux clos. Il avait mal à la tête et mal au cœur, il s'endormit brièvement. Mais son devoir lui commandait de se lever, car il entendait Hassan pousser des grognements sous une pluie de coups. Il rampa jusqu'à l'obélisque et se redressa tant bien que mal en se tenant à la tombe de l'archiduc.

– Je suis toujours là, dit-il faiblement, les yeux fermés, accroché à l'obélisque pour ne pas perdre l'équilibre. Vas-y, viens me chercher.

Mais quand il ouvrit les yeux, LAC n'était plus là. Des cigales étaient sorties en masse et chantaient au rythme des pulsations qui battaient toujours dans ses couilles. Dans le crépuscule gris, il aperçut Lindsey Lee Wells, munie de sa trousse de premiers secours, qui soignait Hassan, dont le T-shirt camouflage et le gilet orange étaient couverts de sang. PQC et JTS partageaient une cigarette. JTS avait une bosse au-dessus de l'œil qui donnait l'impression que son front allait pondre un œuf. Colin fut pris de vertige et se retourna pour embrasser l'obélisque. Quand il rouvrit les yeux, il réalisa que ses lunettes avaient disparu et, entre le vertige et l'astigmatisme, les lettres devant ses yeux se mirent à danser. « François-Ferdinand ». Il en fit l'anagramme pour atténuer la douleur.

– Hum, marmonna-t-il au bout de quelques instants. En voilà une coïncidence!

– Le *kafir* est réveillé, remarqua Hassan.

Lindsey se précipita vers Colin, essuya les derniers débris de tabac à chiquer de son oreille et lui murmura :

– *Mein held*[78], merci d'avoir défendu mon honneur. Il t'a fait mal où ?

– Au cerveau, dit Colin, qui, cette fois, ne se trompa pas.

---

78. « Mon héros », en allemand.

# (17)

**Le lendemain,** lundi, ils se levaient pour la 22e fois à Gutshot, et cette journée s'annonçait de loin comme la pire. En plus de la sensibilité résiduelle de ses testicules et de leur pourtour, Colin souffrait dans tout son corps d'une journée passée à marcher, courir, tirer et se faire taper dessus. Il avait mal à la tête. Chaque fois qu'il ouvrait les yeux, son cerveau était traversé d'élancements démoniaques et fiévreux. La veille au soir, après une recherche exhaustive sur des sites médicaux, l'aide-soignante – en formation – Lindsey Lee Wells lui avait diagnostiqué des contusions bénignes, accompagnées d'une «foulure des couilles». Quant à LAC, elle décréta qu'il souffrait du syndrome dit de : « Je-suis-un-salaud-et-Lindsey-ne-me-parlera-plus-jamais».

Ce matin-là, gardant les yeux fermés le plus possible, Colin tituba jusqu'à la salle de bains où il retrouva Hassan en train de se regarder dans la glace. Hassan avait la lèvre inférieure amochée, comme s'il avait été en train de mâcher un gros bout de tabac, et l'œil droit enflé, presque fermé.

– Ça gaze? demanda Colin.

En guise de réponse, Hassan se tourna vers lui pour qu'il puisse apprécier le spectacle de son visage tuméfié.

– Pas mal, à ce que je vois, dit Colin en entrant dans la douche. Mais imagine la tête de l'autre mec.

Hassan esquissa un pâle sourire.

– Si je pouvais tout recommencer depuis le début, dit-il, le débit lent et haché à cause de sa lèvre enflée, je me laisserais piétiner à mort par Cochon-Fils-de-Satan.

En descendant prendre son petit déjeuner, Colin vit Lindsey à la table en chêne, en train de siroter un verre de jus d'orange.

– Je n'ai pas envie d'en parler, le prévint-elle. Même si j'espère que tes couilles vont bien.

– Moi aussi, dit Colin, qui avait vérifié sous la douche.

Ses testicules n'avaient pas changé d'apparence, mais elles lui semblaient plus fragiles.

Leur mission du jour – Hollis leur avait laissé un mot – était d'interroger Mabel Bartrand.

– Oh non! soupira Lindsey quand Colin lui dit son nom. Elle est dans l'autre maison de retraite, celle pour les vraiment très vieux. Je ne peux pas faire ça aujourd'hui. Je ne peux pas... non. On n'a qu'à laisser tomber et retourner se coucher.

– Je suis d'accord, marmonna Hassan entre ses lèvres boursouflées.

– Elle a sûrement besoin de compagnie, insista Colin, s'efforçant d'utiliser sa connaissance de la solitude pour faire le bien.

– Bon sang, toi tu sais y faire pour culpabiliser les gens, dit Lindsey. Ok, on y va.

Mabel Bartrand vivait dans une résidence médicalisée à vingt-cinq kilomètres de Gutshot, à la sortie sud après celle du fast-food Hardee's. Comme Lindsey connaissait le chemin, c'est elle qui conduisait. Aucun mot ne fut échangé durant le trajet. Il y avait trop de choses à dire. Et de toute façon, Colin avait l'impression d'être une vraie loque. Mais sa vie était redevenue suffisamment calme pour qu'il reprenne le cas troublant de Katherine III et de la trahison de sa mémoire. Néanmoins, il avait trop mal à la tête pour y comprendre quoi que ce soit.

Un infirmier les accueillit à la réception et les guida jusqu'à la chambre de Mabel. L'endroit était bien plus déprimant que Sunset Acres. Le seul bruit audible était le ronronnement des machines et les couloirs étaient déserts. Dans la salle commune, la télé braillait la météo pour personne ; les portes étaient presque toutes fermées ; les rares résidents assis dans la salle commune avaient l'air confus ou absents ou, pire, effrayés.

– Mabel, chantonna l'infirmier avec condescendance. Vous avez de la visite.

Colin mit en marche le magnéto. Il avait pris la même cassette que la veille ; il enregistrait par-dessus la confession de LAC.

– Bonjour, dit Mabel.

Elle était allongée sur une chaise longue en cuir dans ce qui avait tout l'air d'une chambre d'étudiant avec ses lits jumeaux, son bureau en bois abandonné depuis longtemps et son mini-frigo. Les rares boucles blanches de Mabel étaient arrangées de telle sorte qu'elle avait plus ou moins la même coupe que Colin. Elle était voûtée et sentait le vieux, c'est-à-dire une odeur proche de celle du formol. Lindsey se pencha pour l'embrasser sur la joue. Colin et Hassan se présentèrent, Mabel sourit mais ne parla pas.

– Ce ne serait pas Lindsey Wells ? demanda-t-elle avec un temps de retard.

– Oui, Mabel, répondit Lindsey en s'asseyant à côté d'elle.

– Oh, ma petite chérie, ça fait si longtemps que je ne t'ai pas vue! Ça fait des années, non? Mon Dieu que c'est bon de te voir.

– Moi aussi je suis contente, Mabel.

– J'ai tellement pensé à toi, tellement attendu ta visite, mais tu n'es jamais venue. Que tu es grande et belle. Fini, les cheveux bleus, hein? Comment ça va pour toi, mon trésor?

– Bien, Mabel. Et toi?

– À quatre-vingt-quatorze ans, je me porte comment, à ton avis? répondit Mabel en riant.

Colin rit aussi.

– Comment tu t'appelles? demanda-t-elle à Colin.

Colin le lui dit.

– Dis-donc, Hollis, dit-elle à Lindsey, ce ne serait pas le gendre du Dr Dinsanfar? demanda Mabel en tendant un doigt noueux en direction d'Hassan.

– Non, Mabel, je suis la fille d'Hollis, Lindsey. La fille du Dr Dinsanfar, Grace, était ma grand-mère et Corville Wells était mon grand-père. Et lui, c'est Hassan, un de mes amis, qui voudrait que tu lui parles du bon vieux temps à Gutshot.

– Ah oui, je vois, dit Mabel. Parfois, je m'embrouille un peu, expliqua-t-elle.

– Pas de problème, dit Lindsey. Je suis ravie de te voir.

– Moi aussi, Lindsey. Je n'en reviens pas que tu sois aussi jolie. Tu es devenue une belle jeune fille, finalement.

Lindsey sourit et Colin s'aperçut qu'elle avait les larmes aux yeux.

– Raconte-nous comment c'était à Gutshot, autrefois, l'encouragea doucement Lindsey.

Colin comprit que cette visite ne se prêtait pas aux quatre questions d'Hollis.

– Je repense au Dr Dinsanfar. Avant de lancer son usine,

il tenait le bazar. J'étais toute petite – j'arrivais à peine au jarret d'un chien d'arrêt. Il n'avait qu'un seul œil. Il avait fait la guerre. Bref, un jour, on était au bazar et papa m'a donné un penny. J'ai couru au comptoir et j'ai dit : « Docteur Dinsanfar, vous avez des bonbons à un penny ? » Il m'a regardée et il m'a dit : « Désolé, Mabel, il y a pas de bonbons à un penny à Gutshot. Tout ce qu'on a, c'est des bonbons gratuits. »

Mabel ferma les yeux tandis qu'ils se pénétraient de l'histoire. Elle semblait endormie, avec sa respiration lente et régulière, mais elle ouvrit soudain les yeux.

– Oh, Lindsey, comme tu m'as manqué ! dit-elle. Comme ça m'a manqué de te tenir la main.

Lindsey fondit en larmes pour de bon.

– Mabel, il faut qu'on y aille. Mais je reviendrai te voir cette semaine, je te le promets. Je te demande pardon... pardon de ne pas être venue pendant si longtemps.

– Tout va bien, ma chérie. Ne t'en fais pas pour ça. La prochaine fois, viens entre midi et demi et une heure, je te donnerai mon dessert. C'est sans sucre, mais c'est pas mauvais, précisa Mabel en lui lâchant finalement la main.

Lindsey lui souffla un baiser et partit. Colin et Hassan s'attardèrent pour dire au revoir. En entrant dans la salle commune peu après, ils découvrirent Lindsey secouée de sanglots hystériques. Elle fila aux toilettes et Colin suivit Hassan dehors. Hassan s'assit sur les marches.

– Je ne supporte pas cet endroit, dit-il. On ne reviendra pas.

– Qu'est-ce que tu lui reproches ?

– Il est triste et de façon pas marrante du tout, dit Hassan. Il est même carrément pas drôle, et en plus, il me tape sur les nerfs.

– Pourquoi faut-il que tout soit drôle avec toi ? demanda Colin. Comme ça tu ne prends rien à cœur et tu ne risques pas de souffrir ?

– Grelots, Dr Freud. Je te préviens, si tu essaies de m'allonger sur le divan, je sors ma couverture de Grelots de protection.

– Tiens donc, revoilà Gros Marrant.

Sur ces entrefaites, Lindsey sortit, visiblement remise.

– Je vais bien et inutile d'en parler, dit-elle tout à trac.

Ce soir-là, Colin finit le Théorème avec une relative facilité. Car, pour la première fois depuis bien des jours, rien ne vint le distraire. Lindsey s'était enfermée dans sa chambre, Hollis était au salon, absorbée par son travail et la télé, à tel point qu'elle ne fit pas de commentaire sur l'œil au beurre noir d'Hassan ni sur le bleu en forme de poing ornant la mâchoire de Colin, et Hassan était sorti on ne sait où. Beaucoup de gens pouvaient se perdre dans le Manoir rose et, ce soir-là, beaucoup se perdirent.

Le Théorème se révéla si facile à terminer que cela agaça presque Colin. Sachant désormais qu'il avait été un Largueur, la formule atteignait presque la perfection. Il fallait juste ajouter une racine carrée pour la finaliser.

$$-D^7x^8+D^2x^3-\frac{x^2}{A^3}-Cx^2-Px+\frac{1}{A}+13P+\frac{\sin(2x)}{2}\left[1+(-1)^{H+1}\frac{\left(x+\frac{11\pi}{2}\right)^H}{\left|x+\frac{11\pi}{2}\right|^H}\right]$$

Tout le monde apparut de façon correcte, c'est-à-dire que Katherine Dussettoix prit l'aspect suivant :

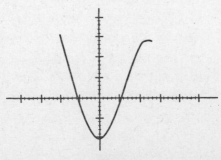

Un graphique parfait pour illustrer une histoire d'amour de CM1.

Au moment de reposer son crayon, Colin leva ses poings en l'air, tel un marathonien gagnant une course, ou encore tel le lièvre arrivant par-derrière pour bousiller l'histoire en battant la tortue.

Puis il partit à la recherche de Lindsey et d'Hassan, et finit par les trouver dans la salle de jeux.

– J'ai fini le Théorème, annonça-t-il à Lindsey, qui était assise sur la table de billard, les yeux toujours gonflés.

Hassan était affalé dans le canapé en cuir vert.

– C'est vrai? demanda Lindsey.

– Oui. Ça m'a pris huit secondes. En fait, je l'avais presque fini, il y a deux semaines. Mais je ne m'étais pas rendu compte qu'il fonctionnait.

– *Kafir*, dit Hassan, c'est une excellente nouvelle et je m'extrairais de ce canapé pour venir te serrer la main s'il n'était pas si confortable. Ça marche avec n'importe qui? Avec n'importe quel couple?

– Oui, je crois.

– Et tu vas t'en servir pour prédire l'avenir?

– Bien sûr, dit Colin. Avec qui as-tu l'intention de sortir?

– Oh! oh! mec. J'ai essayé de faire comme toi, rendez-vous, filles, baisers et drame; et ça ne m'a pas plu. Sans compter que j'ai tous les jours mon meilleur copain sous les yeux pour me rappeler ce qui arrive quand une relation amoureuse n'est pas destinée à se conclure par un mariage. Comme tu le dis toujours, *kafir*, tout finit par une rupture, un divorce ou la mort. J'ai envie de réduire mes choix de malheur au divorce et à la mort. Cela dit, tu pourrais le faire pour Lindsay Lohan et moi. Je ne vois pas d'inconvénient à la convertir à l'islam, si tu vois ce que je veux dire.

Colin rit mais ne prit pas Hassan au mot.

– Tu veux bien faire Colin et moi? demanda doucement Lindsey, les yeux fixés sur ses genoux bronzés. L'autre Colin, précisa-t-elle.

Colin s'exécuta. Il s'assit, posa un livre en équilibre sur ses genoux, prit son carnet et son crayon.

– Pour info, dit Colin en commençant à introduire les variables, se faire tromper compte comme se faire larguer. C'est pas pour t'embêter, c'est juste que le Théorème fonctionne comme ça.

– OK, dit-elle sèchement.

Colin avait tant de fois joué avec le Théorème qu'il savait, d'après les chiffres, ce que le graphique donnerait; il prit néanmoins la peine de tracer chaque point.

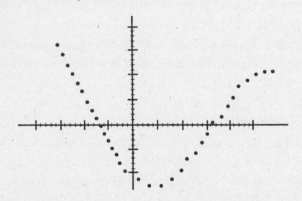

Il le lui montra.

– Attends, c'est quoi, ça? demanda-t-elle.

– C'est LAC qui te largue, répondit Colin.

– Alors ça marche, dit-elle d'un ton dénué d'émotion. C'est bizarre, je suis triste, mais pas à cause de lui. Tout ce que je ressens à propos de cette rupture, c'est du soulagement.

– Le soulagement est une émotion de Largueur, lui fit remarquer Colin avec une certaine inquiétude.

Lindsey sauta de la table de billard pour se laisser tomber à côté de lui sur le canapé.

– Je viens de me rendre compte que je n'ai aucune envie de sortir avec un connard qui ne m'attire même pas, ce qui fait en réalité deux révélations distinctes : je ne veux pas sortir avec des connards et les gros muscles ne m'excitent pas. D'un autre côté, j'ai pleuré comme une gamine de deux ans à la maison de retraite, donc le soulagement est peut-être temporaire.

Hassan prit le carnet des mains de Colin.

– Mais ça marche, ton truc ! s'exclama-t-il.

– Oui, je sais.

– Je ne voudrais pas jouer les rabat-joie, mais tu ne fais que démontrer ce que je savais déjà, à savoir que les footballeurs savent jouer sur deux tableaux et que les Katherine larguent les Colin comme les Hassan mangent des triples hamburgers : avec voracité, passion et assiduité.

– Ce qu'il faudrait savoir, c'est si le Théorème peut prédire la courbe d'une relation, reconnut Colin.

– Holà ! dit Lindsey, semblant se rappeler quelque chose. Demande à Hassan ce qu'il faisait dans la salle de jeux, il y a vingt minutes, avant que tu débarques.

– Que faisais-tu dans la salle de jeux, il y a vingt min…

– J'étais sur Internet, le coupa Hassan.

– Et tu faisais quoi ?

Hassan se leva, étira ce qu'il restait de ses lèvres en un sourire, ébouriffa les frisettes de Colin en passant, puis s'arrêta sur le pas de la porte.

– Gros Pétard et moi avons décidé de faire une apparition à la fac, dit-il.

Colin ouvrit la bouche pour dire quelque chose, mais Hassan poursuivit :

– Je ne me suis inscrit qu'à deux cours pour le premier

semestre, alors ne commence pas à t'exciter, j'y vais en douceur. Et ne me dis pas à quel point tu es heureux. Je le sais[79].

---

79. En effet, le 9 septembre d'après, à 10 heures du matin, Hassan suivrait un cours intitulé «Dissertation anglaise», bien que ce dernier ait lieu à l'heure de la diffusion des aventures de la juge Judy, sa chère compagne de route, son amie, et probablement même son amante fantasmée.

# (18)

**Ce jeudi matin,** Colin dormit malgré le chant du coq, mais fut réveillé par Lindsey qui sautait sur son lit.

– Debout! On va à Memphis, dit-elle.

Elle se laissa tomber gracieusement sur le derrière.

– Memphis! Memphis! chantonna-t-elle. On laisse tomber le boulot pour aller espionner Hollis et découvrir pourquoi elle a rempli le pot à jurons.

– Hum, marmonna Colin, faisant celui qui dormait alors qu'il n'en était rien.

La présence de Lindsey avait le don de le réveiller aussitôt.

En bas, Colin trouva Hassan réveillé, habillé et rassasié. Après quelques jours, son visage avait presque retrouvé son aspect normal. Hassan était en train de fouiller dans une pile de papiers.

– *Kafir*, dit-il très fort, aide-moi à dégoter l'adresse de l'entrepôt. Je nage dans une mer de documents.

Colin trouva l'adresse de l'entrepôt de Memphis en moins de trente secondes. Elle était indiquée sur l'en-tête d'une lettre adressée à Gutshot Textile, Inc.

– 2246, Trial Boulevard, Memphis, Tennessee 37501! cria Hassan.

– Génial! Bon boulot, Hassan! le félicita Lindsey.

– Théoriquement, c'est à moi que revient le mérite, fit remarquer Colin.

– Laisse-le-moi. J'ai eu une dure semaine, dit Hassan, en s'effondrant de façon mélodramatique sur le canapé. Alors ça te plaît, Singleton, d'être le seul Largué de la maison à qui ça ne soit pas arrivé ces jours-ci?

C'était vrai, sauf qu'Hassan s'était remis de sa rupture avec Katrina en un clin d'œil et que Lindsey venait de débouler dans sa chambre en chantant. Par conséquent, il se sentait le droit de réclamer le titre de Largué le plus anéanti de la maison, même s'il devait reconnaître qu'il ne souhaitait plus le retour de K-XIX. Il avait envie qu'elle l'appelle, envie de lui manquer, mais il avait plutôt le moral. Il n'avait jamais trouvé la vie de célibataire aussi intéressante.

Hassan demanda à conduire, et Lindsey à monter devant, par conséquent, Colin fut relégué à l'arrière, bien que propriétaire de la voiture. Il se cala contre la vitre et lut *Seymour, une introduction de J. D. Salinger.* Il venait de finir le livre quand les immeubles de Memphis se découpèrent à l'horizon. Ce n'était pas Chicago, mais les gratte-ciel lui avaient manqué.

Ils traversèrent le centre, puis prirent la sortie qui menait à un quartier de bâtiments aux façades rarement percées de fenêtres et sur lesquelles des panneaux indiquaient tout aussi rarement le nom des entreprises auxquelles ils appartenaient. À quelques encablures de la sortie, Lindsey désigna un entrepôt à Hassan. Il se gara sur le parking prévu pour quatre voitures, qui était vide.

– Tu es sûre que c'est là?

– C'est l'adresse que tu m'as donnée, répondit Lindsey.

Ils pénétrèrent dans un petit bureau où se trouvait

l'accueil, mais il n'y avait personne derrière le comptoir. Ils ressortirent et contournèrent l'entrepôt.

Il faisait chaud, mais le vent rafraîchissait agréablement l'atmosphère. Entendant un grondement, Colin leva la tête et vit un bulldozer manœuvrer dans un terrain vague situé derrière le bâtiment. Il n'y avait que deux hommes, le conducteur du bulldozer et celui qui le suivait sur un chariot élévateur. Le chariot était chargé de trois énormes cartons. Colin fronça les sourcils.

– Tu vois Hollis quelque part? chuchota Lindsey.

– Non.

– Va demander à ces types s'ils connaissent Gutshot Textile, le pressa Lindsey.

Colin n'avait pas très envie d'aller parler à un inconnu au volant d'un chariot élévateur, mais il partit néanmoins en direction du terrain vague.

Le bulldozer sortit une dernière pelletée de terre, puis il s'éloigna pour laisser sa place au chariot élévateur. Colin ne se trouvait plus qu'à un jet de crachat du trou[80] quand le chariot arriva devant. Le gars descendit de l'engin pour faire basculer un premier carton qui tomba au fond du trou avec un bruit sourd. Colin continua d'avancer.

– Salut, dit l'homme, un Noir pas très grand aux tempes grisonnantes.

– Salut, répondit Colin. Vous travaillez pour Gutshot Textile?

– Ouais.

– Qu'est-ce que vous balancez dans ce trou?

– C'est pas tes oignons, vu que c'est pas ton trou.

Colin n'avait rien à répondre à ça, ce n'était effectivement

---

80. Le record mondial du crachat de graine de pastèque est détenu par Jim Dietz, qui, en 1978, recracha une graine de pastèque à 21 mètres. Colin était plus près du trou que ça.

pas son trou. Soudain le vent s'emballa, de la terre sèche s'envola, formant un nuage qui leur passa au-dessus de la tête. Colin tourna le dos à la poussière et aperçut Hassan et Lindsey qui se hâtaient dans sa direction. Colin entendit un deuxième carton s'écraser, mais il ne voulait pas se retourner pour ne pas avoir de poussière dans les yeux.

Il fut pourtant amené à le faire, dans la mesure où ne s'envola bientôt pas que de la poussière. Le deuxième carton s'était ouvert et des milliers de cordons de tampons finement tressés filèrent devant lui, devant Hassan et Lindsey, tourbillonnant autour et au-dessus d'eux. Colin leva la tête et regarda défiler les cordons. On aurait dit des petits poissons, ou bien des filaments électriques. Colin repensa à Einstein. Génie certifié (et non surdoué), Einstein découvrit que la lumière agissait, en un paradoxe apparent, à la fois comme une particule distincte et comme une onde. Colin ne l'avait jamais compris jusqu'à ce que ces milliers de cordons flottent autour de lui, à la fois comme de microscopiques faisceaux de lumière et des vagues ondoyantes.

Il tendit la main pour en attraper un et en saisit une poignée. Les cordons continuaient de passer, le recouvraient, l'entouraient. Jamais des cordons de tampons n'avaient été aussi beaux à voir. Brassés par le vent, ils montaient et descendaient en un mouvement perpétuel.

– Merde ! s'exclama l'homme. N'empêche, c'est joli, non ?

– C'est vrai, dit Lindsey, qui avait surgi derrière Colin, le dos de sa main effleurant le dos de celle de Colin.

Quelques cordons épars continuaient de sortir du carton, emportés par le vent, mais le gros de l'armée des cordons de tampons en folie disparaissait dans le lointain.

– Tu ressembles comme deux gouttes d'eau à ta maman, déclara l'homme.

– J'aurais préféré que vous ne disiez pas ça, répondit Lindsey. Au fait, c'est quoi votre nom?

– Roy, répondit-il. Je suis directeur des opérations chez Gutshot Textile. Ta mère ne va pas tarder à arriver. Mais c'est mieux que ce soit elle qui t'explique. Allez, venez tous boire un verre en attendant.

Leur intention avait été d'espionner Hollis, pas d'arriver avant elle à l'entrepôt, mais Colin avait compris que le secret de leur expédition était désormais complètement éventé.

Roy poussa le dernier carton dans le trou, qui, cette fois, ne s'ouvrit pas. Puis, portant le pouce et l'index à la bouche, il poussa un sifflement strident et fit signe au bulldozer, qui se remit lentement en mouvement.

Tout le monde retourna à l'entrepôt non climatisé. Roy leur demanda de rester assis et repartit vers le terrain vague.

– Elle est tombée sur la tête, dit Lindsey. Son «directeur des opérations» est un type que je n'ai jamais vu et à qui elle demande d'enterrer la production derrière l'entrepôt? Elle est cinglée. Qu'est-ce qu'elle veut? Ruiner la ville?

– Je ne pense pas, dit Colin. Je pense qu'elle est cinglée, mais je ne crois pas qu'elle veuille rui...

– Mon trésor, entendit-il alors derrière lui.

Colin fit volte-face et découvrit Hollis dans son célèbre tailleur-pantalon rose du jeudi.

– Qu'est-ce que tu fais là? demanda-t-elle à Lindsey sans colère.

– Qu'est-ce qui te prends, Hollis? Tu es devenue folle, ou quoi? Qui est ce Roy? Et pourquoi tu enterres tout?

– Lindsey, mon trésor, l'entreprise n'est pas très florissante.

– Merde, Hollis, tu restes debout toute la nuit pour trouver le moyen de foutre ma vie en l'air? Vendre du terrain, pousser l'usine à la faillite, tu veux faire mourir la ville et m'obliger à partir ?

Le visage d'Hollis se chiffonna.

– Quoi ? Non, Lindsey Lee Wells, non. Plus personne n'achète nos cordons. On n'a plus qu'un seul client, StaSure, et il n'achète qu'un quart de la production. On a perdu tout le reste au profit d'entreprises étrangères. Tout.

– Quoi ? demanda doucement Lindsey, même si Colin savait qu'elle avait entendu.

– On les a entassés dans l'entrepôt, de plus en plus haut. C'est devenu de pire en pire, jusqu'à ce qu'on en arrive à cette extrémité.

Lindsey comprit.

– Tu ne veux virer personne.

– C'est ça, trésor. Si je réduisais la production à ce qu'on vend, on perdrait la plupart du personnel. Ça tuerait Gutshot.

– Mais dans ce cas, qu'est-ce qui t'a pris de les embaucher pour faire un faux boulot ? demanda Lindsey en indiquant Colin et Hassan de la tête. Si on est fauchés…

– Ce n'est pas un faux boulot. D'ici une génération, l'usine n'existera peut-être plus, et je veux que tes enfants, leurs enfants, sachent comme c'était avant, comment on était, nous. Et puis, ils me plaisent. J'ai pensé qu'ils te feraient du bien. Le monde ne va pas rester tel que tu l'imagines, mon cœur.

Lindsey s'approcha de sa mère.

– Maintenant, je comprends pourquoi tu travailles à la maison, dit-elle. Pour qu'on ne sache pas ce qui se passe. Personne n'est au courant ?

– Seulement Roy, répondit Hollis. Et tu ne dois le répéter à personne. On peut encore tenir cinq ans, et c'est ce qu'on va faire. Entre-temps, je vais me démener comme un beau diable pour trouver d'autres moyens de gagner de l'argent.

Lindsey prit sa mère dans ses bras et posa sa tête contre son épaule.

– Cinq ans, c'est long, maman, dit-elle.

– Ça l'est et ça ne l'est pas, répondit Hollis en caressant les cheveux de sa fille. Ça l'est et ça ne l'est pas… Mais, ce n'est pas ton combat, c'est le mien. Pardon, mon cœur, j'ai été plus occupée qu'une maman devrait l'être.

Ça, au contraire de la trahison de LAC, resterait un secret bien gardé, pensa Colin. Les gens n'aiment pas apprendre que les trois quarts de leurs cordons de tampons sont destinés à être enterrés, ni que leur salaire tient moins aux bénéfices de leur entreprise qu'à la compassion de leur patronne.

Hollis et Lindsey finirent par rentrer ensemble, laissant Colin et Hassan seuls dans le Corbillard.

– J'ai eu un… heu…, commença Hassan, à huit kilomètres de Memphis. Un réveil spirituel aveuglant.

– Hein ?

– Regarde la route, *kafir*. Ça a débuté il y a quelques jours, en fait. À la maison de retraite, quand tu m'as dit que j'étais Gros Marrant parce que je ne voulais pas souffrir.

– Ça ne fait aucun doute.

– Eh ben, c'est des conneries, et je le savais. Mais j'ai commencé à me demander pourquoi j'étais Gros Marrant, sans trouver de réponse satisfaisante. De retour dans la voiture, je me suis mis à réfléchir à ce qu'Hollis faisait. C'est-à-dire dépenser son temps et son argent pour que des gens gardent leur boulot. Elle, elle est dans l'action.

– D'accord…, dit Colin, qui ne voyait pas où il voulait en venir.

– Or moi, je ne suis pas dans l'action. Je suis paresseux, mais aussi hyper doué pour ne pas transgresser les interdits. Je n'ai jamais bu, ni pris de drogue, ni couché avec des filles, ni frappé des gens, ni volé quoi que ce soit. J'ai toujours été très fort de ce côté-là, bien qu'un peu moins cet été. D'un autre côté, j'ai trouvé étrange et mal tous les trucs que j'ai expérimentés à Gutshot, donc, je suis revenu à mon bienheureux statut de mec qui ne fait rien. Mais je n'ai jamais été dans l'action. Je n'ai jamais rien entrepris pour aider les autres. Même les préceptes religieux qui vont dans ce sens, je ne les suis pas. Je ne fais pas *zakat*[81] ni le ramadan. Je suis l'inverse d'un homme d'action. Je me contente de pomper de la nourriture, de l'eau et de l'argent au monde pour ne donner en retour que ça : «Eh, je suis fortiche à ne rien faire. Regardez toutes ces vilaines actions que je ne commets pas! Maintenant, je vais vous en raconter une bien bonne!»

Colin jeta un coup d'œil à Hassan et vit qu'il était en train de boire de la limonade.

– C'est une excellente révélation spirituelle, déclara Colin.

– J'ai pas fini, enfoiré. Je buvais. Bref, être drôle est une manière de ne rien faire. Lancer des blagues, faire mon Gros Marrant, se moquer des efforts des autres pour accomplir quelque chose, me fiche de toi quand tu essaies d'aimer une nouvelle Katherine ou me fiche d'Hollis parce qu'elle s'endort sous ses papiers tous les soirs, ou m'en prendre à toi parce que tu as tiré sur un nid de frelons, alors que je n'ai tiré sur rien du tout. Donc, c'est décidé. Je vais me mettre à faire des trucs, dit-il avant de finir sa canette.

Il l'écrasa et la jeta à ses pieds.

– Tu vois, je viens de faire quelque chose. D'habitude, j'aurais jeté cette merde à l'arrière, comme ça je l'aurais oubliée, ce qui t'aurait obligé à l'enlever avant ton prochain rendez-vous avec une Katherine. Alors que, là, je la laisse

---

81. Donner aux pauvres est un des piliers de la foi musulmane.

à mes pieds pour me rappeler de la prendre en arrivant au Manoir rose. Quelqu'un devrait me remettre une médaille du mérite pour action accomplie.

Colin rit.

– Au moins, tu restes drôle même quand tu fais des trucs. Et tu t'es inscrit à la fac, en plus.

– Oui, j'y viens. Bien que, pour être vraiment à fond dans l'action, fit remarquer Hassan d'un ton faussement morose, il faudrait que je m'inscrive à trois cours. La vie est dure, *kafir.*

# (19)

**Lindsey et Hollis** arrivèrent chez elle avant Colin et Hassan, pour la bonne raison qu'ils firent halte chez Hardee's pour ingurgiter un hamburger géant.

– Lindsey reste dormir chez sa copine Janet, leur annonça Hollis en les voyant entrer au salon. Elle n'avait pas le moral dans la voiture. À cause de ce garçon, sans doute.

Hassan hocha la tête et s'assit à côté d'elle sur le canapé. Colin se mit à gamberger. Il comprit qu'il devait trouver au plus vite le moyen de quitter le Manoir rose sans éveiller les soupçons.

– Je peux vous aider? demanda Hassan.

Le visage d'Hollis s'illumina.

– Tu peux rester avec moi à réfléchir, si tu veux. Toute la nuit, si tu as le temps.

– Cool, dit Hassan.

Colin toussota.

– Je vais peut-être m'absenter quelques heures, débita-t-il d'un trait. Je vais camper. Je ferai sans doute mon *sitzpinkler* en finissant par dormir dans la voiture. N'empêche, je vais essayer.

– Essayer quoi? demanda Hassan, incrédule.

– De camper, confirma Colin.

– Avec les cochons, les frelons, les LAC et tout le reste?

– Oui, c'est ça camper, répéta Colin en lui lançant un regard plein de sous-entendus.

Hassan le fixa d'un air perplexe, puis ouvrit soudain de grands yeux.

– OK, mais je te préviens, tu y vas seul. Comme chacun sait, je suis un vrai chat d'appartement.

– Laisse ton téléphone allumé, en tout cas, dit Hollis. Tu as une tente?

– Non, mais il fait beau dehors. Je ne vais emporter qu'un sac de couchage, si ça ne vous ennuie pas.

Avant qu'Hollis émette d'autres objections, Colin monta l'escalier quatre à quatre, prit ses affaires et sortit sans plus attendre.

C'était le début de la soirée, les champs commençaient de disparaître sous un voile rose à mesure qu'ils se fondaient dans la ligne d'horizon. Colin avait le cœur qui battait la chamade. Elle n'avait peut-être même pas envie de le voir? Il avait pris «reste dormir chez Janet» comme une allusion, mais en était-ce une? Peut-être dormait-elle vraiment chez Janet, ou je ne sais qui. Il aurait alors fait une sacrée marche pour rien.

Cinq minutes plus tard, il arriva au pré clôturé où, jadis, vivait Hobbit, le cheval. Il enjamba la clôture et traversa le champ à toutes jambes. Il ne voyait pas l'intérêt de courir quand marcher suffisait, sauf que, de temps à autre, marcher ne suffisait pas. Mais il ralentit pour gravir la colline. Le faisceau tremblotant et jaune de sa lampe torche trouait l'obscurité qui engloutissait le paysage. Il éclaira droit devant lui pour éviter les buissons, les plantes rampantes et les arbres qui surgissaient sur son chemin. L'épais tapis forestier en décomposition qui craquait sous ses pas lui rappela la destination finale de tous les hommes : avec les graines, dans la terre. Même en un moment pareil, il ne put s'empêcher d'en faire l'anagramme. «Dans la terre» : «entrelardas»; «rends la rate». Et la magie avec laquelle «dans la terre» se transforma en «rends la rate», conjuguée au sentiment récent qu'on lui avait, jusqu'à un certain point, rendu sa rate, rebouchant ainsi en partie le trou dans son ventre, le fit avancer d'un bon pas. Malgré l'obscurité désormais complète, qui transformait arbres et cailloux non plus en obstacles mais en ombres, il continua son ascension jusqu'à ce qu'il arrive au gros rocher. Il le longea en balayant la paroi de sa lampe et retrouva la crevasse. Il passa la tête à l'intérieur.

– Lindsey?

– Mince, j'ai cru que c'était un ours!

– Eh non, ce n'est que moi. J'étais dans le quartier et je me suis dit que je pourrais passer…

Il entendit le rire de Lindsey rebondir dans toute la grotte.

– Mais je ne voudrais pas m'imposer, ajouta-t-il.

– Entre donc.

Il se faufila dans la crevasse rugueuse, et, de biais, pas à pas, il progressa jusqu'à la grotte. Lindsey alluma sa lampe, aveuglant Colin à son tour.

– J'étais à peu près sûre que tu viendrais, dit-elle.

– Tu as dit à ta mère que tu dormais chez Janet?

– Oui, dit-elle. C'était un code.

Elle pointa le faisceau de sa lampe à côté d'elle, puis traça une ligne qui revenait à Colin, comme pour guider un avion sur son aire de parking. Colin la rejoignit, Lindsey arrangea quelques coussins pour en faire un siège et il s'assit à côté d'elle.

– Ça suffit, la lampe, dit-elle.

Et l'obscurité se fit à nouveau.

– Le truc le plus perturbant dans toute cette affaire, c'est que je ne suis même pas perturbée – je parle de Colin – parce que je... en fait, ça m'est égal. Je m'en fiche de lui, qu'il m'aime seulement bien et pas plus, qu'il se tape Katrina... Eh, tu es toujours là ?

– Oui.

– Où ça ?

– Ici. Salut.

– Oh, salut.

– Vas-y, continue.

– D'accord. Donc, comment t'expliquer ? C'était tellement facile de faire une croix sur cette relation. Je n'arrête pas de penser que je vais finir par morfler, mais ça fait trois jours et je ne pense même pas à lui. Tu te rappelles que je te disais que, contrairement à moi, il était réel ? En fait, je ne le pense pas. Il est juste ennuyeux. J'ai les boules parce que... j'ai gâché une grande partie de ma vie avec lui et qu'il m'a trompée et que ça ne me déprime même pas.

– J'aimerais réagir comme toi.

– Ouais, sauf que tu ne le ferais pas. Les gens sont censés s'attacher. C'est chouette qu'on tienne aux gens et qu'ils vous manquent quand ils sont partis. Colin ne me manque pas du tout. Ce qui me plaisait, c'était l'idée d'être sa petite amie. Tu parles d'un gâchis ! C'est ce que j'ai compris et qui m'a fait pleurer dans la voiture, en rentrant. Quand tu vois Hollis qui fait vraiment quelque chose pour les gens... Elle bosse comme une dingue. Or je sais maintenant que ce n'est pas pour elle, mais pour tous ces vieux de Sunset Acres à qui elle verse une pension pour qu'ils puissent se payer leurs couches. Et pour tous ceux de l'usine...

– ...

– Avant, j'étais quelqu'un de bien. Mais aujourd'hui, je ne fais plus rien pour personne, à part pour des abrutis dont je n'ai strictement rien à foutre.

– Mais les gens t'aiment toujours. Tous les retraités, les ouvriers de l'usine…

– Oui, mais ils aiment celle que je suis dans leur souvenir et non celle que je suis aujourd'hui. Honnêtement, Colin, je suis la personne la plus égocentrique du monde.

– …

– Tu es toujours là?

– Je crois que tu as tout faux. Car la personne la plus égocentrique du monde, c'est moi.

– Hein?

– À moins qu'on soit à égalité. Parce que je suis pareil. Qu'est-ce que je fais pour les autres?

– Tu es resté derrière Hassan pendant votre débandade, ce qui t'a valu de te faire piquer par un millier de frelons?

– Ah oui, ça! D'accord, tu es la personne la plus égocentrique du monde, mais je ne suis pas loin derrière.

– Viens ici.

– Je suis ici.

– Plus ici.

– D'accord. Comme ça?

– Oui. C'est mieux.

– Alors qu'est-ce qu'il faut faire pour y remédier? Comment on arrange ça?

– J'y réfléchissais avant ton arrivée. Je repensais à ton histoire de compter pour quelque chose. Il me semble que la façon dont on compte pour quelque chose est définie par ce qui compte pour soi. On compte autant que ce qui compte réellement pour soi. À vouloir compter pour Colin, j'ai tout fait à l'envers. J'aurais mieux fait de m'intéresser à des choses beaucoup plus importantes comme les gens bien qui se soucient vraiment de moi, et comme cette ville. C'est facile de se faire coincer. On se laisse prendre à être quelqu'un, quelqu'un d'unique ou de sympa ou de je ne sais quoi, au point de ne plus savoir pourquoi on a ce besoin, mais on s'en persuade.

– On ignore pourquoi on a besoin d'être mondialement connu, mais on s'en persuade.

– Oui, c'est ça. On est dans la même galère, Colin Singleton. Être populaire ne résout pas le problème.

– Je ne pense pas qu'on puisse remplir un vide par l'objet qui a créé le vide. Par exemple, réussir à sortir avec LAC ne règle pas l'épisode de la boîte de nourriture pour chiens. Nos bouts manquants ne s'emboîtent plus en nous une fois qu'ils ont disparu. C'est le cas pour Katherine. Je viens de le comprendre : si je récupérais Katherine, elle ne parviendrait pas à reboucher le trou que sa perte a créé.

– Possible qu'aucune fille ne le puisse.

– Possible. Mais être un inventeur de théorèmes mondialement connu non plus. Le fond de ma pensée, c'est que la vie ne consiste peut-être pas à se poser des objectifs de merde. Qu'est-ce qui te fait rire?

– Rien, c'est juste que… ta découverte me fait penser à ce qu'un toxico pourrait dire : «Tu sais quoi, au lieu de m'enfiler toujours plus d'héroïne dans les veines, je pourrais ne pas m'en enfiler du tout…»

– …

– …

– …

– …

– Je crois savoir qui est enterré sous la tombe de François-Ferdinand, et ce n'est pas l'archiduc.

– J'étais sûre que tu trouverais! Je le sais aussi. C'est mon arrière-grand-père.

– Tu le savais ? Fred Nico Dinsanfar était donc un enfoiré d'anagrammeur.

– Tous les vieux de Gutshot sont au courant. Le docteur l'aurait soi-disant spécifié dans son testament. Et puis, il y a quelques années, Hollis nous a fait poser le panneau, et elle s'est mise à organiser des visites. Je me rends compte que c'était sans doute pour se faire de l'argent.

– C'est dingue ce que les gens sont capables d'inventer pour ne pas être oubliés.

– Ou le contraire. Parce qu'un jour personne ne se souviendra plus qui est enterré dans cette tombe. Il m'arrive déjà de rencontrer des gamins qui croient dur comme fer que c'est vraiment la tombe de l'archiduc, et ça me plaît. Ça me plaît de connaître une histoire et de savoir que les autres s'en racontent une différente. C'est pour ça qu'un jour nos enregistrements seront précieux. Ils raconteront des histoires que le temps aura englouties, et qui renaîtront sous une autre forme.

– Où est passée ta main ?

– Elle est moite.

– Ça m'est ég… Oh, salut.

– Salut.

– …

– …

– Je t'ai dit que j'avais largué une des Katherine ?

– Tu as quoi ? C'est pas vrai ?

– Si, il paraît. Katherine III. Ma mémoire m'a joué des tours sur ce coup-là. Dire que j'ai toujours pensé que ce qu'elle enregistrait était vrai !

– Mince alors.

– Quoi ?

– Si tu l'as larguée, ton histoire est moins bonne. Enfin, moi, c'est comme ça que je me souviens des choses, des

251

histoires. Je relie les éléments entre eux, et il en émerge une histoire. Et les éléments qui ne collent pas avec le reste, je crois qu'ils passent à la trappe. C'est un peu comme quand on repère une constellation. On lève les yeux et on ne voit pas toutes les étoiles. Toutes ensemble, elles sont à l'image de ce qu'elles sont : un vaste foutoir. Sauf qu'on veut voir des formes, des histoires, alors on en choisit quelques-unes dans le ciel. Hassan m'a raconté que, toi aussi, tu réfléchissais comme ça, que tu voyais des liens partout. Conclusion, tu es un raconteur-né.

– Je n'avais jamais vu les choses sous cet angle. Mais ça se tient.

– Alors, raconte-moi ton histoire.

– Quoi ? La totale ?

– Oui. Avec l'amour, l'aventure, la morale, tout.

### Le début, le milieu et la fin

– Katherine I était la fille de mon précepteur, Keith le Zinzin. Un soir, chez moi, elle m'a demandé d'être son copain. J'ai accepté et, deux minutes et trente secondes plus tard, elle m'a largué. Sur le moment, j'ai trouvé ça marrant, mais avec le recul, il n'est pas impossible que ces deux minutes et trente secondes comptent parmi les plages horaires les plus importantes de ma vie.

K-II était une fillette de huit ans assez grassouillette que je connaissais de l'école. Elle s'est pointée un jour à la maison pour me dire qu'il y avait un rat crevé dans l'allée. Comme j'avais huit ans, je me suis précipité dehors. Mais au lieu de voir un rat crevé, j'ai vu sa meilleure copine, Amy, qui m'a dit : «Katherine t'aime bien. Tu veux sortir avec elle ?» J'ai accepté et, huit jours plus tard, Amy s'est repointée à la maison pour m'annoncer que je ne plaisais plus à Katherine et donc qu'elle ne sortirait plus avec moi.

Katherine III était une charmante petite blonde dont j'ai fait la connaissance lors de ma première colo pour surdoués. Une colo qui, au fil du temps, allait devenir l'endroit incontournable pour rencontrer des filles. Et, puisque ça rend l'histoire plus croustillante, j'ai choisi de me rappeler qu'elle m'avait largué pendant un cours de tir à l'arc quand Jérôme, un surdoué en maths, s'est précipité à ses pieds en prétendant qu'il avait été transpercé par une flèche de Cupidon.

Katherine IV, alias Katherine la Rouge, était une rouquine à tête de fouine et lunettes à monture en plastique rouge, rencontrée au cours de violon de Suzuki. Elle jouait comme une déesse, et je jouais comme un manche car je n'ai jamais pris la peine de travailler. Et donc, quatre jours plus tard, elle m'a largué au profit de Robert Vaughan, un surdoué du piano, qui a donné un concert en soliste au Carnegie Hall à onze ans. À mon avis, elle a pris la bonne décision.

En CM2, je suis sorti avec K-V, qui avait la réputation d'être la fille la plus méchante de l'école, car elle semblait toujours être la première touchée par les épidémies de poux. Un jour, à la récré, je lisais *Les Aventures de Huckleberry Finn* à côté du bac à sable, quand elle m'a embrassé sur la bouche par surprise. C'était mon premier baiser. Elle m'a largué un peu plus tard dans la journée au motif que les garçons sont dégoûtants.

Ensuite, après six mois d'abstinence, j'ai rencontré Katherine VI lors de ma troisième colo pour surdoués. Grâce à elle, j'ai pulvérisé mon record avec une idylle de dix-sept jours. Elle était hyper forte en poterie et en tractions des bras, deux trucs pour lesquels j'étais vraiment nul. Et, bien qu'à nous deux, on aurait été plus forts que tout, intelligents, musclés et capables de confectionner des tasses à café, elle m'a largué.

Puis vint le temps du collège et commença pour de bon l'ère du rejet. Mais le truc sympa quand on ne fait pas partie des gens cool, c'est qu'il arrive qu'on te prenne en pitié. Comme, en sixième, Katherine la Gentille, un amour de fille qui portait souvent un soutif de sport et que tout le monde appelait «face de pizza» à cause d'un problème d'acné pourtant mineur. Elle a fini par me larguer, non parce que je ruinais son peu de standing social, mais parce qu'elle avait l'impression que notre relation d'un mois avait nui à mes activités scolaires, qu'elle considérait comme primordiales.

La huitième n'était pas aussi adorable, et j'aurais dû m'en douter, vu l'anagramme de son nom, Katherine Affi, ce qui donne «Kiffer ta haine», et l'assurance de nuisance à venir. Bref, un jour, elle m'a demandé de sortir avec elle et j'ai accepté. Et puis elle m'a traité d'avorton sans poil au zizi et elle a déclaré qu'elle ne voulait pas d'un copain comme moi. Pour être franc, tout ce qu'elle avait dit était vrai.

K-IX était en sixième quand j'étais en cinquième, et elle était de loin la plus jolie des Katherine avec son menton ravissant, ses petites fossettes et son teint toujours hâlé, un peu comme toi. Et puis elle pensait que sortir avec un type plus vieux qu'elle améliorerait sa cote, mais elle se trompait.

Katherine X – évidemment, à ce moment-là, je m'étais déjà rendu compte que toutes ces Katherine représentaient une étrange anomalie statistique. Pourtant ce n'était pas tant une Katherine que je voulais à tout prix qu'une petite amie. K-X fait partie de mes conquêtes de la colo des surdoués. Et devine un peu comment j'ai gagné son cœur ? Sur le terrain de tir à l'arc, je me suis précipité à ses pieds en prétendant que j'avais été transpercé par une flèche de Cupidon. C'est la première fille à qui j'ai roulé une pelle et, comme je n'avais pas le mode d'emploi, je n'arrêtais pas de faufiler ma langue entre mes lèvres serrées, tel un serpent. Après quelques jours de ce traitement, elle a manifesté le désir d'en rester là.

Plutôt qu'une copine, K-XI se classerait dans la catégorie on-va-au-cinéma-une-fois-et-on-se-tient-la-main-puis-quand-je-l'appelle-sa-mère-me-répond-qu'elle-est-sortie-et-elle-ne-me-rappelle-jamais. Mais je soutiens qu'elle compte, primo parce qu'on s'est tenu la main, et deuzio parce qu'elle trouvait que j'étais un génie.

Au début du deuxième semestre de troisième, une nouvelle est arrivée de New York. Elle était pleine aux as, mais elle détestait être riche et elle adorait *L'Attrape-Cœurs*. Elle prétendait que je lui rappelais Holden Caulfield, sans doute parce qu'on est, lui et moi, des ratés égocentriques. Je l'ai séduite parce que je parlais plein de langues et que j'avais lu une tonne de bouquins. Au bout de quinze jours, elle m'a largué en disant qu'elle avait envie d'un copain qui ne passe pas son temps à lire et à apprendre des langues.

J'avais déjà rencontré Hassan. Et ça faisait dix ans que je flashais sur une brune aux yeux bleus que j'avais connue à l'école primaire et que j'appelais depuis toujours «Katherine la Meilleure». Hassan a joué les Cyrano en m'apprenant comment la draguer – puisque, comme il l'a prouvé avec Katrina, il a un sacré talent en la matière. Ça a marché, je l'ai aimée, elle m'a aimé, et l'affaire a duré trois mois. Jusqu'au mois de novembre, en seconde, où elle m'a largué pour la raison suivante – je la cite : «Tu es trop intelligent et trop bête pour moi.» Ce qui marqua le début des raisons stupides et souvent paradoxales invoquées par les Katherine pour me larguer.

Une manie qui s'est poursuivie avec Katherine XIV, toujours vêtue de noir, dont j'ai fait la connaissance ce

printemps-là. Elle m'a abordé dans un café en me demandant si j'étais en train de lire du Albert Camus. Comme
c'était le cas, j'ai acquiescé. Puis elle m'a demandé si j'avais
lu Kierkegaard, et comme c'était le cas, j'ai acquiescé. En
quittant le café, on se tenait par la main et j'avais son
numéro de téléphone dans mon portable flambant neuf.
Elle aimait qu'on se promène le long du lac. On regardait les
vagues s'écraser contre les rochers au bord du rivage. Elle
prétendait qu'il n'existait qu'une seule métaphore et que
c'était celle de l'eau fouettant les rochers car, de son point
de vue, eau et rochers sont tous les deux perdants dans
l'affaire. Et quand elle m'a largué trois mois plus tard dans
le café où l'on s'était rencontrés, elle m'a dit qu'elle était
l'eau, et moi les rochers. Et, qu'à force de se frotter l'un à
l'autre, il ne resterait plus rien de nous. Je lui ai fait remarquer que l'eau ne souffrait pas du fait d'éroder le rivage.
Elle a eu beau en convenir, elle m'a quand même largué.

Et puis, l'été d'après, à la colo, j'ai rencontré K-XV. Elle
avait de grands yeux marron et des paupières tombantes
de petit chien qu'on avait envie de cajoler. Or elle ne voulait
pas être cajolée parce qu'elle était une féministe engagée.
Elle pensait que j'étais l'esprit le plus puissant de ma génération, et c'est pour ça que je lui plaisais. Et puis un jour,
elle a décrété que je ne serai jamais – je la cite encore une
fois mot pour mot : « un artiste », ce qui constituait une raison de me larguer, même si je n'avais jamais prétendu en
être un. Et, si tu m'as écouté d'une oreille attentive, tu m'auras entendu avouer sans détour que je suis une bille en
poterie.

Puis, en octobre, en première, après une période d'abstinence épouvantable, j'ai rencontré Katherine XVI sur le
toit d'un hôtel de Newark dans le New Jersey, à l'occasion
d'un tournoi interlycées. Notre liaison fut aussi déchaînée

et torride que le permettaient les quatorze heures qui nous étaient imparties, et un concours scolaire. Déchaînée et torride au point qu'on a viré les trois filles qui partageaient sa chambre afin de se peloter dans les règles. Puis, malgré mes neuf médailles d'or sur les dix que comptait le concours, elle m'a largué sous prétexte qu'elle ne pouvait pas se séparer de son copain au Kansas. Il était logique que ce soit moi qu'elle quitte.

Je ne vais pas te mentir, j'ai rencontré Katherine XVII sur Internet, en janvier. Elle avait un anneau dans le nez et me scotchait avec le vocabulaire incroyable qu'elle utilisait pour parler de rock indé. « Indé » était justement un de ces mots qu'elle employait et dont je ne connaissais pas le sens. C'était marrant de l'écouter parler musique et, une fois, je l'ai même aidée à se teindre les cheveux. Mais au bout de trois semaines, elle m'a largué parce que j'étais un « emo geek » alors qu'elle recherchait plutôt un « emo core ».

D'habitude, je n'aime pas employer le mot « cœur », sinon pour désigner l'organe pompeur de sang qui fait boum-boum, mais Katherine XVIII m'a brisé le cœur, c'est indéniable. Je l'ai aimée comme un dingue à la seconde où je l'ai vue à un concert auquel Hassan m'avait traîné pendant les vacances de printemps. C'était une petite femme pleine de fougue qui détestait qu'on l'appelle « fille ». Elle m'aimait bien et, au début, j'ai eu l'impression qu'elle partageait mon colossal sentiment d'insécurité. Je me suis mis à fonder des espoirs ridicules et me suis vu lui écrire des e-mails philosophico-interminables à mourir d'ennui. Elle m'a largué par e-mail après à peine deux sorties et quatre baisers. À la suite de quoi, je me suis vu lui écrire des e-mails philosophico-interminables à mourir d'ennui...

Et, tout juste deux semaines plus tard, Katherine I s'est pointée chez moi. Elle est très vite devenue K-XIX. Une fille bien, avec un cœur gros comme ça, qui aime aider les gens. Aucune des Katherine n'a embrasé mon cœur – voilà que j'emploie ce mot à tout bout de champ – comme elle. Mais j'avais trop besoin d'elle, il m'en fallait toujours plus. Et puis, elle était inconstante. Si bien que son inconstance et mon insécurité se livraient un match sans merci. Mais je l'aimais quand même, j'étais à elle de tout mon être, j'avais mis tous mes œufs dans son panier. Et pour finir, au bout de 343 jours, je me suis retrouvé sur le carreau avec un panier vide et un trou dans le ventre qui ne voulait pas se refermer. Mais j'ai décidé de garder d'elle le souvenir d'une fille bien avec laquelle j'ai vécu de bons moments. Du moins, jusqu'à ce qu'on se fourre dans une situation inextricable de merde.

La morale de cette histoire est qu'on oublie les choses qui sont vraiment arrivées. Le souvenir les remplace. La deuxième morale de cette histoire, si tant est qu'une histoire puisse avoir plusieurs morales, est que les Largueurs ne sont pas pires que les Largués. Une rupture n'est pas le fait de quelqu'un qui vous l'impose, elle se fait à deux.

– Et la troisième morale, Gros Malin, c'est que tu m'as raconté une histoire incroyable. Ce qui prouve qu'avec un peu de temps, deux-trois leçons particulières, et en écoutant les récits des anciens de chez Gutshot Textile, n'importe qui peut apprendre à raconter une super histoire.

– Raconter ma vie a rebouché le trou dans mon ventre.

– Quoi ?

– Non, rien. Je pensais tout haut.

– Les gens qu'on aime bien sont ceux devant lesquels on pense tout haut.

– Ceux qui visitent vos endroits secrets.

– Ceux en face desquels on se mordille le pouce.

– Salut.

– Salut.

– ...

– ...

– Ouah. Ma première Lindsey.

– Mon deuxième Colin.

– Ça m'a plu. Si on recommençait ?

– OK.

– ...

– ...

– ...

– ...

– ...

– ...

– ...

– ...

Ils quittèrent la grotte ensemble tard dans la nuit et rentrèrent séparément, Colin en Corbillard et Lindsey en pickup rose. Ils s'embrassèrent encore une fois dans l'allée, un baiser aussi délicieux que le sourire de Lindsey le promettait. Puis ils se faufilèrent dans la maison pour grappiller quelques heures de sommeil.

# (Épilogue ou chapitre de Lindsey Lee Wells)

**Colin se réveilla** au chant du coq, épuisé, puis il traîna encore une heure au lit avant de descendre. Hassan était déjà installé à la table en chêne devant un tas de papiers. Colin remarqua qu'Hollis ne dormait pas sur le canapé. Peut-être avait-elle une vraie chambre quelque part?

– Marges bénéficiaires et déficitaires, dit Hassan. C'est vachement intéressant. Hollis m'a tout expliqué cette nuit. Alors, t'es sorti avec elle, oui ou flûte?

Colin sourit.

Hassan se leva avec un sourire béat et fila une grande claque joyeuse dans le dos de Colin.

– T'es rien qu'un vautour, Singleton. Tu tournes, tu vires et puis tu descends sans te presser, toujours à faire tes cercles, attendant le moment propice pour fondre sur la dépouille d'une amourette et te régaler comme un cochon. C'est un spectacle splendide, en particulier cette fois-ci, parce que la fille me plaît.

– Si on prenait le petit déj' ailleurs? proposa Colin. Chez Hardee's?

– Génial, dit Hassan. Linds, lève-toi, on va chez Hardee's!

— Je dois aller voir Mabel ce matin, cria Lindsey. Tapez-vous sept hamburgers géants pour moi!

— On n'y manquera pas! promit Hassan.

— Tu sais quoi? dit Colin. Hier en rentrant, j'ai testé la formule sur Lindsey et moi. Elle va me larguer. La courbe est plus longue que celle de K-I, mais plus courte que celle de K-IV. Ce qui signifie qu'elle me plaque dans quatre jours.

— Tout est possible dans ce monde de merde et de folie.

Trois jours plus tard, le jour qui, selon le Théorème, sonnait le glas de sa relation avec Lindsey, Colin se réveilla au chant du coq. Il se retourna, comateux, et découvrit, collé sur sa joue, un petit mot, plié en forme d'enveloppe.

Pour une fois, il l'avait vu venir. Il sut en dépliant le mot que la prophétie du Théorème s'était réalisée. Il n'empêche, avoir connaissance de ce qui allait se passer ne rendait pas les choses moins horribles. «Pourquoi? J'ai adoré. Les meilleurs quatre jours de ma vie. Je suis dingue? Je dois être dingue.» En ouvrant le mot, Colin en était déjà à se demander s'il ne devait pas quitter Gutshot au plus vite.

> Colin,
> Ça m'embête pour le Théorème, mais on ferait mieux de ne pas sortir ensemble. Le problème est que je suis raide dingue d'Hassan. Impossible de me contrôler. Quand je caresse ton dos maigrichon, je ne pense qu'aux plis du sien. Et quand j'embrasse ton ventre, je rêve de ses bourrelets. Je t'aime bien, Colin, c'est vrai. Mais désolée, ça ne marchera pas. J'espère qu'on pourra rester amis.
> Cordialement,
> Lindsey Lee Wells
> P-S : C'est pas vrai, je blague.

Colin voulait être heureux, il le voulait vraiment – dès qu'il avait vu la courbe du diagramme plonger du côté de Lindsey, il avait espéré s'être trompé. Mais, assis au bord de son lit, le petit mot entre ses mains tremblantes, il ne put s'empêcher de penser qu'il ne serait jamais un génie. Il avait beau croire à la théorie de Lindsey qui voulait que la façon dont on compte est définie par ce qui compte pour nous, il aurait voulu que le Théorème marche, il aurait voulu être aussi unique qu'on n'avait cessé de le lui seriner.

Le lendemain, Colin mettait les bouchées doubles pour corriger le Théorème pendant qu'Hassan et Lindsey jouaient quelques pièces au poker sous la véranda du Manoir rose, protégée par une moustiquaire. Au plafond, un ventilateur brassait l'air chaud sans parvenir à rafraîchir l'atmosphère. Colin les écoutait d'une oreille distraite tout en traçant des graphiques, s'efforçant de contraindre le Théorème à prendre en compte le fait que Lindsey Lee Wells était toujours, à n'en pas douter, sa petite amie. C'est le poker qui lui révéla finalement le problème qui faussait le Théorème de façon inextricable.

– Elle veut faire tapis avec treize cents, Singleton! cria Hassan. Le risque est colossal. Je suis ou pas?

– Elle bluffe, fais gaffe, répondit Colin sans lever les yeux.

– T'as intérêt à avoir raison, Singleton. Je suis. OK. Vas-y, montre tes cartes, poulette! Miss Gutshot a un brelan de dames! C'est un méchant jeu, mais est-ce assez pour battre un... full!

Lindsey poussa un grognement de déception, et Hassan ramassa la mise.

Colin ne connaissait rien au poker, à part que c'était un jeu dans lequel intervenaient l'humain et les probabilités. Et par conséquent, un système quasi fermé dans lequel devait pouvoir fonctionner un théorème de type Théorème à la base de la prévisibilité des Katherine. Quand Hassan abattit son full, Colin eut une soudaine révélation : il était possible d'établir un théorème qui expliquait les raisons pour lesquelles on perdait ou gagnait un coup. En revanche, il était impossible d'en établir un qui prédise les coups d'après. Comme le disait Lindsey, le passé est une histoire logique. Il donne un sens au vécu. Or l'avenir, dont on ne se souvient pas encore, se fiche d'avoir du sens.

À cet instant précis, l'avenir – qu'aucun théorème mathématique ou autre ne pouvait renfermer – se déroula devant Colin : infini, incompréhensible et beau.

– Eurêka, dit-il en se rendant compte qu'il avait réussi à chuchoter. J'ai trouvé quelque chose, ajouta-t-il, à voix haute cette fois. On ne peut pas prédire l'avenir.

– De temps à autre, le *kafir* adore enfoncer des portes ouvertes d'un air méga inspiré.

Colin rit tandis qu'Hassan reprenait le compte de ses pièces gagnées. Mais les conséquences de cette découverte tourbillonnaient dans la tête de Colin : «Si l'avenir dure toujours, se dit-il, dans ce cas, il finira par nous avaler tous. » Même lui n'était pas capable de citer plus d'une poignée de gens ayant vécu, disons, 2 400 ans auparavant. Et, 2 400 ans plus tard, même Socrate, le génie le plus connu de son siècle, serait peut-être oublié. L'avenir efface tout – aucun niveau de célébrité ou de génie ne permet de transcender l'oubli. L'infinité de l'avenir rend impossible de compter pour quelque chose.

Mais il existait d'autres moyens : les histoires. Colin regarda Lindsey dont les yeux se plissèrent quand elle sourit à Hassan pour le remercier de lui prêter neuf cents afin qu'ils puissent continuer à jouer. Il repensa aux conseils qu'elle lui avait donnés pour raconter une bonne histoire.

Les histoires qu'ils s'étaient racontées tous deux jouaient un rôle énorme dans l'explication de son goût pour elle. Bon. L'amour. Quatre jours et c'était déjà l'amour, aucun doute là-dessus. Il se surprit à penser que les histoires ne se contentaient pas de conduire à compter l'un pour l'autre – peut-être était-ce l'unique clé pour comprendre ce que c'était de compter, pour comprendre ce après quoi il courait depuis tant de temps.

Il se fit alors la réflexion suivante : « Disons que je raconte ma chasse au cochon sauvage à quelqu'un. Même si l'histoire est idiote, la raconter modifiera un petit peu ce quelqu'un, de même que la vivre m'a un petit peu modifié. Une modification infinitésimale qui se propage à l'infini – microscopique, mais éternelle. On m'oubliera, mais les histoires resteront. Conclusion, tout le monde compte – peut-être moins que beaucoup, mais toujours plus que pas du tout. »

Il n'y avait pas que les histoires dont on se souvenait qui comptaient. C'était ce que lui avait révélé l'anomalie K-III : établir le graphique exact dès le départ ne prouvait pas que le Théorème était exact, mais qu'il y a un endroit dans le cerveau où l'on sait stocker ce dont on ne se rappelle pas.

Colin s'était mis à écrire sans même y penser. Dans son carnet, les mots avaient pris la place des graphiques. Il leva la tête pour essuyer l'unique goutte de sueur qui perlait sur son front bronzé et meurtri. Hassan se retourna vers lui.

– Je viens de réaliser qu'on ne peut pas prédire l'avenir, mais je me demande si, par hasard, un hamburger géant ne pourrait pas s'y profiler…

– Je te prédis que oui, répliqua Lindsey.

– Je monte à l'avant, cria Lindsey tandis qu'ils se bousculaient pour sortir de la maison.

– C'est moi qui conduis, cria Colin.

– Merde, jura Hassan.

Lindsey prit ses jambes à son cou pour arriver avant Colin à la portière. Elle la lui ouvrit en se penchant pour lui déposer un baiser sur les lèvres.

Ces quelques pas – de la véranda protégée par la moustiquaire au Corbillard – compteraient parmi les moments dont Colin se rappellerait, sur lesquels il se retournerait, un de ces moments qu'il s'efforcerait de capter dans les histoires qu'il raconterait. Il ne s'y passait rien de particulier, sauf que le moment comptait à mort. Lindsey entrelaça ses doigts avec ceux de Colin et Hassan entama une chanson intitulée : « J'aime le hamburger géant de Hardee's, il est le régal de mes papilles », puis tous s'entassèrent dans le Corbillard.

– On n'est pas obligés d'aller au fast-food, dit Hassan alors qu'ils dépassaient le bazar de Gutshot. On peut aller où on veut.

– D'accord, je n'ai pas très envie d'aller chez Hardee's, dit Lindsey. Il est trop dégueu. Deux sorties plus loin, il y en a un autre mieux, à Milan. Ils font des salades.

Colin dépassa leur fast-food habituel et s'engagea sur l'autoroute en direction du nord. Tandis que le marquage en pointillés défilait par la vitre, il réfléchit à l'espace compris entre les souvenirs et la réalité, l'espace compris entre ce qu'on prédit et ce qui se produit. « Dans cet espace, se dit Colin, il avait largement la place de se réinventer – de faire de lui autre chose qu'un surdoué, de récrire son histoire, en mieux et en différent –, de renaître à l'infini : tueur de serpent, archiduc, assassin de LAC – voire génie. Il avait largement la place d'être n'importe qui – sauf ceux qu'il avait déjà incarnés. » Il avait appris une chose à Gutshot, on ne peut empêcher l'avenir d'arriver. Et pour la première fois de sa vie, Colin sourit en songeant à l'immuable arrivée de l'avenir qui s'étirait devant lui.

Ils roulèrent sur plusieurs kilomètres.

– On pourrait continuer, dit Lindsey en se tournant vers Colin. On n'est pas obligés de s'arrêter.

– Yes! s'écria Hassan en se penchant entre leurs sièges. Ça roule.

Colin appuya sur l'accélérateur en pensant à tous les endroits où ils pourraient aller, aux jours qui leur restaient cet été. Lindsey posa la main sur son avant-bras.

– Oui. Génial. Pourquoi pas? On n'a qu'à continuer, dit-elle.

Soudain conscient des liens qui l'unissaient aux occupants de la voiture ainsi qu'à tous les humains, Colin sentit la vie courir sous sa peau. Il eut alors le sublime sentiment de ne pas être unique.

# (Note de l'auteur)

Les notes de bas de page du roman que vous venez de terminer (à moins que vous n'ayez pas fini de le lire et que vous ayez sauté des passages; auquel cas, vous devriez revenir en arrière et tout lire dans l'ordre, sans essayer de connaître la fin, espèce de petite fouine) annoncent un appendice truffé de maths. Le voici.

Il se trouve que j'ai eu un C– en calcul intégral et différentiel, malgré les efforts héroïques de M. Lantrip, mon prof de maths de première. Après quoi, j'ai opté pour les «mathématiques discrètes», censées être moins difficiles que le calcul, et j'ai choisi ma fac en fonction de critères d'admission qui n'exigeaient pas d'être bon en maths. Mais voilà que, peu après mes études universitaires, je suis devenu – je sais, c'est bizarre – dingue de maths. Dommage, je suis toujours aussi nul. Je suis dingue de maths comme j'étais dingue de skateboard à neuf ans. J'en parle beaucoup, j'y pense beaucoup, mais je suis incapable d'en faire.

Heureusement, mon ami Daniel Biss figure parmi les jeunes mathématiciens les plus doués d'Amérique. Dans le monde des maths, Daniel est une sommité, et jouit d'une célébrité qu'il doit en particulier à un article publié il y a quelques années, dans lequel il apportait la preuve que les cercles ne sont que de gros triangles boursouflés. C'est aussi l'un de mes meilleurs amis. Et si la formule du livre est une véritable formule mathématique fonctionnelle, tout le mérite lui en revient. À ma demande, il a rédigé cet appendice qui détaille les calculs mathématiques ayant abouti au Théorème des Katherine. Lire cet appendice, comme d'autres appendices, est facultatif, bien sûr. Mais quel pied! Vous allez vous régaler.

John Green

# (Appendice)

Trois éléments président à la minute Eurêka de Colin.
Le premier : Colin comprend qu'une relation amoureuse
est traduisible en graphique. Un graphique qui aurait cet
aspect :

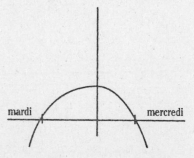

Selon la thèse de Colin, la ligne horizontale (qu'on appellera l'axe $x$) représente le temps. Le premier point de rencontre de la courbe avec l'axe $x$ correspond au début de la
relation et le deuxième, à sa conclusion. Si, dans le temps
intermédiaire, la courbe s'arrondit au-dessus de l'axe $x$
(comme sur le graphique ci-dessus), la fille largue le garçon. Mais si, au contraire, la courbe s'arrondit sous l'axe $x$,
c'est le garçon qui largue la fille («garçon» et «fille», en ce
qui nous concerne, ne contiennent pas de notion de genre;

pour les relations impliquant des individus de même sexe, on peut parfaitement les désigner par «garçon 1» et «garçon 2», ou «fille 1» et «fille 2»). Dans notre diagramme, le couple s'embrasse pour la première fois un mardi et la fille largue le garçon le mercredi (en somme, une relation Colin-Katherine ordinaire).

Puisque la courbe ne croise l'axe $x$ qu'au début et à la fin de la relation, on peut s'attendre à ce que, à n'importe quel point donné dans le temps, plus la courbe s'aventure loin de l'axe $x$, plus la relation n'est pas près de se terminer. Ou, autrement dit, mieux elle se développera. Voici, à présent, un autre exemple de graphique plus complexe, celui de ma relation avec une de mes ex :

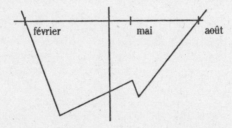

L'embrasement initial s'est produit en février quand, en l'espace de quelques heures, on s'est rencontrés, le blizzard s'est levé, elle a défoncé sa voiture en glissant sur une plaque de verglas, elle s'est cassé le poignet dans l'accident et on s'est retrouvés coincés chez moi à cause de la neige. Elle, invalide, gavée d'antidouleurs et moi, distrait et enivré par mes deux nouveaux boulots : infirmier et petit ami. Deux semaines après, cette première phase s'est terminée de façon abrupte, la neige avait fondu, son poignet était guéri et il nous a fallu quitter mon appartement pour reprendre contact avec le monde. À la suite de quoi, on a aussitôt découvert qu'on n'avait pas grand-chose en commun. La deuxième phase, de moindre importance, s'est produite en vacances à Budapest. Elle a pris fin, quelque temps plus tard, quand on s'est rendu compte qu'on passait vingt-trois heures sur vingt-quatre de nos journées à Budapest à se disputer sur tout et n'importe quoi. La courbe a fini par croiser l'axe $x$ en août, au moment où je l'ai larguée et où elle m'a jeté à minuit dans les rues de Berkeley sans un sou ni un endroit où dormir.

Le deuxième élément qui participe de la minute Eurêka de Colin réside dans le fait que les graphiques (y compris celui d'une relation amoureuse) peuvent être représentés par des fonctions. Le graphique suivant requiert quelques explications : patience!

La première chose à relever quand on trace un diagramme comme celui ci-dessous :

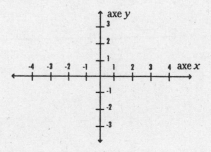

c'est que chaque point peut être représenté par un nombre. Ainsi, la ligne horizontale (l'axe $x$) et la ligne verticale (l'axe $y$) sont ponctuées de petits nombres. Bref, pour isoler un point sur la figure, il suffit de prendre deux nombres : un premier qui nous indique l'emplacement du point sur l'axe $x$ et un deuxième, son emplacement sur l'axe $y$. Un exemple : le point (2;1) correspond au point marqué « 2 » sur l'axe $x$ et au point « 1 » sur l'axe $y$. De manière équivalente,

(2;1) est situé deux unités à droite et une unité au-dessus du point de rencontre des axes *x* et *y*, point de rencontre nommé (0;0). De façon similaire, sur l'axe *y*, le point (0;-2) se situe deux unités en dessous du point de rencontre, quand le point (-3;2) se situe trois unités sur la gauche et deux unités au-dessus du point de rencontre.

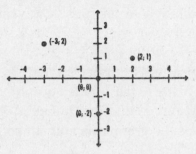

Venons-en aux fonctions : une fonction est une sorte de machine capable de transformer un nombre en un autre nombre. Voici le règlement d'un jeu très simple : je vous donne un nombre et vous m'en donnez un autre. Par exemple, si le rôle de la fonction est « prendre un nombre et le multiplier par lui-même (c'est-à-dire le mettre au carré) », notre conversation ressemblerait à ça :

MOI : 1
VOUS : 1
MOI : 2
VOUS : 4
MOI : 3
VOUS : 9
MOI : 9 252 459 984
VOUS : 85 608 015 755 521 280 256

Sachant que quantités de fonctions peuvent se transcrire en équations algébriques, la fonction décrite plus haut se traduirait ainsi :

$$f(x) = x^2$$

Ce qui signifie que, lorsque je vous donne le nombre $x$, la fonction commande de le multiplier par lui-même (c'est-à-dire de calculer $x^2$) et de me donner le nombre obtenu. Grâce à la fonction, on peut déterminer tous les points de la formule $(x;f(x))$. Ensemble, ces points dessineront la courbe du plan, une courbe qu'on appellera « le graphique de la fonction ». Sachant la fonction $f(x) = x^2$, on peut alors déterminer les points (1;1), (2;4) et (3;9).

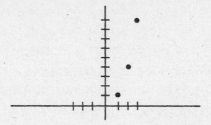

Et dans ce cas, déterminer les points supplémentaires (0;0), (–1;1), (–2;4) peut se révéler utile (ne pas oublier qu'en multipliant un nombre négatif par lui-même, on obtient un nombre positif).

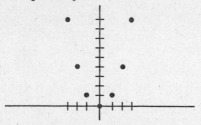

On peut dès à présent deviner que le graphique dessinera une courbe comme celle-ci :

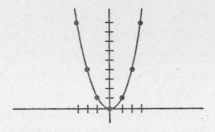

Malheureusement, on remarquera que le graphique ne permet pas franchement de représenter une relation amoureuse. Les graphiques dont Colin souhaite se servir pour son théorème nécessitent deux points de rencontre avec l'axe $x$ (le premier marquant le début de la relation et le deuxième, la fin), alors que le graphique qu'on a tracé n'en a qu'un. Mais il se corrige facilement en introduisant d'autres fonctions plus sophistiquées. Considérons, par exemple, la fonction $f(x) = 1 - x2$.

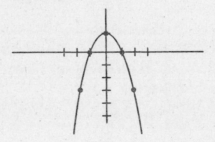

Colin connaît bien ce graphique, c'est celui d'une relation de courte durée au cours de laquelle la fille le largue (on comprend qu'elle le largue en constatant que le graphique se développe au-dessus de l'axe $x$ entre le premier baiser et la rupture). C'est un graphique qui dessine les contours de la vie de Colin. À présent, il nous suffit de trouver comment le modifier afin d'étoffer certains détails.

Un des grands thèmes propres aux mathématiques du XX<sup>e</sup> siècle est la dynamique engagée pour tout étudier sous forme de «familles». (En mathématiques, «famille» signifie «tout groupe d'objets identiques ou apparentés».) Exemple: un fauteuil et un bureau appartiennent tous deux à «la famille meuble».

L'idée est la suivante : une ligne n'est autre qu'un groupe (une famille) de points; un plan est une famille de lignes, et ainsi de suite. Cela afin de vous convaincre que, si un objet (tel qu'un point) présente un intérêt, il sera d'autant plus passionnant d'étudier toute une famille d'objets similaires (telle qu'une ligne). Ce point de vue a largement dominé la recherche mathématique ces dernières soixante années.

Ce qui nous amène au troisième élément du puzzle de l'Eurêka de Colin. Chaque Katherine est différente, par conséquent, chaque rejet vécu par Colin de la part d'une nouvelle Katherine diffère des précédents. Ce qui signifie que Colin aura beau travailler sur telle fonction, tel graphique, le seul enseignement qu'il en tirera ne concernera jamais qu'une seule Katherine. Ce qui manque à Colin est de se pencher sur toutes les Katherine possibles en même temps ainsi que sur les fonctions correspondantes. En d'autres termes, Colin doit étudier la famille des fonctions des Katherine.

Voici à quoi se résume la conclusion à laquelle Colin est arrivé : toute relation est traduisible en graphique, tout graphique est le fruit de fonctions, et l'étude en une fois de toutes les fonctions est possible grâce à une unique formule (très complexe) qui lui permettra de prédire quand (et surtout, beaucoup plus important, si) une éventuelle Katherine est susceptible de le larguer[82].

---

82. Oui, je sais, ça fait beaucoup de choses à mémoriser d'un seul coup. Colin est un surdoué, comme l'auteur vous l'a expliqué.

Illustrons maintenant les implications de ce postulat : prenons le premier exemple sur lequel Colin s'est appuyé. La formule s'énonçait comme suit :

$$f(x) = D^3 x^2 - D$$

Pour expliquer cette formule, il me faut répondre à un certain nombre de questions. Primo, qui est ce D ? Est-ce le différentiel Largueur/Largué : n'importe qui peut se voir accorder une note entre 0 et 5, tout dépend de son emplacement sur le spectre de la détresse amoureuse. À présent, si l'on s'efforce de prédire comment se déroulera une relation entre un garçon et une fille, on commence par soustraire de la note obtenue par le garçon sur le différentiel D/D la note obtenue par la fille sur le différentiel D/D, et on donne au résultat le nom A. (Par conséquent, si un garçon a un 2 et la fille un 4, on obtient D = – 2.)

À présent, voyons l'effet produit sur le graphique. Dans l'exemple précédent, le garçon a 2 et la fille 4, et donc D = – 2, ce qui donne :

$$f(x) = - 8x^2 + 2$$

et le graphique suivant :

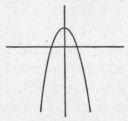

Comme on peut le constater, la relation ne dure pas longtemps et la fille finit par larguer le garçon (Colin connaît).

Supposons qu'au lieu de cela le garçon ait 5 et la fille 1, ce qui donne : D = 4, par conséquent :

$$f(x) = 64x^2 - 4$$

Avec le graphique suivant :

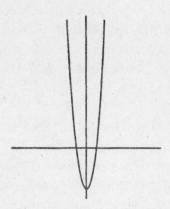

Cette relation est moins longue, mais plus intense (la courbe est très raide), et cette fois, le garçon largue la fille.

Malheureusement, la formule soulève plusieurs problèmes. Pour commencer, si D = 0, c'est-à-dire que le garçon et la fille sont Largueurs et Largués à égalité, on obtient :

$$f(x) = 0$$

ce qui, en graphique, se traduit par une ligne horizontale, et donc on ne peut connaître le moment où la relation commence et où elle se termine. Par ailleurs, il est absurde de suggérer que les relations sont à ce point simples que leurs graphiques sont uniformes. Ce que Lindsey finit par faire comprendre à Colin. Et c'est ainsi que la formule imaginée par Colin gagne considérablement en subtilité.

Mais le vrai problème est déjà visible dans ce dernier cas : sachant que D peut varier, cette simple formule peut préciser une famille entière de fonctions, dont chacune peut être utilisée pour décrire une liaison Colin-Katherine différente. Il suffit donc à Colin d'ajouter toujours plus de variables (plus d'éléments sur les lignes D) à sa formule pour que la famille des fonctions qu'elle renferme grossisse, se complexifie, et par conséquent puisse espérer incarner l'univers alambiqué et excitant du largage des Katherine. Ce que Colin finit par réaliser grâce à la perspicacité de Lindsey.

Telle est l'histoire de Colin Singleton, de sa minute Eurêka et de son Théorème à la base de la prévisibilité des Katherine. Je signalerais en passant que, même si aucun mathématicien adulte doué de raison (ou du moins ayant une âme) ne suggérerait sérieusement qu'on puisse prédire l'évolution d'une relation amoureuse à l'aide d'une simple formule, certains travaux récents vont dans cette direction. Pour être plus précis, le psychologue John Gottman (longtemps directeur du «Laboratoire de l'amour» de l'université de Washington), en association avec d'autres auteurs, dont le mathématicien James Murray, a publié un ouvrage intitulé *The Mathematics of Marriage*, qui prétend utiliser les mathématiques pour prédire la fin d'un mariage. La philosophie de l'ouvrage, telle qu'elle est exposée, diffère peu du Théorème des Katherine, si ce n'est que les mathématiques sur lesquelles elle repose sont plus compliquées et que le résultat revendiqué est plus modeste (aucun des auteurs ne prétend pouvoir prédire tous les divorces, ils s'essaient simplement à quelques conjectures savantes[83])[84].

J'aimerais ajouter une dernière chose : en dépit de la tendance tristement célèbre de Colin à vampiriser la vie de ses amis à des fins littéraires et bien que j'aie été en avance à l'école, ce personnage n'est pas inspiré par moi. Pour commencer, je n'ai embrassé que deux Katherine. Il convient de souligner cependant que, dans toute ma carrière de Largueur pathologique, les deux seules femmes qui m'aient jamais largué s'appelaient Katherine. Étrange. J'en suis presque à me demander si derrière tout ça ne se cache pas une formule...

Daniel Biss

*Professeur assistant à l'université de Chicago*
*et chercheur à l'Institut de mathématiques Clay*

---

83. Et alors... Moi aussi, je peux me perdre en conjectures savantes sur la durée des amours de mes amis. Ce qu'il faut retenir ici, c'est que les auteurs justifient leurs conjectures savantes par le biais des mathématiques.

84. C'est un travail au caractère trop technique pour que je puisse le résumer ici (notamment parce que je n'en comprends pas un traître mot), mais si vous souhaitez approfondir vos connaissances sur le sujet, vous pouvez : soit lire la somme colossale et impénétrable que constitue *The Mathematics of Marriage* de Gottman, Murray, Swanson, Tyson et (encore une autre) Swanson ; soit en lire la critique, plus digeste et plus drôle, signée par Jordan Ellenberg et disponible sur Internet.

# (Remerciements)

1. Mon incomparable éditrice et amie, Julie Strauss-Gabel, qui a continué de travailler sur le livre alors qu'elle était, au sens propre du terme, en salle de travail. Je voue une confiance aveugle à son œil avisé, au point de lui avoir demandé de corriger l'e-mail que j'adressais à la femme avec qui j'étais «seulement ami» à l'époque et avec qui, depuis, je suis uni par «les liens sacrés du mariage» – véridique. Ce qui me faisait penser à...
2. Sarah (voir dédicace).
3. Mon mentor, ma collaboratrice, mon alter ego et ma meilleure amie, Ilene Cooper, responsable des meilleures choses qui me soient arrivées dans la vie. Par ailleurs, elle m'a aidé à séduire Remerciement n° 2.
4. Daniel Biss, un ami qui m'est cher et qui, heureusement, est l'un des meilleurs mathématiciens d'Amérique – doublé d'un excellent professeur. Je n'aurais jamais pu imaginer ce livre sans Daniel et encore moins l'écrire.

5. Ma famille : Mike, Sydney et Hank Green.
6. Sarah Shumway, ma talentueuse éditrice remplaçante chez Dutton. Et, chez Dutton aussi, Margaret Woollatt, surnommée «Lettres doubles».
7. Hassan al-Rawas, mon correspondant aux Émirats arabes unis, signataire des traductions en arabe et avec qui je partage une merveilleuse amitié depuis des années.
8. Adrian Loudermilk.
9. Bill Ott; 10. Lindsay Robertson; 11. Shannon James et Sam Hallgren; 12. David Levithan et Holly Black; 13. Jessica Tuchinsky; 14. Bryan Doerries; 15. Levin O'Connor et Randy Riggs; 16. Rosemary Sandberg; 17. *Booklist* (magazine littéraire en ligne à destination des bibliothécaires); 18. Tous les libraires, et bien sûr...
19. Les Katherine. J'aimerais pouvoir les citer toutes, mais a) je n'ai pas assez de place et b) je redoute les procès en diffamation.

# L'AUTEUR

John Green est né en 1977 et vit à Chicago.

En 2007, avec son frère Hank, ils décident de cesser toute communication écrite et d'utiliser exclusivement des vidéos en ligne (projet Brotherhood 2.0). Ils donnent ainsi naissance à une communauté d'internautes, les Nerdfighters, dont le but est de lutter contre la bêtise ambiante (en levant des fonds pour lutter contre la pauvreté dans les pays en voie de développement par exemple).

John Green a un site internet très actif :
http://johngreenbooks.com
Il est également très présent sur les réseaux sociaux comme Twitter, où il est suivi par plus de trois millions d'internautes.

Son bestseller *Nos étoiles contraires* a été élu «Meilleur roman 2012» par le Time Magazine, il a reçu le Prix jeunesse des libraires du Québec 2014, le Prix Plaisirs de lire 2014 (Yonne), le Prix Jury littéraire Giennois 2014, le Prix L'échappée lecture 2014 (Nièvres), le Prix des Embouquineurs 2014.

N° d'édition : 10204854 – N° d'impression : 2013095
Achevé d'imprimer en décembre 2014 par CPI Bussière
(18200 Saint-Amand-Montrond, Cher, France)